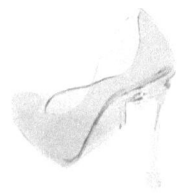

Ses doigts remontèrent le long de ma colonne vertébrale pour caresser ma nuque tandis que son autre main se posait sur ma hanche.

— Maintenant ils voient qui tu es vraiment, Ella, chuchota-t-il. Un joyau étincelant dans une mer de ténèbres.

Je cillai en le regardant.

— Tu me dis des choses tellement étranges.

— Et ça ne fait que commencer, ma chérie.

Sa bouche se posa si vite sur la mienne que je ne compris pas immédiatement ce qu'il faisait, jusqu'à ce que sa langue entrouvre mes lèvres.

Le monde se figea autour de moi.

Parce que ce qui s'était passé tout à l'heure dans le couloir, le frôlement de sa bouche sur la mienne, ça n'avait rien à voir avec *ça*. Il m'embrassait comme si sa vie dépendait de la mienne. C'était si intense que j'avais du mal à respirer, tant il était *possessif*.

Une partie de moi savait que je devais me battre.

Tandis que l'autre soupirait tant sa caresse paraissait normale.

Je deviens folle.

Je n'aurais pas dû l'embrasser, pourtant je le faisais. Et avec vigueur. J'avais même les doigts dans ses cheveux. Foutu corps qui prenait des décisions sans l'accord de ma tête. Mais j'étais trop absorbée par son contact pour y mettre un terme, j'oubliai tout et tout le monde au milieu du bruit blanc provoqué par mes pensées.

Sa langue se mit à danser contre la mienne avec la même expertise dont il s'était servi pour me guider sur la piste, m'hypnotisant au point de me soumettre.

Un bruit retentissant m'envoya un frisson dans l'échine, me ramenant à la réalité aussi durement qu'une claque en plein visage. Cela venait d'une horloge quelque part dans la salle de bal, qui annonçait l'heure. *Minuit.*

Mes yeux s'ouvrirent sur le cercle qui s'était formé autour de nous.

Comme cette nuit en première année.

La peur me prit au ventre.

Telle une sorte de pressentiment rampant sous ma peau.

Tray sourit à quelqu'un par-dessus mon épaule, et mon cœur cessa de battre. *Trois, deux…*

— Eh bien, vous m'avez l'air bien intimes, dit Ryan dans mon dos. Je t'ai à peine reconnue, la Cendrée. Avec ton relooking, et tout.

Le Conte de Faë d'Ella

Un Préquel

AUTEURE À SUCCÈS USA TODAY

Lexi C. Foss

Le Conte de Faë d'Ella

Traduction française : Sophie Salaün

Correction : Valentin Translation

Conception de la couverture : Claire Holt, Luminescence Covers

Publié par : Ninja Newt Publishing, LLC

Édition imprimée

ISBN numérique : 978-1-68530-057-9

ISBN imprimé : 978-1-68530-058-6

❀ Réalisé avec Vellum

À Alyssa, pour avoir laissé ma muse te débiter des absurdités au quotidien. C'est de là que vient Le Conte de faë d'Ella. Tu es une amie formidable, et je suis plus que ravie que les anges nous aient réunies. Je serais perdue dans cette industrie sans toi !

Le Conte de Faë d'Ella

Un Préquel

LE CONTE DE FAË D'ELLA

Il était une fois un prince séduisant qui invitait au bal la fille la plus transparente de l'académie. Elle était aveuglée par les étoiles qui brillaient dans ses yeux et par les battements de son cœur solitaire. Elle était loin de se douter que ce prince n'en était pas un, mais un méchant caché derrière un sourire charmant.

Ella

Les contes de fées et les fins heureuses n'existent pas. Pas dans mon monde. Ma réalité est empreinte de douleur, de deuil et d'une immense haine.

Jusqu'à lui.
Trayton Nacht, le nouvel élève qui vient d'être transféré à l'Académie Darlington.
Il y a une noirceur en lui qui m'interpelle. Tout comme ses yeux qui brillent dans la nuit, et la beauté cruelle de son sourire.
D'un seul regard, il a fait basculer mon monde. Et à présent, je ne peux plus m'en passer.

Mais, et s'il était comme tous les autres ? Et si tout ceci n'était qu'une mascarade de plus ?

Tray

Elle a volé mon cœur il y a bien longtemps. C'était il y a trois ans, dans une ruelle où elle m'a laissé une paire de ballerines bleues détrempées.

J'aurais pu lui prendre la vie, mais j'ai découvert la magie faë qui se cache sous sa peau. À présent il est temps pour moi de la recruter, et l'emmener vers son destin.

Mais d'abord, nous allons jouer à un petit jeu.
Qui s'achèvera dans la destruction.
Parce que je me fous totalement des bonnes marraines les fées.

Ce dont Ella a besoin, c'est d'un Faë des Ténèbres.
Un qui pourra l'aider à réduire en cendres l'Académie Darlington.
Un Faë des Ténèbres comme moi.

Note de l'auteure : Cette histoire est une version noire de Cendrillon avec de nombreux éléments liés au harcèlement scolaire. Cette romance paranormale entre un homme et une femme se termine bien, et fait partie de l'univers de la Reine des Faë de Minuit. C'est l'histoire de la rencontre entre Tray et Ella.

PROLOGUE

ELLA

PREMIÈRE ANNÉE

DES RIRES.

Des moqueries.

Des mots cruels.

Tout était confus autour de moi, mais certaines voix se détachaient au-dessus de la foule.

— Je n'arrive pas à croire qu'elle ait pensé que Dash avait vraiment envie d'aller au bal avec elle.

S'ensuivit le ricanement de Carmen, dont le son me tapait sur les nerfs. Ma demi-sœur me réveillait souvent avec ce bruit, généralement juste avant de se lancer dans une activité infâme avec Ryan.

— C'est typique de la Cendrée, elle vit en permanence dans son petit monde fantasmé, pas dans notre réalité, répondit Ryan dont le rire me parut sinistre.

Sans le moindre doute, ce plan était son idée. C'était la plus intelligente des pestes jumelles.

Et sans que je sache comment, elles étaient parvenues à recruter le prince de l'Académie Darlington pour jouer à leur jeu tordu.

Je déglutis sous le coup de la douleur de leur trahison commune. J'avais du mal à respirer. Comme si je n'avais pas

1

assez souffert cette année. Mais c'était exactement ce dont Dash Charming s'était nourri. C'était à lui que je m'étais confiée, et devant qui j'avais pleuré après la mort de mon père.

Dash s'était montré tellement convaincant.

Après des semaines passées à me courtiser, m'embrasser, me tenir la main dans les couloirs de l'Académie, à raconter à qui voulait l'entendre qu'il *m'adorait*, je pensais qu'il m'appréciait vraiment.

Pire encore que le fait que je l'aie naïvement cru, j'étais en train de tomber amoureuse *de lui.*

Son sourire malicieux me disait à présent que ce n'était qu'un mensonge.

Une sale blague à mes dépens.

Et tout le monde était au courant.

Qu'avait-il dit de moi derrière mon dos ? Qu'avait-il raconté aux autres ? Leur avait-il parlé de mes cauchemars ? Des ombres ?

Je frissonnai.

Au fond de moi, j'avais toujours su que quelque chose n'allait pas. J'avais simplement ignoré mes doutes et m'étais laissé aller à croire à ce conte de fées. Ma mère m'avait toujours dit qu'ils étaient réels. Mais sa mort m'avait prouvé le contraire.

Ensuite, il y avait eu le décès de mon père cette année…

Je baissai la tête, la gorge serrée par l'émotion.

Toute la classe de première année se tenait autour de moi, et la plupart semblaient amusés. Certains me jetaient des regards apitoyés, et d'une certaine manière, c'était pire.

J'étais là, dans ma robe bleue en ruines, souillée par le punch que Ryan m'avait versé sur la tête. Mes boucles blondes avaient absorbé le plus gros, mais toute ma tenue était détruite. Y compris mes ballerines céruléennes.

J'avais mal au cœur. Personne ne pouvait savoir ce que cette soirée avait signifié pour moi. J'avais déniché cette vieille robe dans le grenier, elle venait de la vieille garde-robe de ma mère. Je l'avais retouchée moi-même pour qu'elle m'aille. Et à présent, ce n'était plus qu'un immense gâchis.

Je suis désolée, lui murmurai-je. *Je suis terriblement désolée.*

J'aurais dû le savoir. Les élèves de cette académie étaient riches, des abrutis élitistes qui ne pensaient qu'à eux-mêmes. J'étais celle qui n'avait pas sa place ici, la fille pauvre recueillie par la veuve de son père.

J'avais supplié ma belle-mère, Clarissa, de m'envoyer au lycée du coin. Mais elle avait prétendu que j'avais besoin de l'Académie, que cela me préparerait pour l'avenir.

Était-ce le futur qu'elle avait en tête ?

Quatre ans en enfer ?

— Oh, j'ai l'impression qu'elle va pleurer, dit Ryan bien trop fort pour quelqu'un qui prétendait murmurer.

Dash gloussa.

— Est-ce que je devrais la sauter par pitié ?

— Elle était sexy dans cette robe, objecta son meilleur ami. Je parie qu'elle est vierge, aussi.

Dégueu, songeai-je. Nous n'avions que 15 ans. Pour quelle raison ne serais-je pas vierge ?

— Évidemment qu'elle l'est. Personne de sain d'esprit ne poserait la main sur elle ! répliqua Ryan, l'air supérieur même s'il était plus jeune que moi d'un mois.

Pourquoi je suis toujours là ? Parce que mes pieds semblaient avoir oublié comment remuer. Eh bien, maintenant, ils retrouvaient rapidement la mémoire. Je refusais de pleurer devant eux. Je refusais de les voir contempler ma souffrance une minute de plus.

Je ramassai mes jupes et me mis à courir sous leurs rires hilares.

Ils vont tous payer, jurai-je. *Un jour, d'une manière ou d'une autre, ils...*

Un sanglot me comprimait la gorge, oblitérant mes pensées. J'aurais tout le temps de préparer ma vengeance plus tard. Le plus important, c'était de m'enfuir.

Les portes semblaient s'ouvrir sur mon passage, ce qui me permit de faire irruption dehors, dans la nuit, où les voitures attendaient.

Je les dépassai toutes en courant, sans me soucier une seule seconde du sol humide et enneigé. Les prochaines vacances allaient être difficiles, les premières que je passerais vraiment seule.

Mais ça ? Le bal de fin d'année de première année ? C'était bien pire. Parce que je n'avais personne vers qui me tourner.

Pas de famille.

Pas d'amis.

Pas même un animal de compagnie.

Des larmes se mirent à couler sur mon visage, gelant dans l'air nocturne. Mais je continuai de courir, je voulais tout laisser derrière moi.

J'avais un mois pour me ressaisir, m'endurcir, et ne pas laisser leurs commentaires et leur cruauté m'impacter. J'étais capable de le faire. Il le fallait.

Trois ans et demi. J'étais capable d'y survivre. D'ici trois ans et demi, j'en aurais fini avec l'école, et avec *eux*.

Ma belle-mère ne pouvait pas toucher à mon héritage. Moi non plus. Pas avant d'être diplômée.

Mais ce jour-là, j'avais bien l'intention de récupérer le moindre centime et de m'enfuir loin, bien loin.

Une fois diplômée, je serais libre de...

Mes ballerines cédèrent sous mon corps, m'envoyant

valser dans un mur proche. Un mur avec des mains qui m'agrippèrent les hanches pour me maintenir debout.

Je secouai la tête pour chasser mes pensées, et pour la première fois je remarquai les ténèbres qui m'entouraient. Je m'étais enfuie avec une seule idée en tête, sans faire attention à mon environnement.

— Tu vas bien ? me demanda une voix grave.

Le visage de l'homme était tapi dans l'ombre. Je ne voyais que ses yeux noirs perçants.

Un frisson me parcourut l'échine. Il y avait quelque chose de dangereux chez cet homme. On aurait dit que cela masquait son aura et lui permettait de se fondre dans la nuit.

Ou peut-être n'était-ce que mon imagination.

Qu'est-ce que j'en savais ?

Je fis un pas en arrière, et me retrouvai coincée dans sa prise bien trop puissante.

— Lâche-moi, soufflai-je, laissant transparaître mon exigence dans le ton de ma voix, masquée par mes émotions.

Il me relâcha aussitôt, et je tombai à plat sur les fesses sur un tas de neige sale venant dè la route. Évidemment. J'avais envie de hurler pour dénoncer l'injustice de tout cela, de geindre à cause du froid, et de ramener mon ange gardien à la raison. En supposant qu'il existe. Je commençais sérieusement à douter de l'intérêt de l'univers à mon égard.

L'étranger me tendit la main, mais je la repoussai, trop agacée pour accepter son aide après avoir été larguée sans ménagement sur le sol. Même si je reconnaissais que c'était plus ma faute que la sienne.

Je me relevai, glissai à nouveau et atterris contre un vrai mur cette fois. Avec un grognement résolu, je repris la direction de ma maison.

Maison, ironisai-je. *Qu'est-ce que c'est, d'ailleurs ?*

— Hé ! cria l'homme dans mon dos.

Je l'ignorai.

C'était une soirée infernale, et j'avais juste envie qu'elle s'arrête. Mon corps tout entier était frigorifié, je frissonnais et j'étais probablement en train de mourir à cause du mélange hivernal, ce fameux assemblage de pluie glaciale et de grêlons.

Ne serait-ce pas un merveilleux final à toute cette histoire ?

J'essuyai les stries glacées sur mes joues et avançai. Ce n'est que lorsque j'atteignis la porte arrière de ma maison que je réalisai pourquoi j'avais si froid.

J'avais perdu mes ballerines.

Les ballerines de ma *mère*.

Je m'écroulai sur le perron, à bout de forces, et m'autorisai enfin à pleurer vraiment.

Ma soirée de conte de fées se terminait par un « et elle ne vécut *jamais* heureuse… »

Parce que l'amour et la joie n'existaient pas dans mon monde. Il n'y avait que la dure réalité, et des jeux cruels.

Et j'en avais assez d'être la cible des blagues des autres.

ELLA

LES UNIFORMES scolaires étaient le fléau de mon existence. Que n'aurais-je pas donné pour un foutu sweat à capuche sous lequel me cacher.

Aujourd'hui, les ragots tournaient autour de l'arrivée d'un nouvel élève. Quelqu'un qui avait dû s'installer chez son riche oncle pour des raisons inconnues. Évidemment, la population estudiantine de l'Académie Darlington avait de nombreuses théories à ce sujet.

— J'ai entendu dire qu'il avait été viré de sa dernière école pour avoir mis le feu à un professeur.

— Meghan m'a dit que c'était parce que son père est en prison pour avoir détourné de l'argent. Alors maintenant, il est obligé de se cacher, ou un truc du genre, parce qu'il y a des types super-énervés à ses trousses.

— Je suis presque sûr que ce n'est pas ça. Je veux dire,

7

tu as vu sa voiture ? On ne peut pas acheter cette édition limitée quand on est fauché, Cas.

— Tommy a dit que c'était le fils d'un parrain de la mafia.

— *Mmmh*, Tommy serait au courant.

— Non ?

Je levai les yeux au ciel, me frayant un chemin à travers la masse des élèves pour atteindre mon cours d'anglais. Ces idiots avaient vraiment trop de temps à perdre. Nous n'avions même pas encore commencé les cours qu'ils avaient déjà inventé un tas d'histoires au sujet du nouveau. Le pauvre gars. Il n'avait aucune idée du genre d'enfer dans lequel il venait de mettre les pieds.

Encore huit mois, me dis-je. *Ensuite tu seras libre.*

Techniquement, comme j'avais 18 ans, je pouvais partir maintenant, chose que ma belle-mère prenait plaisir à me rappeler chaque fois qu'elle me disait d'aller gagner ma vie.

Hélas, pour toucher mon héritage, il me fallait un diplôme.

Ma mère l'avait stipulé dans son testament.

Et je ne pouvais pas vraiment m'inscrire dans un lycée public sans avoir d'adresse.

J'étais donc coincée dans cet enfer jusqu'en juin.

C'est le prix à payer pour avoir un avenir, songeai-je ironiquement, m'asseyant à l'arrière de la salle comme à mon habitude.

Je préférais me cacher et prendre des notes, ce qui était plus facile ici, loin des autres élèves. Évidemment, ça ne les empêchait pas de me harceler.

En soupirant, je levai les yeux sur l'ombre qui se rapprochait de moi.

— Oui ? m'enquis-je en guise de salutation.

Charlie Anderson, avec ses cheveux trop parfaits coiffés

en arrière pour révéler ses traits d'une beauté classique, me sourit.

Toutes les filles l'adoraient, lui, le play-boy perpétuel et meilleur ami de Dash Charming. Le duo régnait pratiquement sur l'école, avec leurs familles plus riches que Crésus.

— Est-ce une façon d'accueillir un prince, la Cendrée ? me demanda-t-il en appuyant sa hanche contre ma table.

— Oh, je suis désolée.

Je le regardai en battant des cils.

— Oui, Votre Stupidité ? Comment puis-je vous divertir aujourd'hui, vous et vos abrutis d'amis ?

Il tendit la main pour tirer sur une des mèches de cheveux tombées de mon chignon. Je le laissai faire uniquement parce que j'avais appris des années auparavant que le châtiment est pire quand je lutte. Toutefois, en général, l'absence de réaction les faisait fuir.

Mais pas aujourd'hui.

Non, le Royal Imbécile de l'Académie de Darlington voulait quelque chose.

Et il jouerait avec moi jusqu'à l'obtenir.

Les élèves commencèrent à entrer dans la salle, et il leur tournait le dos tout en scrutant mon chemisier et ma jupe.

— Tes fringues ont l'air un peu grandes, la Cendrée.

— Parce qu'elles le sont, lui répondis-je d'un ton doucereux.

Avant, elles appartenaient à Ryan. La princesse garce ne pouvait pas porter la même tenue plus de cinq fois, même s'il s'agissait d'un foutu uniforme. C'était donc souvent que j'héritais de ses secondes mains. Ce qui ne m'aurait pas posé de problème pour peu que nous soyons bâties de la même manière. Mais elle était tout en courbes, alors que j'avais la silhouette élancée de ma mère.

— Quel dommage, dit-il. J'aimerais mieux voir la silhouette en dessous.

Je levai les yeux au ciel.

— Mais bien sûr ! Et si on faisait ça plus tard ce soir ?

Il retroussa les lèvres.

— Là, tu parles un langage que je connais.

Je fis un sourire en réponse au sien.

— Ça n'arrivera jamais, Sir Imbécilenstein.

Je lui envoyai un baiser.

— On sait tous les deux que si, si je le voulais vraiment. Mais personne n'a envie de toucher des trucs sales. Il relâcha mes cheveux et s'essuya la main sur son pantalon repassé.

— Tu devrais essayer de te doucher le matin. Il paraît que ça aide.

J'avais pris une douche ce matin.

Ensuite ma belle-mère m'avait assigné une tâche de dernière minute juste avant l'école, ce qui ne me laissait pas le temps de me laver ensuite.

D'où les feuilles dans mes cheveux.

Autant j'adorais les couleurs de l'automne, autant je détestais les corvées qui l'accompagnaient. Parce que, merde, nous avions des tas de feuilles dans le jardin. Ça me dépassait totalement que ma belle-mère garde tous les arbres de notre propriété. De toute évidence, elle ne les appréciait pas, pas plus que les animaux qu'ils attiraient dans notre jardin.

Il récupéra une feuille dans mes cheveux et me la jeta au visage.

— Tu es dégoûtante. Je suis presque certain que ça va à l'encontre du code vestimentaire, ajouta-t-il avec une moue.

Je ricanai en voyant l'étalage de peau bronzée au niveau de son col.

— Tout comme le fait de ne pas porter de cravate.

— J'en ai fait un meilleur usage, murmura-t-il d'un ton plein de sous-entendus. Non pas que je m'attende à ce que tu y connaisses quoi que ce soit.

Il se rapprocha.

— Mais peut-être que je te ferai une démonstration un jour. Déflorer des vierges peut être amusant.

J'inclinai la tête sur le côté.

— Tu crois que tu pourrais ? lui demandai-je, feignant l'innocence. Parce que j'aurais bien besoin d'un bon mentor.

Je fis semblant de le regarder, et ajoutai :

— *Mmmh*, non, désolée. Je ne suis pas trop fan de Pepe le Putois.

Il plissa les yeux, et son ton badin disparut derrière le masque impitoyable que je ne connaissais que trop bien.

— Tu es à fond dans les surnoms aujourd'hui, hein, *Isabella* ?

— Eh bien comme on dit, *qui se sent morveux se mouche*, répondis-je avec un haussement d'épaules.

Il saisit mon menton et rapprocha son nez du mien.

Mon cœur manqua un battement, et le voir si proche me retourna l'estomac.

Je détestais qu'ils me touchent.

Mais ils le faisaient souvent, me traitant comme ces jouets pour chiens qu'ils écrasaient sous leurs bottes. Personne n'intervenait jamais. Pas même quand ils me faisaient mal, comme c'était le cas à ce moment-là.

Les administrateurs de cette prestigieuse académie se souciaient plus de leur budget que de leurs étudiants. Je n'étais qu'une bonne œuvre, quelqu'un qui avait de la chance d'être entre ces murs. Peu importait que ce soit l'argent de *mon* père qui payait les factures. Non. Il était mort, laissant la gestion de ses biens à Clarissa.

— Attention, la Cendrée, me prévint Charlie, les lèvres contre mon oreille.

— Si tu me pousses, je te pousserai plus fort encore.

Il relâcha mon menton et posa la main entre mes seins, et me repoussa si fort que je reculai de trente bons centimètres.

— Tu empestes, éructa-t-il en se redressant avec un sourire mauvais. Reste là. Nous autres, on aime bien préserver notre odorat.

Sur ces paroles, il fit demi-tour et se rapprocha d'une horde de filles qui gloussaient et de types qui souriaient.

Notre public.

Oui, profitez du spectacle, songeai-je en ramenant bruyamment ma chaise à ma place.

Parce que je les emmerdais, lui et son ordre.

Soit il ne m'entendit pas bouger, soit il s'en fichait. C'était sûrement la seconde option. Il avait accompli sa tentative d'intimidation du jour, faisant de lui le centre de l'attention. Le roi dominant ses sbires.

Au moins, Dash n'était pas dans cette classe. C'était un sacré défi de gérer les deux princes de ce royaume et source de maux de tête.

Tout le monde se tut brusquement, et un frisson me parcourut l'échine.

Merde. Il a remarqué. Et maintenant…

— Tu dois être le tristement célèbre Trayton Nacht, lança Charlie, redressant les épaules sous son blazer, tourné vers l'avant de la pièce.

— Je ne suis pas sûr pour « tristement célèbre », fut la réponse qu'il obtint.

Ma peau se couvrit de chair de poule, car la voix du nouvel arrivant était profonde et masculine, avec une légère nuance.

— Et je préfère Tray.

Un coup d'œil dans la pièce me confirma que je n'étais pas la seule fille touchée.

La population féminine manifestait de l'intérêt, alors que la jalousie se mêlait à la curiosité sur les visages masculins. Je ne voyais pas bien le nouveau, mais visiblement, il avait un impact physique.

Ce qui expliquait la posture défensive de Charlie.

Il n'aimait pas les hommes qui menaçaient sa position de mec le plus sexy de l'école. Seul Dash avait le droit de partager la place avec lui.

Même si certaines auraient pu dire que c'était Charlie qui partageait la place avec Dash. Et non l'inverse.

Quoi qu'il en soit, ce type représentait une certaine concurrence.

— Charlie Anderson, annonça le prince de l'Académie de Darlington au nouveau venu. Fils de Jackson Anderson.

Silence.

Au bout d'un long moment, Tray répondit :

— Oh, désolé. C'était censé signifier quelque chose pour moi ?

Mes lèvres se retroussèrent. *Ce n'était pas la chose à dire, mon pote.* Mais en même temps, c'était admirable.

— Le propriétaire d'Anderson Motors, répondit Charlie qui croisa les bras.

Il me tournait toujours le dos, m'empêchant de voir le nouveau. Mais je sentais la tension monter entre eux.

— Oui, désolé, je ne suis pas très calé en matière d'industrie automobile américaine. Mais félicitations pour ce lien de parenté.

Il le contourna, et pour la première fois je pus poser les yeux sur le type qui osait défier la royauté de Darlington.

Il avait des cheveux châtain-roux.

Une mâchoire carrée.

Un cou solide.

Apparemment, il ne comprenait pas bien le code vestimentaire de l'Académie : un blouson en cuir, ce n'était pas la même chose qu'un blazer.

Il s'assit à la table devant moi, et son attitude nonchalante en disait long sur ce qu'il pensait de la petite inquisition de Charlie. Il avait presque « Je n'en ai rien à cirer » écrit en gros sur le front.

Eh bien, voilà qui allait rendre les choses intéressantes.

Combien de temps allait durer sa petite rébellion contre les princes de l'Académie de Darlington ?

Je lui donnais une semaine avant qu'ils ne le recrutent dans leur cercle. Il possédait juste assez d'arrogance pour être un bon candidat, et son allure lui assurait l'entrée de la chambre des élites féminines. Ce n'était qu'un entretien amélioré pour voir à quelle vitesse il succomberait à leur pouvoir. Une fois qu'il l'aurait fait, on lui donnerait un statut. Et le reste serait de l'histoire.

La professeure Montgomery entra en trombe, empêchant Charlie de poursuivre avec le nouveau.

— Asseyez-vous, asseyez-vous, dit-elle en agitant les bras en même temps qu'elle parlait.

Cette femme avait toujours un penchant pour le théâtral. Ses cheveux blancs tirés en arrière en un chignon sévère lui conféraient une allure stricte. Mais sa gentillesse se voyait au fond de ses yeux d'un bleu vif.

Je l'adorais, avec ses méthodes dingues.

Comme maintenant. Elle scruta attentivement Trayton Nacht et claqua des doigts.

— Eh bien, présentez-vous !

Droit au but, comme toujours.

Je souris en le voyant se rasseoir un peu plus droit et s'éclaircir la gorge.

Oui, Montgomery ne plaisante pas.

— Tray, dit-il.

Et il se tut.

— Tray, répéta-t-elle au bout d'un moment. Ceci est un cours d'anglais, Tray. Nous formons des phrases complètes. À présent, levez-vous et présentez-vous comme il se doit.

— Bien sûr.

Il repoussa sa chaise pour se lever et je fus éclipsée dans son ombre. Parce que oui, il était beau *et* grand.

N'était-ce pas leur cas à tous ? songeai-je avec ironie.

Il me jeta un coup d'œil par-dessus son épaule ; ses iris étaient un mélange d'obsidienne et de chocolat noir. Mon genre de boisson préféré. Non pas que j'avais envie de le goûter.

— Mon nom est Trayton Nacht, annonça-t-il tout en me regardant. Mais je préfère qu'on m'appelle Tray.

Il se retourna pour faire face à la professeure Montgomery.

— Est-ce que cela vous paraît suffisant ? Ou dois-je préparer une biographie complète ?

Plusieurs élèves ricanèrent.

Je me mordis la lèvre, sachant pertinemment que ça n'allait pas passer. Du tout.

Le sourire de la professeure Montgomery confirma ce que je pensais.

— C'est une excellente idée, Monsieur Nacht.

Elle joignit les mains et parcourut la classe du regard.

— Et comme vous souriez tous, je vois que vous êtes d'accord. Nous allons en faire un devoir de groupe, pour que tout le monde puisse participer.

Les ricanements laissèrent place aux gémissements, et je hochai simplement la tête.

Des idiots.

— Interviews avec ses pairs, continua la professeure

Montgomery. Avec une biographie complète de trois à cinq pages, pour vendredi.

Comme nous étions mardi, cela ne nous laissait que trois jours pour faire le devoir.

Fantastique, putain.

Tray regagna son siège, avec cette même attitude paresseuse.

— Ma vie n'est pas si intéressante. Que diriez-vous d'une seule page à la place ?

La professeure Montgomery haussa un sourcil.

— Eh bien, alors je plains votre partenaire, parce que la consigne, c'est de produire trois à cinq pages. Et vous écrirez la biographie de l'étudiant que vous interviewerez, pas la vôtre, Monsieur Nacht.

De nouveaux gémissements jaillirent dans la classe.

Mais Tray, lui, sourit.

— Brillant. Devons-nous choisir nos partenaires ?

Bon sang, ce type ne savait pas quand s'arrêter. À ce rythme-là, il serait en retenue à la fin de la journée.

Je secouai la tête au moment où notre professeure annonçait :

— Non. C'est moi qui vais choisir. Et comme mademoiselle Cinder semble désapprouver ce devoir, vous ferez équipe avec elle.

Elle me jeta un regard qui me fit lever les yeux au ciel.

Ce n'était absolument pas pour cette raison qu'elle m'avait mise en binôme avec lui.

Elle l'avait fait parce qu'elle savait que je ne le laisserais pas tricher.

C'était grossier. Apparemment, il fallait que je révise le top 3 de mes professeurs préférés.

Montgomery se mit à former les autres binômes pour le projet et la classe finit par se taire à contrecœur.

— Vous pouvez tous remercier monsieur Nacht de

m'avoir donné cette idée, ajouta-t-elle à la fin, principalement pour planter un dernier clou dans le cercueil de son statut social.

Évidemment, lui semblait amusé par tout ça, ses lèvres pleines remontées en un sourire arrogant.

— De rien, dit-il.

Charlie lui jeta un regard noir, suivi par plusieurs autres.

Mmmh, peut-être qu'au final Trayton Nacht ne serait pas intronisé dans le cercle royal à la fin de la semaine. Surtout s'il continuait à faire suer tout le monde.

Au premier rang, Trina leva la main – ses cheveux parfaits étaient assortis à son uniforme parfaitement repassé. La professeure Montgomery haussa un sourcil, sa manière bien à elle de donner la parole à un élève.

— Pourrait-on avoir le reste du cours d'aujourd'hui pour travailler sur notre devoir ? s'enquit-elle. Comme c'est la semaine de rentrée, la plupart d'entre nous ont des activités obligatoires après les cours. Et l'équipe a aussi des entraînements supplémentaires.

— Sans parler de l'entraînement de football, glissa Charlie.

Ah, oui, les activités extrascolaires étaient toujours plus importantes que le reste.

Ce qui était exactement la raison pour laquelle Montgomery prit quelques instants pour réfléchir à la demande.

— Je vais décaler la date de remise du devoir à vendredi de la semaine prochaine, décida-t-elle. Cela devrait vous permettre de tenir vos engagements de cette semaine, non ?

Tray parut surpris.

Le reste de la classe sembla soulagé.

— Mais le devoir doit être fait en dehors de l'école.

J'attends de vous des entretiens approfondis et des biographies véridiques.

Elle scruta d'un air entendu les élèves qui faisaient en général semblant de suivre ce cours.

— Personne n'écrit le devoir de l'autre. Je le saurai.

Ce serait la solution de facilité.

Mais je savais qu'il valait mieux ne pas tester la patience de Montgomery.

— En fait, je veux au moins deux heures d'enregistrement pour les entretiens, avec des notes détaillées et des preuves visuelles de votre rencontre. Cela ne devrait pas poser trop de difficultés pour ceux d'entre vous qui adorent l'appareil photo de leur smartphone.

Elle reporta son attention sur Trina.

La blonde, véritable concentré de perfection, minauda :

— Bien sûr, professeur Montgomery. Ce ne sera pas un problème pour la plupart d'entre nous.

Elle me jeta un regard en prononçant ces mots.

— Ça ira, répondis-je. Mais merci de votre sollicitude, Princesse Parfaite.

— Le pauvre petit nouveau va devoir faire avec l'amoureuse des feuilles, ajouta Charlie. Désolé, mon pote. J'espère qu'au moins elle se douchera avant la date de votre entretien.

— Ça suffit, Monsieur Anderson, le coupa sèchement Montgomery.

C'était la seule dans toute cette école à m'avoir défendue. Ce qui faisait que je l'aimais tout autant que je la méprisais.

Je n'avais pas besoin d'un sauveur. Je me sauvais moi-même chaque jour, merci bien.

Elle se lança avec brio dans sa leçon du jour : elle ne voulait pas perdre une seconde de plus. Parce qu'elle savait que c'était ce qui arriverait si elle me laissait me défendre moi-même. Je n'avais aucun scrupule à remettre Charlie Anderson à sa place.

Tray fit pivoter sa chaise de manière à placer son dos au mur, sa position latérale sur le siège lui permettant de me voir et de voir l'avant de la salle en même temps.

Je fis semblant de ne pas le remarquer.

Pas même quand il me regardait directement.

Ce qui, certes, était terriblement déroutant. Ce garçon avait une présence qui semblait consumer la pièce. Et à son attitude, je compris qu'il le savait aussi.

À l'évidence, c'était un arrogant, mais il y avait un soupçon de rebelle en dessous. D'où la veste en cuir. Et je venais tout juste de réaliser que la professeure Montgomery n'avait fait aucune remarque à ce sujet.

Étrange.

En général, elle était très à cheval sur le code vestimentaire, parce qu'elle avait…

— Tu n'aimes pas prendre de douches ? me demanda-t-il doucement, la voix suffisamment basse pour que personne d'autre ne l'entende.

Je cillai en le regardant, surprise par cette interruption.

— C'est fascinant, ajouta-t-il en humant subtilement l'air. Tu sens délicieusement bon pour moi.

J'écarquillai les yeux.

— Pardon ?

Je parlai aussi bas que lui car je ne souhaitais pas attirer l'attention. La professeure n'apprécierait pas que nous chuchotions pendant sa leçon.

Tray ouvrit son sac, en sortit un morceau de papier et griffonna dessus avant de me glisser le petit mot.

— Voici mon numéro. Pour notre devoir.

— Je n'ai pas de téléphone, lui répondis-je en lui

rendant son mot. Il faudra qu'on se retrouve par d'autres moyens.

Il fronça les sourcils.

— Qui n'a pas de téléphone à ce siècle ?

— Moi.

Parce que ma belle-mère ne cessait de répéter que je n'en avais pas besoin.

— Y a-t-il quelque chose que vous aimeriez partager avec la classe ? s'enquit la professeure Montgomery.

— Rien d'important, je lui demandais juste si elle avait besoin d'emprunter du savon, répondit Tray.

Ce qui fit ricaner Charlie et lui valut un regard noir de ma part.

— Vous savez, pour l'aider avec son problème de douche.

La professeure Montgomery prit une teinte cramoisie peu flatteuse.

— Je comprends bien qu'il s'agit de votre premier jour, Monsieur Nacht, mais je ne tolérerai aucun harcèlement ni comportement perturbateur dans cette classe. Une nouvelle intervention ou un commentaire déplacé et je n'aurai d'autre choix que de vous envoyer chez le directeur. Suis-je bien claire ?

— Je pensais être utile, répondit-il en levant les mains en signe de reddition. Commentaires dûment notés.

Ma tête heurta le bureau. *Imbécile.*

Et la professeure Montgomery grogna :

— Bureau du proviseur Jeffries. Maintenant.

— Il me faut quelqu'un pour m'indiquer le chemin, dit-il en rassemblant ses affaires dans son sac avant de se lever.

— Mademoiselle Cinder, dit la professeure entre ses dents. Veuillez escorter notre nouvel élève jusque chez le proviseur Jeffries. Cela vous donnera peut-être à tous les deux le temps d'organiser vos futurs entretiens.

Pourquoi suis-je mêlée à la punition de cet abruti ? me demandai-je, abasourdie.

— Sérieusement ? répondis-je tout haut en relevant la tête.

— Sérieusement, répondit-elle d'un ton sec.

Je serrai les dents et ramassai mes affaires. Comme si j'allais donner l'occasion à Charlie et ses sbires de jouer avec.

— Bien, dis-je en remontant la sangle sur mon épaule, avant de lui jeter un regard noir. Toi. Suis-moi.

Je n'attendis pas son accord, car mon ton impliquait déjà que je n'accepterais pas qu'il fasse autre chose qu'obtempérer.

Je marchai vers la porte, ignorant la professeure en chemin. Parce qu'il était clair que j'allais réviser mon classement des « favoris » après ça.

Tray grogna dans mon dos, comme s'il était un chien, déclenchant les rires de la classe.

Je levai les yeux au plafond en guise de réponse.

Ce type était comme tous les autres, un crétin immature qui avait bien trop de temps et d'argent à disposition.

Huit mois, me dis-je. *Encore. Huit. Mois.*

Alors je serais libérée de cet enfer, et je n'aurais plus jamais à regarder en arrière.

TRAY

MMMH, *délectable*, songeai-je en suivant Isabella Cinder dans le couloir vide de l'Académie Darlington.

Elle avait grandi depuis notre première rencontre dans cette ruelle, il y a un peu moins de trois ans. Comme moi. Si elle me reconnaissait, elle n'en laissait rien paraître. Elle était partie si vite, laissant ses ballerines détrempées dans la neige sale de la rue, formant une bosse bleu pâle.

Je n'allais pas la laisser s'échapper à nouveau.

Non. J'étais venu ici spécialement pour elle. Il y avait des choses qu'elle ne comprenait pas, et le Conseil m'avait donné la mission de les lui expliquer. Enfin, c'était plutôt moi qui m'étais proposé. Après tout, je l'avais découverte.

Tous avaient accepté de patienter jusqu'à ses 18 ans avant de la recruter dans notre monde.

Le moment était venu.

La pauvre petite chérie n'avait pas la moindre idée de qui étaient réellement ses parents, ni du destin qu'ils avaient remis entre ses mains. Elle le saurait bientôt. Mais nous allions jouer un peu d'abord.

— C'est ici, dit-elle en s'arrêtant brusquement devant les bureaux de l'administration. Amuse-toi bien.

Je plaquai la paume sur le mur pour lui bloquer le passage.

— Tu ne vas pas m'escorter à l'intérieur ?

Elle plissa ses magnifiques yeux bleus, dont la couleur me fit penser à la robe qu'elle portait le soir de notre première rencontre.

—Je suis sûre que tu te débrouilleras bien tout seul.

—Je suis peut-être timide.

Elle ricana.

— Mais bien sûr.

Elle croisa les bras, avec l'énergie insolente qui flottait tout autour d'elle. Quand elle aurait acquis ses pouvoirs, elle deviendrait une force de la nature. Putain, qu'est-ce que j'avais hâte !

— Je ne pourrai me libérer qu'une heure chaque jour après les cours pour notre projet. Alors, choisis deux jours pour notre entretien et nous en finirons le plus vite possible.

— Oh, j'ai déjà choisi un jour.

Elle attendit.

Je ne dis rien de plus, je continuai simplement de la regarder en la bloquant avec mon bras. Elle aurait pu faire un pas en arrière pour s'échapper, mais cette jeune femme courageuse demeura immobile devant moi, totalement indifférente à ma proximité.

Elle était tellement différente des femmes de l'Académie des Faë de Minuit. Si j'en avais acculé une de cette manière, cela aurait mené à de la séduction et du plaisir sensuel… Cela faisait partie des avantages d'être un royal.

Mais Isabella ne semblait absolument pas remarquer mes charmes naturels. En fait, elle semblait complètement désintéressée.

Fascinant.

— Et quel jour ce serait ? finit-elle par demander, à bout de patience.

Je souris.

— Samedi.

Elle fronça les sourcils.

— Je parlais d'un jour de semaine. Après l'école. À moins que tu ne prévoies d'assister à des cours le samedi ?

— Non, je prévois d'aller au bal de rentrée. Avec toi comme cavalière.

Je me penchai vers elle ; j'adorais la manière dont sa silhouette fine semblait s'adapter à ma taille bien plus grande.

— Essaie de porter quelque chose de joli, Mademoiselle Cinder.

J'attrapai l'une des baguettes de son chignon et la laissai tomber à terre entre nous.

— Je viendrai te chercher à 18 heures. On fera les entretiens au dîner avant le bal.

Je déposai un baiser sur sa joue et la contournai alors qu'elle bafouillait quelque chose d'inintelligible dans mon dos.

— Quoi ? Tu…

Je disparus dans les bureaux de l'administration avant qu'elle puisse terminer. Cette fille délicieuse pouvait me rejeter autant qu'elle le voulait, mais d'ici samedi, elle accepterait. Parce qu'à ce moment-là, elle saurait pour quelle raison j'étais là. Du moins, en partie. Et elle serait trop intriguée pour résister.

Bienvenue dans mon monde, Isabella Cinder.

J'espère que tu voudras rester et jouer un peu.
Parce que tu es à moi maintenant, mon cœur.

ELLA

LE BAL DE RENTRÉE.

Il devait plaisanter.

Se moquer de moi.

Merde, il ne connaissait même pas mon nom ! Bon, il savait mon nom de famille. Mais m'emmener à un bal ? Oui, non, hors de question. Je n'assistais pas aux événements de l'école, pas depuis la première année.

Je frissonnai à ce souvenir. *Ça n'arrivera pas*. Non. Il pouvait toujours courir. Il n'aurait qu'à trouver quelqu'un d'autre de qui se moquer, parce que je ne m'adonnais pas à ce genre de jeux. Pas avec lui. Avec personne.

Oh, mais il avait assurément fait forte impression sur toutes les filles. Il avait manqué le déjeuner, mais ça ne l'avait pas empêché d'être le sujet de l'après-midi dans le vestiaire des filles. Nombreuses étaient celles qui supposaient qu'il avait séché le reste de la journée après son entrevue avec le directeur ce matin, mais sa voiture était toujours sur le parking. D'autres se disaient qu'il se promenait peut-être dans l'enceinte de l'Académie.

Mon avis ? Bon débarras.

Je refermai mon casier et pris mon bonnet et mes lunettes sur le banc, puis franchis les portes qui menaient au bassin de natation. Tous les élèves devaient s'inscrire à une activité physique chaque année. J'avais choisi la natation car aucune de mes demi-sœurs ne savait nager, et c'était sympa de pouvoir faire quelque chose dont elles étaient incapables.

Malheureusement, Charlie et Dash étaient nageurs tous les deux.

Ce qui signifiait qu'ils étaient dans ce cours.

Je les ignorai comme toujours, et m'agenouillai pour plonger mon bonnet dans l'eau. La chaleur recouvrit mon dos exposé quand je me relevai, et je soupirai. *C'est parti*, me dis-je, malheureusement habituée à ce jeu.

Charlie ne me laissa même pas le temps de me tourner avant de me donner un violent coup sur la hanche, m'envoyant à l'eau.

Ou peut-être était-ce Dash, aujourd'hui.

Qui savait ?

Je poussai depuis le fond de la piscine, mais plutôt que de remonter dans le couloir de nage dans lequel j'étais « tombée », je frappai du pied pour me donner un peu de distance. J'avais commis l'erreur une fois d'essayer de remonter au même endroit, et un poing m'avait tenu les cheveux bien trop longtemps.

Plus jamais.

Je repris mon souffle et me dirigeai vers le couloir suivant, juste au cas où l'un de ces imbéciles aurait tenté de me suivre, et je filai vers l'un des murs.

Heureusement, je les devançai au plot de départ et réussis à me hisser sur le bord.

Des rires masculins retentirent. Je les ignorai pour mettre mon bonnet, mais alors que j'enfilais mes lunettes, je réalisai qu'il y avait trois gars, pas deux.

Trayton Nacht.

Je plissai les yeux. C'était lui qui m'avait poussée ? Parce qu'il semblait plutôt amusé, à se tenir là vêtu d'un simple maillot de bain.

Plusieurs filles étaient bouche bée devant les muscles saillants de son torse, comme si elles n'avaient jamais vu un homme athlétique. Genre, *hello*, Dash et Charlie arboraient le même genre de physique. Certes, Tray avait pour lui le charme des boucles auburn à l'ébouriffé naturel avec des yeux mouchetés d'or. Mais il était taillé comme les autres gars. Apparemment, il s'intégrait bien à leur groupe, vu les tapes qu'ils lui donnaient dans le dos comme pour le féliciter.

Pourquoi ? Parce qu'il m'avait poussée ? me demandai-je, lèvres pincées. *Quelle bonne idée, si on créait tous des liens en s'en prenant à la pauvre petite Cendrée.*

Peu importe.

Bientôt je les écraserais tous à la course. Ça rendait Charlie complètement dingue de ne pas pouvoir me rattraper. Dash, lui, n'était jamais très loin. Alors qu'allait faire monsieur Nacht ? Effectivement, il avait le corps d'un nageur avec ses épaules larges, sa taille fine et ses longues jambes. Une carrure de nageur libre, si mon œil était suffisamment exercé.

Mmmh. Cela promettait de devenir intéressant, parce que Dash avait aussi un penchant pour les courses en nage libre de courte distance.

— Je vois que tu as fini par prendre une douche, la Cendrée, lança Charlie alors que le trio s'approchait.

Je retroussai les lèvres en remontant mes lunettes sur mes yeux.

— Et je vois que tu t'es fait un nouveau petit copain, Chuckie. C'est mignon.

Je leur envoyai un baiser et plongeai à l'eau avant qu'ils ne puissent répliquer. Apparemment, je commençais mon échauffement en avance, tous comme les gars, à en juger par les bruits de plongeon dans mon dos.

Super.

Leurs bonnets et leurs lunettes allaient les retarder, me laissant une longueur d'avance dans cette piscine de cinquante mètres. Certes, sur le chemin du retour, j'allais avoir un souci. Il allait peut-être falloir que je sorte de l'eau et que je fasse le tour du bassin en marchant.

Ou…

Une main me saisit la cheville, me tirant en arrière contre un corps dur.

Je couinai ; mon élan ne me portait plus dans la direction que je voulais.

Merde ! Je m'accrochai à une paire d'épaules masculines, l'eau était trop profonde pour que je me tienne debout. Ce n'était pas bon. Il fallait que je me batte, que je griffe mon assaillant et que je sorte du Dodge.

Mais il ne tressaillit même pas quand je plongeai les ongles dans sa peau ; à la place, il m'agrippa par les hanches et me colla contre lui.

— Je ne vais pas te faire de mal, chuchota-t-il contre mon oreille.

Je cillai, surprise.

— Tray ?

— Fais-moi confiance, souffla-t-il, effleurant ma joue de ses lèvres comme il l'avait fait plus tôt dans la journée.

Je fronçai les sourcils.

— Je ne te connais même pas.

— C'est sur le point de changer, répondit-il alors que l'eau autour de nous se mettait à remuer.

Dash arriva en premier, et son air triomphant me retourna l'estomac. Mais c'est l'arrivée de Charlie et son air vengeur qui me fit transpirer, même dans l'eau.

Trois hommes, la bonne vieille moi, et un tas d'élèves en guise de spectateurs.

Ça ne pouvait pas bien se terminer.

Où est Grayson ? me demandai-je, balayant la piscine du regard à la recherche de l'entraîneur de natation. En général, il dessinait des séries sur le tableau pour s'entraîner. Évidemment, il n'était nulle part. Ce qui signifiait que je n'avais aucun renfort.

Le pouce de Tray me caressa la hanche, m'envoyant un frisson dans la colonne. Il était vraiment obligé de me tenir si près de lui ? Je le *sentais* à travers nos maillots de bain, son intérêt croissant était comme une marque au fer rouge contre mon bas-ventre. Ce n'était pas bon. Pas bon du tout.

Et quel était son intérêt à être attiré par moi ?

— Je vois que tu as attrapé un poisson mort, lui dit Charlie dont le ton refroidit l'ambiance.

— Oh, je n'ai pas l'impression qu'elle soit morte, répondit Tray en me serrant plus fort. Elle m'a l'air bien vivante.

— Laisse-moi partir, exigeai-je, m'agrippant à ses bras.

— Non, ça me plaît que tu sois là, Isabella.

— Isabella ? répétai-je. Personne ne m'appelle…

Je m'étranglai avec une grande gorgée d'eau alors qu'il me tirait brutalement sous la surface, ses mains comme des blocs de ciment contre mes flancs.

Des gloussements masculins résonnèrent au-dessus, un son qui me parut distant. Je griffais le ventre de Tray pour qu'il me libère, mais cet abruti ne bougea pas d'un pouce.

Je battis des jambes, créant un tourbillon en dessous de nous alors que je luttais pour faire levier.

Rien.

Merde !

Mes poumons commencèrent à me brûler, mon énergie s'épuisant dans la lutte contre ce mur de briques qu'était Trayton Nacht.

J'agrippai son maillot de bain et tentai de le baisser en dernier recours.

Le nœud tint bon.

Il n'allait pas me noyer comme ça ? Mais quelque chose dans sa manière de me tenir me poussa à reconsidérer ses intentions.

Mes membres commencèrent à me picoter.

Mon besoin de respirer prit le dessus et j'ouvris la bouche convulsivement.

Et soudain l'air doux me frappa le visage et je haletai douloureusement.

Dash et Charlie riaient comme deux hystériques.

Mais Tray avait les yeux rivés sur les miens et leur intensité me fit battre rapidement des paupières et recracher du liquide de ma bouche.

— Voyons voir si tu peux finir ce passage maintenant, railla-t-il en me repoussant brutalement.

Sans réfléchir, mes bras et mes jambes se mouvaient déjà tandis que je combattais la douleur qui grandissait dans ma poitrine. Un véritable raz-de-marée me poursuivait, le trio s'étant lancé derrière moi comme une sorte de course-poursuite tordue.

Je plongeai sous les lignes de couloir, en quête du bord de la piscine, et me hissai hors de l'eau avant qu'ils ne puissent m'attraper. Je tremblais de tous mes membres, de la tête aux pieds, avec la vive sensation de noyade qui hantait chaque nouvelle inspiration.

Tray atteignit le bord en premier, mais plutôt que de bondir après moi, il posa ses bras sur le bord et me regarda. Charlie et Dash n'étaient pas aussi désinvoltes, leur colère était palpable.

— C'était quoi ce bordel, mec ? s'exclama Charlie.

Tray retroussa brièvement les lèvres et me fit un clin d'œil avant de plaquer de nouveau un masque froid sur ses traits.

— De quoi tu parles ? s'enquit-il en regardant mes bourreaux. La souris s'est enfuie. Nous la poursuivrons de nouveau bientôt.

— Parce que tu t'es servi de mon torse comme d'un foutu tremplin ! balança Charlie en sortant de l'eau.

Et effectivement, il avait une marque rouge qui se formait sur son abdomen.

C'est intéressant. J'étais presque jalouse.

— C'est ma faute, mec, répondit Tray en relâchant le mur. J'étais impatient de tester mon nouveau jouet.

Mon estomac se retourna. *Je ne suis pas un foutu jouet.*

— Je ne sais pas ce que vous voulez faire, mais je suis prêt à faire quelques longueurs. On se retrouve après.

Il relâcha le mur et s'éloigna sur le dos. Après quelques légers coups de pied, il se tourna sur le ventre et partit vers le bord opposé du bassin à longues et puissantes poussées.

Pas étonnant qu'il m'ait attrapée.

Ce type était un sacré poisson.

— On n'en a pas fini, la Cendrée, siffla Charlie, attirant de nouveau mon attention sur lui.

— Comme toujours, marmonnai-je en m'obligeant à me relever sur mes jambes tremblantes. Mais j'ai eu ma dose pour aujourd'hui.

Sur cette misérable réplique, je me rendis dans le seul endroit où ils ne pouvaient pas me suivre : le vestiaire des filles.

TRAY

MON SANG se mit à bouillonner et la magie jaillit au bout de mes doigts. Il m'avait fallu me réfréner physiquement pour ne pas m'en prendre à Charlie et son pote Dash. Les noyer aurait été beaucoup trop simple.

Et en plus, je ne pouvais pas. Ils méritaient de souffrir pour les crimes qu'ils avaient commis envers Isabella. Et il fallait que ce soit elle qui les fasse payer pour ces années de tourments.

Cependant, les deux filles appuyées sur ma voiture à cet instant constitueraient le bouquet final.

Ryan et Carmen Cinder, les reines abeilles de l'Académie Darlington.

Des jupes courtes, des chemisiers déboutonnés et des lèvres rouge pute. Elles incarnaient le concept même de l'abus, contrairement à leur superbe demi-sœur, qui n'avait pas besoin d'une couche de maquillage pour mettre en valeur ses traits naturellement beaux.

J'appuyai sur le bouton pour déverrouiller ma voiture,

ouvris la portière passager et jetai mon sac à l'intérieur. Ryan et Carmen restèrent appuyées côté conducteur et leurs yeux bruns assortis brillèrent à mon approche.

— Mesdames, les saluai-je en me forçant à sourire. Vous voulez faire un tour ?

J'aurais préféré les conduire directement en enfer, là où était leur place, mais ça ne faisait pas partie du jeu. Si Isabella choisissait d'envoyer ces deux pétasses vers un destin funeste, alors soit. Mais pour le moment, je me devais de jouer mon rôle.

— On a entendu dire que tu t'intéressais à notre demi-sœur, lança Carmen en entortillant une mèche de cheveux blonds sur son doigt.

— Ah oui ?

Je calai ma hanche contre ma voiture et la scrutai lentement.

Des seins généreux, une taille fine, de longues jambes.

Je comprenais l'attrait qu'elle pouvait avoir pour la gent masculine, mais sous sa peau de porcelaine se cachait une sorcière aux griffes maléfiques.

— Qui est votre demi-sœur ? m'enquis-je en faisant semblant de ne rien connaître des tristement célèbres sœurs Cinder. Est-ce qu'elle vous ressemble ?

Les cheveux d'Isabella étaient d'un blond naturel, son corps était mince et svelte mais avec des courbes aux bons endroits, et j'aurais pu scruter son visage éternellement sans me lasser.

C'était la raison de l'obsession de Dash et Charlie pour elle. Oh, ils invoquaient le penchant de ses sœurs à brutaliser Isabella pour justifier leurs actes, mais ces deux types voulaient la sauter. Je l'avais vu dans leurs yeux aujourd'hui quand elle était arrivée au bord du bassin dans son maillot moulant. Ils la brutalisaient parce que ça leur donnait un prétexte pour la toucher.

D'où mon intervention.

Qui ne m'avait pas fait gagner de points auprès d'elle, mais il était hors de question que je reste assis à les regarder la tourmenter.

Carmen gloussa et Ryan rit, me ramenant à ce stupide exercice.

— Moi ? Ressembler à Isabella ?

Carmen semblait offensée, ce qui me fit grimacer. Parce qu'il était évident qu'il n'y avait aucune ressemblance entre elles deux. Et Ryan ne valait pas mieux avec son faux nez et ses dents qu'elle avait fait blanchir.

Ces deux filles étaient une affiche de prévention ambulante contre les accidents de chirurgie plastique.

— Crois-moi, il n'y a que des rongeurs pour ressembler à notre malheureuse demi-sœur, intervint Ryan avant d'avancer vers moi et passer un ongle rouge sang sur mon torse. Mais nous sommes curieuses de savoir pourquoi tu t'intéresses à elle.

— Oui, la rumeur dit que tu t'es amusé avec elle dans la piscine, ajouta Carmen qui envahit à son tour mon espace personnel pour m'agripper le bras.

Très directes.

Sûres d'elles.

Et visiblement d'humeur à prendre les choses en main.

Mais ces deux-là ne soupçonnaient pas à qui elles faisaient des avances.

J'attrapai la hanche de Ryan et l'attirai vers moi, et je savourai son halètement devant ma brusquerie. *Essaie de me manipuler,* songeai-je. *Je te mets au défi.*

— Mes centres d'intérêt ne regardent que moi, lui dis-je à la place, capturant son regard que je soutins. Mais tu as capté mon attention, chérie. Est-ce que je peux m'amuser avec toi à la place ?

Parce que je trouverais incroyablement divertissant de te mettre le feu, ajoutai-je, amusé par l'image qui me venait en tête.

Elle aplatit la paume sur ma poitrine, collant son corps au mien d'une manière experte qui témoignait de son expérience en matière de sexe.

Pourtant, ça ne me faisait aucun effet. En fait, je devais faire un petit effort physique pour ne pas grimacer.

— *Mmmh*, je pense que ça me plairait, murmura-t-elle, les lèvres contre mon oreille. Mais j'aurais besoin d'une preuve que tu es à la hauteur de la tâche.

Carmen se pencha de l'autre côté de moi, glissant les doigts dans mes cheveux.

— Oh, je crois qu'il l'est, Ry, lança-t-elle sur le ton de la conversation. En fait, je pense même que ça pourrait être très amusant.

— Tu suggères un test, sœurette ? roucoula Ryan.

Exactement. Elle me fit les yeux doux et se rapprocha.

— Un défi.

Ah, c'était trop facile. C'était mon premier jour, et elles tombaient déjà dans mon piège sans que je les y pousse. Brillant.

— J'écoute, murmurai-je, resserrant ma prise sur la hanche de Ryan.

C'était elle la meneuse, à l'évidence, alors c'était sur elle que je me concentrais.

— Qu'est-ce que tu avais en tête, mon chou ?

— Cette pauvre Ella, ça fait bien longtemps qu'elle n'a pas eu de cavalier pour le bal. Je pense que tu devrais l'inviter.

Elle promenait ses griffes rouges de haut en bas de ma chemise, me donnant envie de brûler les doigts incriminés d'un coup d'énergie.

Heureusement, ses paroles étaient comme une musique à mes oreilles.

— Tu veux que j'emmène une autre fille, cette *Ella*, à un bal ? répétai-je.

Elle hocha la tête.

— Mais pas seulement. Je veux que tu l'humilies.

Je fronçai les sourcils.

— Pourquoi ?

Elle haussa une épaule.

— Parce que c'est une petite traînée vaniteuse qui pense qu'elle est meilleure que le reste d'entre nous.

— Et personne ne l'a emmenée à un bal depuis la première année, ajouta Carmen.

— Je ne vois pas l'intérêt de tout ça, répondis-je en me penchant pour passer le nez contre la joue de Ryan. Tu m'as l'air d'être plus ma came. Et si je t'emmenais à la place ?

Elle poussa l'un de ces rires simulés qui rendaient la plupart des hommes mal à l'aise. C'était totalement exagéré, comme le reste d'elle.

— Eh bien, si tu remplis ta mission, tu nous auras toutes les deux en récompense, ricana Ryan, jetant un regard de conspiratrice à sa sœur avant de fixer ses yeux ternes sur moi. Mais seulement si tu la fais pleurer, le nouveau. Genre, tu lui mets la honte pour de bon. On te parle d'un effondrement total.

Je haussai les sourcils.

— Et j'ai droit à vous deux en récompense après ?

Est-ce qu'il y avait vraiment des types qui succombaient à ce genre de baratin ?

Oh, c'est vrai. J'avais rencontré plus tôt deux idiots dont c'était le cas.

Apparemment, le fantasme des sœurs jumelles dans ce monde bousillait vraiment les valeurs humaines.

Ryan hocha la tête.

— Tu nous auras toutes les deux aussi longtemps que tu le voudras.

— Comme tu voudras, dit Carmen, en jouant son rôle d'acolyte séduisante tout en pressant sa poitrine volumineuse contre mon bras.

— C'est une proposition intrigante, mesdames, admis-je.

Mais pas pour les raisons que vous supposez.

Disposer de ces deux-là dans n'importe quelle position serait un rêve devenu réalité. Parce que je les attacherais à un poteau et les brûlerais vives.

Putain, comment Isabella pouvait-elle vivre avec ces pétasses ?

— Alors qu'est-ce que tu en dis, beau gosse ? demanda Ryan en prenant une voix rauque avant d'effleurer ma mâchoire de ses lèvres.

J'en dis que j'ai besoin d'une douche, mon amour, songeai-je, réfrénant un haut-le-cœur et m'obligeant à sourire.

— Il faudra plus qu'une danse pour l'humilier au point de la faire craquer, lui dis-je, parce que j'avais besoin d'une excuse pour avoir le plus d'accès possible à Isabella. Ce que vous voulez faire, ça prendra plusieurs mois, ce qui signifie que je vais avoir besoin de plus d'une nuit entre vous deux.

L'intrigue se lisait sur les traits de Ryan.

— On dirait que tu as de l'expérience pour briser une femme.

Maintenant, je souriais vraiment, ma main glissant vers le bas de son dos pour s'étendre contre sa colonne vertébrale.

— Tu n'as pas idée, ma chérie, lui dis-je à l'oreille avant de me retirer. Si vous avez besoin de mes services, il va falloir payer. De manière significative.

Les filles échangèrent un regard, et on pouvait presque voir une énergie sournoise grandir entre elles.

Elles étaient là où je les voulais.

Non seulement elles me fourniraient les excuses qu'il me faudrait pour me rapprocher d'Isabella, mais elles m'en remercieraient en plus.

À chaque instant, jusqu'à ce qu'elles apprennent la vérité.

Et que leur demi-sœur les détruise.

Putain, ce serait magnifique. J'avais hâte.

— Très bien, murmura Ryan. Convaincs Ella d'aller au bal de rentrée avec toi ce week-end. Si tu y arrives, nous saurons que tu es sérieux. Ensuite, nous pourrons convenir d'un prix.

— Le bal de rentrée, répétai-je en faisant semblant d'y réfléchir.

Manifestement, Isabella n'avait parlé à personne de ma proposition de ce matin. Certes, cela ne me surprenait pas. Elle n'avait pas l'intention d'accepter. Mais j'arriverais à lui faire changer d'avis bien assez tôt.

— Nous te donnerons un avant-goût de ce qui t'attend samedi soir, ajouta Ryan dans l'espoir d'adoucir le marché. Considère que c'est un test dans les deux sens. Nous verrons si tu es aussi bon que tu sembles le croire, et nous te prouverons que nous sommes meilleures que tout ce que tu pourrais espérer.

Je souris.

— Je crois que tu as mal compris, ma colombe, dis-je en lui tapotant le nez. Parce que je suis bien meilleur que ce dont tu pourrais rêver.

— Alors prouve-le, me taquina-t-elle. Emmène Ella au bal de rentrée.

— Si je le fais, le jeu commence, la prévins-je. Et il faut que je fasse semblant de lui appartenir, sinon il n'y aura pas de jeu à l'avenir.

Je vis une nuance de respect dans les iris de Ryan.

— Compris. Nous serons discrètes.

Je hochai la tête.

— Alors c'est parti pour le galop d'essai, mes chéries.

Je posai à nouveau la main sur sa hanche que je pressai.

— Maintenant, dites-moi vos noms.

Les deux gloussèrent en secouant la tête.

— Comme si tu ne le savais pas, dit Ryan.

— Je ne les connais pas.

C'était un énorme mensonge, mais je savourai de voir la lueur s'éteindre dans leurs yeux.

— Vraiment ?

Carmen semblait choquée.

— Premier jour, petit nouveau, tu te souviens ?

Je relâchai Ryan.

— Je ne sais même pas encore qui est cette Ella.

— La fille que tu as fait plonger au cours de natation, répondit Carmen, les sourcils froncés.

— Cinder ? demandai-je en ricanant. Je croyais que c'était censé être un défi ?

Ryan éclata de rire en secouant la tête.

— Oh, le nouveau, tu n'as pas idée. Et je suis Ryan. Elle, c'est Carmen. À la fin de la semaine, tu sauras tout sur nous, en imaginant que tu ne sèches pas tous les cours.

Je feignis l'amusement.

— Tu as entendu parler de ma journée, hein ?

Je croisai les bras pour me donner un peu d'espace pour respirer, parce que leurs parfums commençaient à me donner mal au crâne. Aucune des deux filles ne comprit le message.

— Nous avons des oreilles partout dans cette école, dit Ryan, et sa déclaration ressemblait à une menace. Cette école nous appartient.

— Fascinant.

Et malheureusement vrai, d'après ce que j'avais observé.

— Eh bien, c'était un plaisir de vous rencontrer toutes les deux, mais j'ai des manigances à prévoir, et seulement trois jours pour les réaliser. À moins que vous ne vouliez me donner un avant-goût de notre marché tout de suite ?

Carmen semblait approuver cette idée.

Ryan se contenta de sourire.

— Aucune chance, le nouveau. Fais tes preuves d'abord, ensuite on parlera.

Je souris à mon tour.

— Je vais faire même plus que ça.

Avec un clin d'œil, j'ouvris ma portière, réussissant à les déloger en passant.

— Je me réjouis de notre avenir ensemble, mesdames. Je pense que ce sera agréable en effet.

Surtout quand je réveillerai les pouvoirs d'Isabella et que je la verrai vous frire toutes les deux vivantes.

Et quel magnifique spectacle en perspective !

— À l'avenir ! lançai-je en me glissant dans ma voiture avant de fermer la portière.

Puissiez-vous toutes les deux brûler pour l'éternité.

ELLA

— C'EST QUOI CE BORDEL ? voulus-je savoir en plantant un document sous le nez de Tray.

Ma matinée du mercredi n'avait pas commencé depuis deux minutes que j'étais déjà de mauvaise humeur. Ceci grâce à l'abruti de nouveau qui avait pris la place juste devant la mienne en cours d'anglais une fois encore.

Ce n'était pas parce que nous avions un devoir à rendre en commun que nous étions obligés de nous asseoir l'un à côté de l'autre. J'avais l'intention d'aborder le sujet dès qu'il m'aurait expliqué ce papier qu'il avait laissé sur ma chaise.

Il le regarda à peine, haussant légèrement un sourcil.

— Une liste de questions pour notre dîner de samedi.

Il croisa les bras et écarta les jambes façon « manspread » comme il semblait apprécier le faire. D'une certaine manière, cela lui conférait à la fois un air paresseux et élégant.

— Si tu pouvais me faire une liste des tiennes pour

demain, pour que je puisse les passer en revue, ce serait génial. Je veux m'assurer d'être préparé.

Je bafouillai en regardant les mots sur la page, puis je reportai mon attention sur lui.

— *Ça*, ce sont tes questions pour l'interview ? demandai-je avant de commencer à les lire à voix haute. Lieu de rendez-vous préféré. Fleur préférée. Dessert préféré. L'endroit préféré pour se faire embrasser.

Je secouai la tête.

— Ton truc, ça ressemble à un questionnaire de site de rencontre en ligne, pas à un devoir scolaire.

— Considère ça comme une combinaison d'activités créative.

Il retroussa les lèvres et des fossettes se creusèrent de chaque côté.

— J'ai hâte de voir tes questions pour moi, Isabella. N'hésite pas à me demander des démonstrations, aussi.

Je plissai les yeux.

— Est-ce que tu pourrais me montrer comment tu te poignardes ?

— Bien sûr, répondit-il en formant un poing dont il frappa son torse brusquement. Est-ce que ça te convient, chérie ?

— Avec un couteau, ce serait encore mieux.

Il fit la moue.

— Il y a tellement de manières plus intéressantes d'utiliser une arme.

Il se leva de sa chaise, dépliant son plus d'un mètre quatre-vingts au-dessus de mon mètre cinquante-cinq. Je luttai pour conserver ma position alors qu'il envahissait mon espace personnel en posant sa main sur ma hanche.

— Peut-être que je vais apporter une dague samedi pour te montrer.

Je levai les yeux sur lui.

— Je t'ai déjà dit que je préférais un jour de semaine.

— Ce qui est vraiment dommage, parce que samedi, c'est ma seule offre.

Il glissa sa main vers le haut jusqu'à mon flanc, et son contact laissa une marque à travers le fin chemisier brodé de l'Académie.

— À moins que tu ne veuilles faire rater notre premier devoir ensemble ? me dit-il. Je serai ravi de jouer les rebelles quand tu veux, ma chérie.

— Qu'est-ce que tu fais après l'école qui t'empêche d'être disponible en dehors des week-ends ? l'interrogeai-je.

— Oui, j'aime cette question. Ajoute-la à ta liste.

Sa main descendit dans le bas de mon dos, m'attirant vers la chaleur de son corps.

— Mais tâche d'être créative avec les autres questions, Isabella. J'ai bien l'intention qu'on apprenne à se connaître. Intimement.

Je détestai le frisson que son dernier mot fit naître.

Et je détestai encore plus le fait d'*aimer* ce frisson, ainsi que le fait que mon ventre se contracta délicieusement.

Ne te laisse pas avoir, me réprimandai-je. *Ces garçons veulent seulement se jouer de toi.*

Tray avait quand même tenté de me noyer hier. En quelque sorte. Bon, il avait eu l'air un peu inquiet ensuite, pendant une seconde. Et il m'avait donné une longueur d'avance pour m'enfuir. Mais il voulait clairement me faire du mal, tout comme Dash et Charlie. C'était seulement une nouvelle manière pour la clique de m'embêter.

— Je n'irai pas au bal de rentrée avec toi, lui dis-je en plantant mon pied sur sa botte.

Il ne tressaillit même pas. Non, ce sale type eut même l'audace de sourire.

— Alors je suppose que nous échouerons ensemble.

Il me relâcha et retomba sur son siège.

— Si tu changes d'avis, fais-le-moi savoir. Je serai là à faire une bonne petite sieste.

Tray ferma les yeux.

Et je grognai.

— Tu ne peux pas m'obliger à assister à un dîner et un bal juste pour réussir ce devoir.

Son silence disait le contraire.

Je jetai un œil autour de moi et remarquai que la moitié de la classe suivait notre dispute avec un vif intérêt ; même Charlie semblait amusé.

— La Cendrée ne sait pas danser, Nacht. Merde, elle ne sait peut-être même pas porter une robe.

Cette affirmation déclencha des ricanements et me fit lever les yeux au ciel.

— Je porte actuellement une jupe, Charlie Crétin.

— Ce n'est pas la même chose qu'une robe, Ella Égout. Mais nous savons tous que pour que tu en aies une, il faudrait que tes sœurs fassent preuve de charité envers toi.

— Demi-sœurs, le corrigeai-je. Et mêle-toi de tes affaires.

Je donnai un coup de pied dans la chaussure de Tray qui ouvrit un œil pour me regarder.

— Dîner à 18 heures. Pas de bal.

— Non, répondit-il. Dîner, et bal, et je veux une liste de questions demain matin.

Il retourna à sa sieste.

Je murmurai une obscénité en réponse juste au moment où la professeure Montgomery débarquait en grande pompe dans la salle, le regard pétillant d'excitation.

— Bonjour ! nous salua-t-elle d'une voix chantante, prenant déjà le contrôle de la classe et m'obligeant à retourner à mon siège.

À la fin de sa leçon d'une heure, j'avais envie de tuer

Trayton Nacht. Cet abruti têtu n'allait pas me laisser d'autre choix que d'accepter sa demande farfelue. Sinon, je devrais renoncer à faire le devoir, et je ne pouvais pas me le permettre.

Je devais maintenir ma moyenne pour atteindre mes objectifs universitaires, à savoir déménager à l'autre bout du pays et vivre loin, très loin de mes méchantes demi-sœurs et de ma belle-mère. Comme toutes mes demandes étaient en cours d'examen, la dernière chose dont j'avais besoin était d'un échec sur mon dossier.

Je serrai les dents, l'estomac noué.

Très bien, j'allais jouer le jeu.

J'accepterais le dîner et le bal, et lui ferais vivre un enfer tout du long. En commençant par le choix de ma garde-robe. Je retroussai les lèvres. Oh oui, j'avais la tenue parfaite en tête. Avec un peu de chance, il terminerait l'interview à la maison, de peur d'être vu en public avec moi.

— Très bien, Tray, lui dis-je alors que je me levais et plaçais mon sac sur mon épaule. Tu as gagné.

— Vraiment ? demanda-t-il.

Il s'était arrêté quand j'avais prononcé son nom. Il jeta un coup d'œil par-dessus son épaule.

— Dix-huit heures ?

— Dix-huit heures, confirmai-je.

— Et le bal ?

Je m'obligeai à sourire.

— Bien sûr, Tray. Nous irons au bal.

Son regard scintilla.

— Tu ne le regretteras pas

Je faillis grogner, mais à la place je me contentai de secouer la tête, le laissant derrière moi. Parce que oui, il avait raison. Je n'allais pas du tout regretter ce week-end. Mais lui, oui. Je m'en assurerais.

— N'oublie pas tes questions demain, me cria-t-il.

En guise de réponse, je lui adressai un doigt d'honneur.

Il aurait ses questions pour l'entretien.

Et bien d'autres choses encore.

TRAY

ISABELLA M'ATTENDAIT devant sa longue et sinueuse allée dans un jean noir déchiré et un sweat-shirt trop grand et taché d'encre. Ses cheveux blonds étaient ébouriffés en un chignon désordonné et elle ne portait pas de maquillage.

Ses lèvres se retroussèrent et son amusement me réchauffa la poitrine.

Si elle croyait que ce look de sans-abri allait me rebuter, elle se trompait.

— Salut, chérie, lui lançai-je en contournant le capot de mon camion. Prête pour ta grande soirée ?

Le choc dilata brièvement ses pupilles, et je vis immédiatement l'intrigue dans son regard quand elle observa la coupe de mon costume noir. Elle sortit sa langue pour se lécher les lèvres, ce qui me laissa pantois tout autant que la façon dont elle se ressaisit immédiatement, lorsqu'elle plissa ses yeux bleus.

— Tu considères le bal de rentrée comme une grande soirée ?

— Je considère notre premier rendez-vous comme une grande soirée, oui, précisai-je en ouvrant la portière côté passager. Je t'en prie, Isabella.

— Conseil numéro un pour l'interview, je préfère Ella, lança-t-elle en s'avançant dans ses bottes élimées.

— Conseil numéro un pour un rendez-vous, répondis-je en attrapant sa hanche pour pouvoir coller mes lèvres contre son oreille, je t'appelle Isabella.

Je la relâchai vers le siège et souris en la voyant quasiment tomber dans la voiture, non pas tant à cause de mes paroles que de la couple ample de son jean.

— Tu aurais dû porter quelque chose d'un peu plus pratique, ma belle.

Elle rentra les jambes dans la voiture et me jeta un regard noir.

— Finissons-en avec ça.

— Bien sûr.

Je refermai sa portière, puis récupérai le sac qu'elle avait oublié dans l'allée et le jetai dans mon coffre. Elle s'était déjà attachée quand je m'installai à ses côtés, sans même prendre la peine de me remercier d'avoir récupéré ses affaires.

— Tu as des manières exemplaires, remarquai-je en démarrant la voiture.

— Merci, répondit-elle d'un ton doucereux. Je les ai travaillées spécialement pour toi.

Je ricanai.

— Sincèrement, je te crois.

Elle s'était montrée irritable à mon égard toute la semaine, et la feuille qu'elle avait préparée pour l'entretien résumait assez bien ses sentiments.

Quel est ton plus grand échec ?

Préférerais-tu nager dans une piscine infestée de requins ou jouer dans une fosse aux serpents ?

Admires-tu quelqu'un plus que toi-même ?

Quel est le genre de musique que tu aimes le moins ?

Chaque question avait une connotation négative, ce qui prouvait que j'avais un sacré combat à mener. C'était une expérience tellement différente de mon habitude. Au royaume des Faë de Minuit, il me suffisait de regarder une femme pour qu'elle tombe à genoux dans un oubli heureux.

Mais pas avec Isabella.

Oh, non. Cette fille allait me faire travailler pour ça. Et qu'est-ce que j'avais hâte, putain !

Je conduisis en silence jusqu'au restaurant que j'avais choisi pour notre devoir. La tenue d'Isabella allait attirer l'attention, ce que je soupçonnais être son objectif. Elle s'attendait sûrement à ce que sa garde-robe me rebute. D'où son silence assourdissant. En fait, au vu de la manière dont elle se rongeait les ongles, elle devait être un peu nerveuse.

Je m'arrêtai devant le valet et réprimai un sourire quand Isabella se raidit à côté de moi.

— La Scala ? demanda-t-elle, la voix un peu haletante.

— Oui.

Je ne lui laissai pas la moindre chance de dire quelque chose, je sortis de la voiture et lançai mes clés au valet. Elle n'avait toujours pas bougé quand je lui ouvris la portière ; sa ceinture était toujours fermement à sa place.

— Prête ? lui demandai-je en tendant la main pour qu'elle me donne la sienne.

Elle leva les yeux vers moi, les joues délicieusement rosies.

— Je… Je ne suis pas habillée pour La Scala, Tray.

J'inclinai la tête sur le côté.

— Tu veux dire que ce n'est pas ta version de la tenue de soirée ?

Elle ne sourit pas, ne rit pas, et ne me jeta même pas un regard noir. Elle se contenta de secouer la tête et fixer le pare-brise.

— C'était une erreur.

Je fronçai les sourcils. *Où est ma petite femme fougueuse ?* me demandai-je en m'accroupissant devant elle.

— Isabella, dis-je doucement, essayant d'attirer son attention.

— Monsieur, j'ai besoin…

Je fis taire le valet d'un geste de la main. Littéralement. La magie noire se concentra autour de lui, le plongeant dans un état de confusion qui le laissa le regard perdu dans le vide. Je m'occuperais de lui un peu plus tard.

— Ella, tentai-je à nouveau, me servant cette fois du nom qu'elle préférait. C'est juste un dîner.

— Pas ici, me dit-elle en fermant les yeux. S'il te plaît, pas ici.

Étrange. C'était censé être l'endroit le plus chic de la ville. Il m'avait fallu tirer quelques ficelles magiques pour nous assurer une réservation, car la moitié des terminales semblaient dîner ici avant le bal.

C'était pour ça qu'elle ne voulait pas entrer ?

Je fis la moue. Non. Ça ne pouvait pas être ça. Jamais elle ne laissait les autres élèves l'intimider en cours, alors pourquoi ce serait différent au restaurant ?

Quoi qu'il en soit, elle n'était manifestement pas à l'aise, et même si je n'avais rien contre le fait de la pousser à bout, cela semblait aller au-delà de la simple taquinerie, pour atteindre un territoire émotionnel dangereux.

— Très bien, lui dis-je en me relevant. On va aller ailleurs.

Je refermai la portière et agitai la main pour annuler le

sort sur le valet. Il cilla plusieurs fois, confus, et la toile sombre se désagrégea lentement dans son esprit.

— Le dîner était super, lui dis-je en lui donnant un pourboire en échange de mes clés.

— Merci, mec.

Il bafouilla quelque chose d'inintelligible dans mon dos et je l'ignorai. Je me réinstallai derrière le volant, une Isabella très silencieuse à mes côtés.

Elle resta muette, me laissant imaginer un plan de secours tout seul. Darlington était rempli de restaurants coûteux, le genre d'établissements pour lesquels vous payez une fortune pour avoir faim une heure plus tard.

Il nous fallait quelque chose de confortable. Un endroit discret, avec de la bonne nourriture et une atmosphère simple.

Chez Benji, songeai-je avec un sourire. *Oui, ça va le faire.*

C'était un petit établissement dans la ville voisine, qui faisait les meilleures *chicken wings* au monde. L'endroit parfait pour un rendez-vous décontracté.

— Où allons-nous ? demanda Isabella tandis que nous nous approchions de la banlieue de Darlington.

— Dans un bar local à Asherington, lui répondis-je, posant la main sur le levier de vitesse entre nous alors que nous approchions d'un feu rouge.

Je lui jetai un regard en coin et remarquai que ses joues avaient repris leur pâleur habituelle.

Elle posa ses yeux bleus sur moi et cilla.

— Tu ne vas pas me demander pourquoi ?

— Pourquoi quoi ?

J'appuyai sur l'embrayage pour changer la vitesse alors que le feu passait au vert.

— Pourquoi je ne veux pas manger à La Scala.

Je haussai une épaule.

— Tout ce que j'ai besoin de savoir, Isabella, c'est que

tu étais mal à l'aise. Si tu as envie de m'en dire plus, je t'écoute. Mais je n'ai pas besoin d'explication.

Elle redevint silencieuse, reportant son attention sur le paysage automnal au-dehors. Ce n'est que lorsque nous fûmes à quelques minutes de notre destination qu'elle reprit la conversation.

— Merci, chuchota-t-elle.

Je ne savais pas si elle me remerciait pour le changement de lieu, ou parce que je ne posais pas de questions. Peut-être les deux. Quoi qu'il en soit, je hochai la tête et lui répondis :

— Je t'en prie.

Son confort passerait toujours en premier, une décision que j'avais prise il y a des années.

J'avais eu l'intention de la mordre cette nuit fatidique, pour satisfaire la soif de sang de mon côté le plus sombre. Mais son essence m'avait captivé, en partie Faë de Minuit, en partie humaine. C'était une combinaison rare, qui faisait d'elle une Halfeline.

Et elle n'en avait aucune idée.

Cet état de fait allait très bientôt changer. Il fallait juste que je gagne d'abord un peu de sa confiance. Cela faciliterait son acceptation de son droit de naissance.

Enfin, c'était le plan, en tout cas.

Mais quelque chose me disait qu'Isabella Cinder n'allait pas me rendre la tâche facile.

Je me garai dans le parking délabré à l'extérieur de *chez Benji* et coupai le moteur.

— Prête pour les meilleures ailes de poulet de tous les temps ? lui demandai-je.

Elle fronça les sourcils.

— Tu dis ça comme si tu avais déjà mangé ici plusieurs fois.

— Parce que c'est le cas, admis-je en sautant de la voiture et en faisant le tour pour ouvrir sa portière.

Cette fois, elle ne se figea pas et ne resta pas assise, mais fronça les sourcils quand ses pieds se posèrent sur le béton.

— Mais tu viens d'emménager ici, non ?

Je souris.

— Ah oui ?

— Euh, oui. Tu as commencé à l'Académie cette semaine.

Après avoir refermé sa portière, je verrouillai la voiture. Nous pourrions nous occuper de nos feuilles d'entretien plus tard.

— Il y a beaucoup de choses que tu ne connais pas à propos de moi, Isabella, lui dis-je en la conduisant vers l'entrée. Comme mon obsession pour les ailes de *chez Benji*.

— Où es-tu allé à l'école avant Darlington ? me demanda-t-elle en me suivant à l'intérieur. Au lycée local ?

Je ricanai.

— Non.

J'interrompis notre conversation pour faire un petit signe de la main à Belinda, dont les lèvres se retroussèrent en un sourire de bienvenue derrière le bar.

Elle siffla, regarda mon costume, et éclata de rire.

— Tu n'avais pas besoin de t'habiller pour moi, chéri.

— Mais vous savez à quel point j'aime vous impressionner, Madame B.

Elle pouffa et fit un geste vers les box sur le côté du bar.

— Assieds-toi où tu veux, Tray. Tu connais la maison.

— En effet, répondis-je en plaçant la main contre le dos d'Isabella que je guidai vers mon endroit préféré.

Elle planta ses yeux bleus dans les miens après avoir pris place sur le siège en face de moi, le faible éclairage du plafond faisant ressortir ses cheveux blonds.

— D'accord, alors où vivais-tu avant si ce n'était pas à Darlington ?

— On passe directement à l'interview, n'est-ce pas ? la taquinai-je en glissant un menu vers elle. Et tu ne me croirais pas si je te le disais, ajoutai-je en la regardant droit dans les yeux. Mais si tu te comportes bien ce soir, peut-être que je te montrerai.

Elle ricana.

— Tu es censé me ramener chez toi avec une telle réplique ? demanda-t-elle avec une expression aussi ironique que sa question. Parce que ça n'arrivera pas.

Je posai une main sur mon cœur.

— Tu me blesses, Isabella.

— C'est *Ella*, et j'en doute fortement, répliqua-t-elle avec un air inquisiteur. Nous savons aussi bien l'un que l'autre que ta fierté est à l'abri des gens comme moi.

Elle ne pouvait pas avoir plus tort, mais je choisis de ne pas la contredire sur ce point et de me concentrer sur un autre.

— Que dirais-tu d'un marché, lui proposai-je. Je t'appellerai Ella, parce que de toute évidence, tu préfères, si tu acceptes au moins de me donner une chance ce soir. Tu as fait beaucoup de suppositions pour quelqu'un qui ne m'a rencontré que quelques fois. Je veux une chance de te prouver qu'au moins quelques-unes sont fausses.

— Oui, c'est vrai que j'ai tendance à tirer des conclusions sur les gens après qu'ils ont tenté de me noyer une première fois, répondit-elle du tac au tac. Mais oui, bien sûr. Je vais te laisser une nouvelle occasion de le faire, si ça signifie que tu dis mon nom correctement.

Je fis la moue.

— Je n'ai pas essayé de te noyer, ma chérie.

— Ah non ? demanda-t-elle en haussant les sourcils. C'était ta version du flirt, alors ?

— C'était ma façon de te protéger, lui répondis-je au moment où Belinda s'approchait avec deux verres d'eau et un panier de cacahuètes.

Elle déclina la liste des spécialités au profit d'Ella plus qu'au mien (je voulais des *wings* et Mme B. le savait) puis nous laissa décider.

Mais ma cavalière ne regardait pas du tout le menu : toute son attention était concentrée sur moi.

— Tu essayais de me protéger en me maintenant sous l'eau ? demanda-t-elle, incrédule.

— Si tu ne regardes pas le menu, je vais te commander des ailes de poulet, la prévins-je. Alors j'espère que tu aimes ça.

— Je me fiche de la nourriture, répondit-elle en croisant les bras. Je veux savoir en quoi le fait de me noyer m'a protégée.

Je soupirai, posai les coudes sur la table et me penchai vers elle.

— C'est un jeu, Ella. Et j'ai bien l'intention de le contrôler.

Elle me regarda, l'air confuse.

— Quoi ? Comment ? Pourquoi ?

— Parce que je veux que tu sois en sécurité, lui répondis-je avec un geste en direction de Belinda. Accorde-moi cette soirée, et je t'aiderai à comprendre.

Madame B. arriva avant qu'Ella ait pu prononcer un mot. Je commandai un assortiment d'ailes pour nous deux, ainsi que des frites au fromage, des bâtons de céleri et deux Cocas à la cerise. Belinda secoua la tête et marmonna en se demandant où je mettais toutes ces calories, puis nous laissa retourner à notre conversation.

Ella m'étudiait attentivement, et sans le moindre doute, son esprit brillant envisageait tout un tas de scénarios.

— Pourquoi est-ce que tu te soucies de ma sécurité ? me demanda-t-elle.

— Parce que je t'aime bien, admis-je en m'adossant à ma banquette. Et que je n'aime pas trop Dash et Charlie.

— Pourtant, tu as traîné avec eux toute la semaine.

— Tu m'espionnes, colombe ?

Je remuai les sourcils.

— Tout ce que tu as à faire, c'est me demander de passer du temps avec toi, et je serai tout à toi.

Elle ricana.

— Arrête d'essayer de faire diversion en flirtant. Quel est ton but ?

— Qui dit que ce sont des diversions ? répliquai-je en inclinant la tête. Et mon but ici est simple : je te veux, Ella.

— Bien sûr, répondit-elle en plissant ses beaux yeux. Pourquoi ?

— Parce que tu es spéciale.

Elle me jeta un regard.

— Sérieusement, c'est ce que tu as de mieux ? Au moins, Dash me disait que j'étais belle et commentait mon intelligence. Tu fais le strict minimum pour essayer de me pousser à l'humiliation.

Elle se pencha en avant, baissant la voix :

— Tu vas devoir faire beaucoup mieux que ça.

— Te pousser à l'humiliation, répétai-je, songeur. Mais tu vois, je crois que tu prends ce jeu dans le mauvais sens, Ella.

— Ce n'est pas un jeu.

— Tout dans ce monde est un jeu, chérie.

Sauf qu'elle ne l'avait pas encore réalisé.

— Tu es simplement réticente à assumer ton rôle. Mais je peux t'aider. Et ensemble, nous allons gagner.

Elle haussa un sourcil.

— Gagner quoi ?

— La guerre entre toi et tes diaboliques demi-sœurs.

Je déboutonnai ma veste et étendis les bras sur le dos de la banquette où je me trouvais, savourant la manière dont ses yeux suivaient chacun de mes mouvements.

— Quand on en aura fini avec elles, elles ne réaliseront pas ce qui leur est arrivé.

Elle réfléchit un moment, et la méfiance se lisait sur ses traits. Vu que nous nous connaissions depuis très peu de temps, je ne pouvais pas lui en vouloir. Et étant donné tout ce qu'elle avait traversé, il lui faudrait plus que quelques mots de ma part pour prouver mon point de vue.

Ce qui me donna une idée.

— Que dirais-tu de ça ? lui proposai-je en me penchant une fois de plus en avant, baissant la voix. Tu m'accordes cette soirée. Laisse-moi te montrer ce que j'ai en tête. Si ça ne te plaît pas, ce sera fini et je ne m'immiscerai plus dans ta vie. Mais si tu apprécies (et je savais que ce serait le cas), nous continuerons. Et je te promets qu'au final, tes demi-sœurs devront rendre des comptes pour l'enfer qu'elles t'ont fait traverser.

— Tu parles de ma vie comme si tu en savais beaucoup sur moi, lança-t-elle en commençant à taper des doigts sur la table avec un air sceptique. Tu me harcèles, Nacht ?

Je souris.

— Si je te disais que c'était le cas, tu me croirais ?

— Je croirais que c'est Ryan qui t'a poussé à faire ces conneries, répondit-elle en croisant les bras sur sa poitrine. Cela expliquerait ta remarque concernant mes demi-sœurs qui m'ont fait vivre un enfer.

— Ou peut-être suis-je observateur et ai-je étudié la dynamique de l'école avant d'être transféré.

Et c'était exactement ce que j'avais fait.

— D'accord, disons que je te crois.

Son ton m'indiquait qu'elle ne me croyait absolument

pas, mais qu'elle me taquinait avec une situation hypothétique.

— Qu'est-ce que tu as à y gagner ? Pourquoi m'aider à leur faire *rendre des comptes* comme tu l'as dit ?

— Parce que je t'aime bien, Ella.

— C'est vrai. Parce que je suis *spéciale*.

Elle mit des guillemets autour du mot.

— Il va me falloir plus que ça, Tray.

Je me grattai le menton, réfléchissant à ce que je pouvais lui proposer pour la faire changer d'avis.

— Tu réalises que la raison pour laquelle tes demi-sœurs sont si déterminées à te tourmenter, c'est qu'elles sont jalouses, n'est-ce pas ?

Elle plissa le front.

— Jalouses ? dit-elle avec un rire sans joie. Oui, c'est ça. En plus, changer de sujet ne va pas améliorer l'opinion que j'ai de toi.

— Ne t'inquiète pas. Je travaille à mon explication, chérie.

Je fis une pause pour récupérer les boissons que Belinda déposa sur la table, puis me reconcentrai sur Ella.

— Tu as les capacités pour être la reine de l'Académie Darlington. Ça fait de toi une menace. C'est pour ça que tu es une cible.

— Bon, alors visiblement, tu ne m'as pas harcelée.

Elle afficha un sourire qui n'avait rien d'amical.

— Elles me détestent parce qu'elles pensent que mon père me préférait.

— C'est une partie du problème, mais pas la totalité, argumentai-je. Tu es magnifique, Ella. C'est quelque chose qu'elles ont fait tout leur possible pour cacher, mais même Charlie et Dash le remarquent. Putain, c'est le cas de tout le monde. Avec mon aide, tu pourrais diriger cette école.

— Et laisse-moi deviner, tu resterais à mes côtés pendant ce temps ?

Je haussai les épaules.

— Ce serait un avantage, oui.

Mais mon but premier, c'était de voir ces ordures payer pour ce qu'elles lui avaient fait.

— Je passe, me lança-t-elle en retour. Je n'ai absolument aucune envie de devenir la *reine des abeilles* d'une académie.

Ce qui la rendait encore plus parfaite à mes yeux.

Pourtant…

— Tu n'as aucune envie de les faire payer pour ce qu'ils ont fait ?

— Encore une fois, tu me donnes l'impression de connaître mon passé, dit-elle d'un air soupçonneux. D'où viens-tu ?

— Pas besoin d'être un génie pour comprendre qu'ils ont fait de ta vie un enfer, rétorquai-je en détournant sa question. Ce qui me surprend, c'est le peu de cas que tu fais de cette possibilité de te venger. La plupart sauteraient sur l'occasion.

— Parce que je sais que c'est futile.

— Ah oui ?

Je joignis les doigts sur la table et capturai son regard.

— Tu as déjà essayé ?

— Que suggères-tu que je fasse, Tray ? L'école leur appartient.

Elle haussa un sourcil comme pour ajouter « et c'est comme ça ».

— Mais moi, je ne leur appartiens pas.

— Cela reste à voir, répondit-elle froidement.

— Laisse-moi te le prouver ce soir.

Elle leva les yeux au ciel.

— Et tu recommences.

— Mon offre tient toujours, murmurai-je.

— Accorde-moi cette soirée pour te montrer de quoi je parle. Si ça te plaît, nous continuerons de travailler ensemble. Si ce n'est pas le cas, je te laisserai tranquille.

Du moins en ce qui concernait la partie vengeance. Si elle était fermée sur le sujet, je n'insisterais pas. À la place, j'accélérerais mon planning pour son recrutement dans le monde des faë.

Point.

Elle souffla sur une mèche de cheveux qui lui tombait sur le visage et secoua la tête.

— D'accord, très bien. Si ça signifie que tu me laisseras tranquille, alors je vais jouer le jeu.

Je retroussai les lèvres.

— Ah oui ?

— Oui. Pourquoi pas ?

Elle n'avait pas l'air très enthousiaste, mais j'y travaillerais.

— Alors, quel est le plan ? Comment comptes-tu me faire changer d'avis ?

Je souris. Si seulement elle savait.

— Eh bien, pour commencer, je vais avoir besoin que tu te changes et que tu enfiles quelque chose de plus formel.

— Ça va poser un problème.

— Pourquoi ?

— Je n'ai pas de robe, répondit-elle en grimaçant. Il faudrait que j'en emprunte une à Ryan ou Carmen, et…

Elle haussa une épaule.

— Elle ne te rendrait pas justice, achevai-je à sa place.

— J'allais dire qu'elle ne m'irait pas.

Ça aussi.

— Ce n'est pas un problème. Je m'occupe de la robe. En fait, je m'occupe de tout. Tu dois juste jouer le jeu.

Elle haussa un sourcil.

— C'est de mauvais augure, Nacht.

— Au contraire, *Cinder*. Je suis sur le point de faire de tous tes rêves une réalité. Après le repas.

Parce que je mourais de faim. Ensuite, nous allions commencer.

ELLA

QU'EST-CE *que tu manigances vraiment, Trayton Nacht ?* me demandai-je pour la millième fois en me regardant dans le miroir. *Et comment as-tu réussi à faire ça ?*

Non seulement il avait fait ouvrir un magasin comme par magie pour que je trouve une robe, mais il avait aussi fait venir une équipe pour me coiffer et me maquiller. J'avais failli protester sur ce dernier point, mais finalement décidé que cette bataille ne valait pas que j'y perde mon temps. S'il voulait gaspiller son argent dans ce genre d'extravagances, alors soit.

La seule raison pour laquelle je me laissais aller à son petit jeu, c'était pour le comprendre. Il avait forcément quelque chose à en tirer. Peut-être que Ryan ou Charlie l'obligeaient à le faire. Une sorte de test tordu pour voir à quel point il pouvait m'humilier.

Eh bien, tant pis pour lui.

Parce qu'il avait acheté cette robe magnifique et sûrement dépensé pas mal d'argent pour mes cheveux et mon visage. Oh, et les chaussures. Les talons aiguilles argentés me rehaussaient de cinq centimètres, ce qui était loin d'atteindre son mètre quatre-vingts (et quelques). En tout et pour tout, j'estimais à plus de mille dollars cette comédie de princesse.

Au moins, j'avais fière allure.

Le léger V de l'encolure me donnait un petit décolleté, tandis que le corsage s'ajustait à ma taille fine et que la jupe descendait jusqu'à mes chevilles. Je me retournai devant le miroir, observant le tissu qui s'enroulait autour de mes jambes.

Cette robe de bal bleue était totalement exagérée pour le bal de rentrée.

Je l'adorais.

Et plus important encore, Ryan et Carmen détesteraient ça.

D'une pierre deux coups.

Je devais juste garder la tête froide pour déterminer les vraies motivations de Tray, et ce serait une soirée réussie. Enfin, en dehors du fait que je n'en savais pas encore assez sur lui pour écrire sa biographie. Il est resté évasif chaque fois, refusant de me dire où il était scolarisé avant l'Académie ou comment il avait tous ces contacts à Darlington. Ce n'était pas une grande ville, et pourtant je n'avais jamais entendu parler de lui jusqu'à cette semaine. Et il me semblait bien que Charlie et Dash étaient dans le même cas que moi.

Alors qui es-tu vraiment ? songeai-je en ramassant ma pochette bleue (un autre achat que j'avais fait pour compléter la facture de Tray) avant de me diriger vers la sortie où Tray m'attendait. Il n'avait pas pris la peine de m'aider à choisir la robe ni quoi que ce soit, il m'avait simplement présentée à l'équipe, leur avait tendu sa carte de crédit et dit qu'il serait dehors en cas de besoin.

Comme il n'avait fixé aucune limite à la dépense, je m'étais un peu amusée.

Non, je m'étais *beaucoup* amusée.

J'enroulai mes doigts gantés (encore un accessoire extravagant) autour de la poignée de la porte que j'ouvris.

Tray était appuyé contre une limousine garée le long du trottoir, les mains fourrées dans son pantalon de costume, les yeux rivés sur la nuit sans étoiles. On lisait une pointe de nostalgie dans ses traits, qui semblait le distraire de mon arrivée.

Je me raclai la gorge pour annoncer ma présence.

Il cligna des yeux et reporta lentement son regard sur moi. Ses iris me rappelèrent le ciel noir qui nous surplombait lorsqu'ils s'échauffèrent en réponse à ma tenue. Un léger frisson me parcourut l'échine devant l'approbation évidente dans ces yeux sombres et ardents.

— Tu es magnifique, Ella, murmura-t-il.

Je haussai les épaules.

— Oui, c'est fou ce qu'une tonne de maquillage et une coiffeuse peuvent faire. La robe n'est pas trop mal non plus.

Il retroussa les lèvres en remuant la tête, ses cheveux auburn en désordre balayés par le vent du front froid qui arrivait. Le mois d'octobre dans le Massachusetts pouvait évoluer dans un sens ou dans l'autre. Cette nuit semblait annoncer un hiver glacial à venir.

Tray s'écarta de la limousine, ses yeux scintillant dans la nuit alors qu'il s'avançait dans mon espace personnel pour attraper ma hanche.

— Ce ne sont pas les accessoires qui te rendent belle, Ella. C'est toi.

Il posa les lèvres sur ma tempe avant de se déplacer sur le côté pour me proposer son bras.

— On y va ?

J'avais envie de contester son compliment, mais je me mordis la langue et hochai la tête à la place. Nous en étions presque à la partie où il révélait ses véritables intentions. D'ici là, je le laisserais penser que je croyais à son petit jeu.

— Merci, lui dis-je alors qu'il m'aidait à monter dans la limousine.

Ma jupe occupait la moitié de la banquette arrière, ce qui sembla l'amuser puisqu'il écarta une partie du tissu pour s'installer à côté de moi.

— Qu'est-il arrivé à ta voiture ? me demandai-je à voix haute.

— Pourquoi ? Tu la préfères à ce genre d'extravagance ? me demanda-t-il, attrapant un plateau de fraises enrobées de chocolat qu'il me tendit pour que j'en prenne une.

Si j'acceptais, j'allais ruiner mon rouge à lèvres. Mais j'en avais un dans mon sac, grâce à la maquilleuse. Encore un truc à ajouter à la note de Tray, sans doute.

Je posai ma pochette sur le côté, cueillis une grosse baie au milieu du plateau, et mordis dedans au lieu de répondre à ce qui me semblait être une question rhétorique de sa part. Trayton Nacht semblait préférer contrer les questions plutôt que d'y répondre.

Il me regarda pendant que je terminais la fraise, concentré sur ma bouche. Je léchai le jus sur mes lèvres, et pris une autre gourmandise. Parce que pourquoi pas ? Elles étaient bonnes, et j'avais toujours adoré les fraises.

La limousine se mit en marche, déclenchant une nuée de papillons dans mon ventre. Nous avions presque deux heures de retard pour le bal, ce qui signifiait que tout le monde serait là quand nous arriverions. Je soupçonnais que c'était le but de tout ceci.

Je pris une troisième fraise et repoussai le reste d'un

geste de la main, incapable d'en avaler davantage. Elles étaient délicieuses, mais ma nervosité avait pris le dessus.

Tray mit le plateau de côté et se tourna vers moi.

— Es-tu prête pour une petite expérience, Ella ?

— Ça dépend de l'expérience, répondis-je, le ventre noué. Peut-être que la troisième fraise n'était pas une bonne idée.

Je bougeai pour la reposer sur le plateau et me tournai vers lui.

— Pourquoi fais-tu ça ?

Il gloussa.

— Je t'ai déjà dit pourquoi.

— Je veux ta vraie raison, Tray.

Parce que je ne croyais pas une seconde qu'il voulait juste m'aider à me venger. Il devait y avoir un autre motif. Personne ne faisait les choses par pure bonté d'âme. Et ce type me connaissait à peine.

— Qui t'a poussé à faire ça ? lui demandai-je, orientant mes questions différemment. Ryan ? Carmen ?

Il rit et secoua la tête.

— Accorde-moi cette nuit, Ella. Je te promets qu'à la fin, tu comprendras.

Ce qui signifiait qu'il avait l'intention de dévoiler certaines de ses cartes au bal.

Bien.

S'il espérait une répétition de mon échec de la première année, il serait déçu. Trompe-moi une fois, honte à toi. Trompe-moi deux fois, honte à moi. Et je n'aimais pas particulièrement l'idée d'être ridiculisée.

— Je ne suis pas comme les autres de ton école, ajouta-t-il doucement. Je te le prouverai.

Je laissai tomber et haussai les épaules.

— Donne le pire de toi-même, osai-je.

— Et pourquoi pas le meilleur, rétorqua-t-il en haussant un sourcil.

Je lissai ma jupe de mes mains gantées.

— Bien sûr, Tray.

Nous fîmes le reste du trajet en silence. Le lieu prestigieux qui accueillait le bal de rentrée de cette année paraissait imposant et sinistre lorsque Tray m'aida à sortir de la limousine. Notamment à cause du ciel qui se couvrit, les nuages se mêlant à la lune dans le ciel. Je m'attendais à voir des chauves-souris tournoyer dans la lumière des lampes ou une multitude d'araignées grimper sur les murs de pierre. Ç'aurait été approprié pour cette période de l'année.

Hélas, elle était parée pour le bal de rentrée que l'Académie Darlington organisait chaque automne sur ce terrain somptueux. Je n'étais pas sûre de savoir à qui appartenait le domaine, mais il avait au moins cent ans, avec un soupçon d'influence européenne dans l'architecture.

Tray plaqua sa main sur le bas de mon dos, me guidant vers les escaliers de pierre et les portes en bois immenses. Deux hommes surgirent de derrière les piliers du haut pour tirer sur les poignées pour nous, et je me rapprochai de Tray. Je ne les avais même pas remarqués dans leurs uniformes noirs, et je n'appréciai pas particulièrement leur brusque apparition.

Ressaisis-toi, Ella, me dis-je. *Ce n'est qu'un bal.*

Sauf que la dernière fois que j'y avais assisté, je m'étais enfuie en pleurs après avoir eu le cœur brisé devant toute ma classe.

Au moins, ça n'était pas arrivé *ici*. Cela m'aurait poussée à retourner directement à la limousine et à demander à Tray de me ramener chez moi.

Mais j'étais capable de gérer.

Respire. Trouve ce qu'il manigance. Et va-t'en.

Ces trois ordres tournaient en boucle dans ma tête alors que nous parcourions le long couloir en direction des basses qui résonnaient. Il n'y avait pas énormément de décorations, surtout parce que le palais lui-même était déjà orné de bronze et d'or qui évoquaient la richesse et l'élégance dans tous les coins. Même le sol en marbre semblait poli et riche. Les arrangements floraux mêlés à un éclairage faible créaient une atmosphère romantique qui ne correspondait pas tout à fait à la musique moderne jouée plus loin.

Tray s'arrêta sur le seuil d'une plate-forme au bout du couloir, plongeant le regard dans le mien.

— Tu es prête ?

La dernière fois que je m'étais retrouvée dans une telle position, c'était quelques minutes avant mon inévitable humiliation. Avec un peu de chance, Tray ferait de même et montrerait son vrai visage au plus vite. J'étais prête à en finir et j'avais hâte de le remettre à sa place avec ma réaction nonchalante.

Je refusai de jouer cette routine. Tray cachait définitivement quelque chose. Comme tout le monde dans cette ville.

— Ella ? demanda-t-il en me caressant la joue, me tirant de mes pensées. Si tu ne veux pas faire ça, on…

— Je vais bien, l'interrompis-je en m'obligeant à sourire. Finissons-en avec ça.

Il gloussa et secoua la tête.

— La phrase que tout homme rêve d'entendre au cours d'un rendez-vous.

— Ce n'est pas un rendez-vous, Tray. C'est une expérience sociale forcée.

Son rire s'éteignit quand il s'avança dans mon espace personnel, ce qu'il adorait faire apparemment, et me fit reculer contre un mur. Il posa les mains de chaque côté de ma tête pour m'emprisonner.

— Tu as raison, murmura-t-il en abaissant la tête jusqu'à ce que ses lèvres ne soient qu'à quelques centimètres des miennes. Ce n'est qu'une introduction.

Sa bouche effleura presque la mienne, mais frôla ma joue quand je tournai la tête à la dernière seconde. Je sentis son sourire contre ma peau.

— *Mmmh*, j'aime ta façon de jouer, chuchota-t-il, son nez longeant ma mâchoire jusqu'à mon cou.

Ce léger contact me donna la chair de poule et fit naître un frisson au plus profond de moi. Cela contrastait directement avec la chaleur qui léchait ma colonne vertébrale et s'installait dans ma poitrine.

— Je ne joue pas, répondis-je, et ma voix me parut rauque.

Il gloussa contre ma gorge et son souffle réveilla des papillons dans mon bas-ventre.

C'est quoi le problème avec ce type ? me demandai-je en me collant au mur et en essayant de prendre de la distance. Charlie et Dash m'avaient déjà fait des choses comme ça, mais pas tout à fait. Eux, j'avais juste eu envie de les repousser. Tray… une partie tordue de moi avait envie de l'attraper. De le toucher à mon tour. De me cambrer vers lui plutôt que me recroqueviller sur le mur derrière moi.

Ses dents effleurèrent mon pouls, et mon cœur manqua un battement.

Je serrai le poing.

— Tray…

Je ne savais pas ce que je voulais dire, j'étais incapable de réfléchir à autre chose que son corps qui se pressait contre le mien.

Chaud.

Brûlant.

Besoin.

Je déglutis et fermai les yeux. Ce n'était pas censé arriver. Non, ça ne *pouvait pas* arriver. Il fallait que je me réveille, que je le repousse comme je le faisais avec Dash et Charlie. Trayton Nacht ne s'intéressait pas à moi. Ça…

— Ella, chuchota-t-il, sa langue traçant une ligne de mon cou jusqu'à mon oreille, m'empêchant une fois encore de me concentrer.

Je suis dans la merde.

— Ce n'est peut-être pas un vrai rendez-vous, mais il y a quelque chose entre nous, poursuivit-il en mordillant le lobe de mon oreille, ce qui me laissa sans voix.

Non pas que j'aurais su quoi lui dire.

— Nous allons descendre ces escaliers pour que tout le monde puisse voir la princesse sous la façade. Et quand on en aura fini avec ces mécréants, ils se prosterneront tous à tes pieds.

Il posa la main sur ma joue pour guider mon regard vers le sien, sa bouche séduisante bien trop proche de la mienne.

— Tu es prête ? me demanda-t-il.

Je n'arrivais pas à respirer correctement, alors je me contentai de hocher la tête. Il fallait qu'on en finisse pour que je puisse rentrer chez moi. Rapidement.

Une approche genre « arrache le pansement ». Genre, tout de suite. Et cours. Enfuis-toi loin.

Il posa délicatement ses lèvres au bord de ma bouche, court-circuitant une nouvelle fois mes pensées. Et il me relâcha.

Je voulus lancer une réplique mais elle resta bloquée dans ma gorge. Mes mots n'étaient qu'un charabia quand je pus les prononcer. Alors je les ravalai et je me secouai pour essayer de retrouver un peu de bon sens.

Ce type était puissant.

Un danger ambulant qui m'embrouillait les neurones.

Une menace dont je devais m'éloigner. Exactement le contraire de ce que je fis quand il me présenta son coude. Mon corps agit de son propre chef, mon bras s'enroulant perfidement autour du sien tandis qu'il me conduisait vers la plate-forme.

Qu'est-ce qui m'arrive ? me demandai-je, me sentant plus légère que l'air dans mon sillage. *Il m'a embrassée.*

Quelle idée ridicule. Pourquoi cela devrait-il être important ? Dash m'avait aussi embrassée. Plusieurs fois. Mais jamais je ne m'étais sentie comme *ça* après.

Et, en réalité, Tray ne m'avait pas vraiment embrassée. Pas passionnément.

Alors pourquoi étais-je en train de flotter sur un petit nuage ? Parce qu'un mec mignon m'avait touchée ? Je fronçai les sourcils. Ce même mec mignon avait aussi essayé de me noyer cette semaine. Et je ne croyais pas une seconde à son histoire de geste protecteur.

Mais mon foutu corps n'avait pas encore reçu le message.

D'où mes jambes qui nous firent descendre les escaliers jusqu'à la salle de bal en dessous.

Où la moitié de ma classe semblait se tenir, tous les yeux tournés vers nous. Super. Tray allait faire sa scène d'une seconde à l'autre maintenant.

— Tu es éblouissante, chuchota-t-il contre mon oreille. Et maintenant, tout le monde le sait.

Je ne pris pas la peine de lui répondre. Pour m'impressionner, il faudrait bien plus que quelques minables compliments. Et cette robe. Et la limousine. Et tout ce qu'il avait fait d'autre ce soir.

Je me secouai une fois encore et me concentrai sur notre environnement. Ryan se tenait près d'un Dash renfrogné, et quand elle vit ma robe bleue, elle sembla plus aigrie encore. Carmen apparut derrière elle, l'air tout aussi irritée. C'était très différent de mon premier bal, où tous rayonnaient littéralement à mon entrée.

Alors qu'y avait-il de changé ce soir ?

Tray m'éloigna d'eux pour m'entraîner vers le centre de la pièce, posant de nouveau ses lèvres contre mon oreille.

— Danse avec moi.

— Pourquoi ? m'enquis-je, frissonnant parce qu'il était tout proche, et à cause de tous ces regards posés sur moi.

Je pensais être capable de faire ça, d'affronter tous mes camarades de classe, et en gros, leur dire d'aller se faire voir. Mais Tray m'avait déconcertée, son contact perturbait mes sentiments.

— Parce que tout le monde nous regarde, et je veux qu'ils aient quelque chose à voir, répondit-il en me balançant dans ses bras d'un mouvement expert que mes pieds suivirent d'eux-mêmes.

La danse de salon faisait partie des cours facultatifs à l'Académie. Mais ce n'était pas à cause de ça que je savais comment réagir. Ma mère m'avait appris les mouvements formels à un très jeune âge. Elle m'avait aussi inscrite au ballet, mon activité favorite jusqu'à ce que ma belle-mère me la retire. *Les corvées sont plus importantes que de se pavaner en ballerines*, avait-elle dit.

J'eus mal au cœur en y repensant. Mais mon pouls s'emballa rapidement quand Tray poussa mes hanches d'une manière que je n'avais pas ressentie depuis des années.

Je le suivis, mes jambes et mon buste bougeaient comme si j'étais sous un sort venant de ma vie passée. Les souvenirs de ma mère envahirent mon esprit, comme ils l'avaient fait à l'extérieur de La Scala. Seulement cette fois, ce ne fut pas de la douleur que je ressentis, mais la liberté.

Je danse, m'émerveillai-je, temporairement suspendue dans un état d'esprit que je n'avais pas ressenti depuis tellement, tellement longtemps. Je n'aurais su dire comment Tray m'avait mise dans cette position. Mais à présent que j'étais là, je n'avais pas envie de partir.

Je me sentais vivante.

Comme un oiseau qui s'élancerait dans le ciel.

Je volais.

J'étais libre.

Il nous fit accélérer le rythme, s'accordant magnifiquement avec la chanson, me faisant tourner aux bons moments. Ses mains guidaient les miennes de manière experte, tout comme il maîtrisait parfaitement ses pas, et je me perdis dans la musique. Je me laissai aller à Tray et ses compétences. Je m'autorisai à oublier le monde cruel qui nous entourait, à prétendre que nous nous épanouissions dans un tout autre monde.

Ses paumes me marquaient la taille, puis mes hanches, puis le bas de mon dos. Je sentais qu'il me possédait, envoûtée par le flottement du son qui guidait nos pas. Il me fit plonger vers le sol avant de me faire remonter, ma poitrine se soulevant contre la sienne, au moment où des applaudissements me transperçaient les oreilles.

Des iris bruns incandescents plongèrent dans les miens.

Pas de sourire.

Pas d'amusement.

Rien qu'une intensité telle qu'elle faillit me brûler vive.

Je déglutis, ignorant comment tout ceci était arrivé. C'était comme s'il avait jeté un sort sur moi, contrôlant mes actions et dissolvant mon hésitation.

Ses doigts remontèrent le long de ma colonne vertébrale pour caresser ma nuque tandis que son autre main se posait sur ma hanche.

— Maintenant ils voient qui tu es vraiment, Ella,

chuchota-t-il. Un joyau étincelant dans une mer de ténèbres.

Je cillai en le regardant.

— Tu me dis des choses tellement étranges.

— Et ça ne fait que commencer, ma chérie.

Sa bouche se posa si vite sur la mienne que je ne compris pas immédiatement ce qu'il faisait, jusqu'à ce que sa langue entrouvre mes lèvres.

Le monde se figea autour de moi.

Parce que ce qui s'était passé tout à l'heure dans le couloir, le frôlement de sa bouche sur la mienne, ça n'avait rien à voir avec *ça*. Il m'embrassait comme si sa vie dépendait de la mienne. C'était si intense que j'avais du mal à respirer, tant il était *possessif*.

Une partie de moi savait que je devais me débattre.

Tandis que l'autre soupirait tant sa caresse paraissait normale.

Je deviens folle.

Je n'aurais pas dû l'embrasser, pourtant je le faisais. Et avec vigueur. J'avais même les doigts dans ses cheveux. Foutu corps qui prenait des décisions sans l'accord de ma tête. Mais j'étais trop absorbée par son contact pour y mettre un terme, j'oubliai tout et tout le monde au milieu du bruit blanc provoqué par mes pensées.

Sa langue se mit à danser contre la mienne avec la même expertise dont il s'était servi pour me guider sur la piste, m'hypnotisant au point de me soumettre.

Un bruit retentissant m'envoya un frisson dans l'échine, me ramenant à la réalité aussi durement qu'une claque en plein visage. Cela venait d'une horloge quelque part dans la salle de bal, qui annonçait l'heure. *Minuit.*

Mes yeux s'ouvrirent sur le cercle qui s'était formé autour de nous.

Comme cette nuit en première année.

La peur me prit au ventre.

Comme une sorte de pressentiment rampant sous ma peau.

Tray sourit à quelqu'un par-dessus mon épaule, et mon cœur cessa de battre. *Trois, deux…*

— Eh bien, vous m'avez l'air bien intimes, dit Ryan dans mon dos. Je t'ai à peine reconnue, la Cendrée. Avec ton relooking, et tout.

Carmen gloussa, et le son me donna froid dans le dos.

— Ça ne cache toujours pas la poubelle en dessous.

L'un d'eux caressa la jupe de ma robe, et je savais ce qu'ils prévoyaient de faire ensuite. Avant même que j'entende le son caractéristique d'une déchirure.

Merde.

ELLA

— MESDAMES, les salua Tray, posant les mains sur mes hanches pour me maintenir en place. Vous êtes venues chercher votre dû ?

— *Mmmh,* tout dépend de ce que tu proposes, répondit Ryan alors qu'un ongle glissait brutalement dans mon dos jusqu'en haut de ma fermeture éclair.

Tray me fit tourner dans ses bras avant que je puisse réagir, et ma robe resta en place.

— Je dois une danse à ta demi-sœur, murmura-t-il à mon oreille. Va nous chercher des boissons.

Il me poussa de côté et s'avança dans le même temps pour attirer Ryan dans ses bras.

Je cillai dans son dos, choquée en dépit du fait que je savais que quelque chose comme ça se produirait. Simplement ce n'était pas de cette manière que je pensais que ça arriverait. Une humiliation publique, bien sûr, mais échanger les partenaires de danse ?

— Maintenant, Isabella, ajouta-t-il en me regardant par-dessus son épaule.

Carmen et Ryan ricanèrent tandis que je le scrutai, les yeux plissés.

Il voulait que j'aille leur chercher des boissons, comme un bon chien ? D'accord. Bien sûr. Je pouvais le faire.

— Je reviens tout de suite, dis-je gentiment, bouillonnant à l'intérieur.

Comment avais-je pu tomber si facilement sous son charme ? Il m'avait *embrassée* devant tous ces gens. Est-ce qu'il allait faire la même chose avec Ryan maintenant ? C'était ça son but, démontrer à quel point j'étais insignifiante à ses yeux ? Ou peut-être avait-il prévu de raconter à tout le monde que je n'étais pas à la hauteur de ses attentes, pour essayer de m'embarrasser sur le plan intime.

Dans tous les cas, je n'allais pas lui donner satisfaction.

Il pourrait danser toute la nuit avec Ryan, pour ce que ça m'importait. Mais d'abord, j'allais prendre *leurs boissons.*

Mes lèvres frémirent à l'idée du plan qui se formait dans ma tête, mais je me retrouvai presque nez à nez avec Dash et Charlie, qui m'attendaient sur le bord de la piste. Je savais qu'il ne valait mieux pas leur passer devant, alors je m'arrêtai et fronçai les sourcils.

— Oui ?

— Je vois que ta tenue vestimentaire n'a pas amélioré tes manières, lança Charlie, dont le regard parcourut ma robe et s'arrêta bien trop longtemps sur mon décolleté.

Dash me contourna avec une expression d'une rare gravité. D'ordinaire, il souriait ou disait quelque chose de dérisoire, mais ce soir, il était silencieux, contemplatif. Ce qui me rendait presque davantage nerveuse.

— Vous voulez quelque chose, tous les deux ? leur demandai-je, les mains sur mes hanches.

— Oui, répliqua Dash en m'attrapant le poignet. Une danse.

Je faillis éclater de rire. Il ne pouvait pas être sérieux.

— Évidemment, mentis-je. Après avoir servi à Sa Majesté les boissons qu'il a demandées, nous pourrons danser.

Non.

Je partirais dès que j'aurais fini de jouer au toutou pour l'aspirant prince de l'Académie de Darlington. Je veux dire, n'était-ce pas la raison pour laquelle il m'avait aidée ? Il avait dit qu'il voulait être à mes côtés quand je deviendrais la nouvelle reine. Mais pourquoi prendre cette peine alors qu'il pouvait avoir la reine actuelle ?

Dash resserra sa prise.

— *Ella.*

Je cillai en le regardant.

— Désolée, quoi ?

De toute évidence, il avait parlé pendant que j'étais perdue dans mes pensées.

Il m'attira plus près de lui, tandis que Charlie s'avançait dans mon dos, me coinçant entre eux.

— Je veux danser.

Mon cœur manqua un battement car ils se pressaient autour de moi dans une atmosphère mortelle. *Garde ton calme*, m'intimai-je. *Essaie de sourire.*

— On ira dès que j'aurai récupéré les boissons de Sa Majesté.

Son froncement de sourcils m'indiqua qu'il n'appréciait pas du tout ma réponse.

— Ce n'était pas une demande.

— Je crois que nous devrions lui rappeler qui commande ici, Charming.

— Je crois aussi, Anderson, approuva-t-il en relâchant mon poignet pour poser la main dans le creux de mon dos.

— Tu ne te souviens pas de notre premier bal, la Cendrée ? À quel point on s'est amusés tous les deux ?

Je plissai les yeux.

— Oui. On s'est amusés. C'est exactement le souvenir que j'en ai.

— Tu as besoin que je t'embrasse encore ? Pour te rappeler ce que ça fait que d'être entre mes mains expertes ?

Il fit la démonstration de ses paroles en abaissant ladite main sur mes fesses qu'il serra. Fort.

Charlie se pencha pour me mordre l'oreille et je glapis de surprise.

— Peut-être préférerais-tu expérimenter ma bouche pour changer.

Je frémis, et pas d'une bonne manière.

— Non, merci, répondis-je en tentant de m'éloigner d'eux.

Des mains se refermèrent sur ma taille, me maintenant en place tandis que Dash abaissait son visage pour le faire passer au-dessus du mien.

— Je suis las de cette routine de garce frigide, chérie.

Il serra mon menton entre ses doigts, le pinçant jusqu'à la douleur.

— Si tu peux embrasser Tray, tu peux m'embrasser.

— J'embrasse qui j'ai envie d'embrasser, rétorquai-je avant de lui cracher au visage lorsque ses lèvres s'approchèrent un peu trop près des miennes.

Je préférais affronter sa colère physique que laisser cette bouche immonde s'approcher de la mienne.

Il poussa un grognement guttural, resserrant sa prise douloureusement tandis qu'il empoignait ma robe de son autre main, m'attirant vers lui.

— Lèche ça, pétasse !

— Lèche toi-même, abruti !

Je levai le genou, espérant atteindre son aine, mais ma jambe s'emmêla dans le tulle de ma robe. *Saleté de robe de bal !*

Il frotta son visage contre le mien tandis que Charlie m'agrippait les hanches pour me tenir immobile. J'eus un haut-le-cœur en réaction à la fois à l'érection qui se pressait contre mes fesses et à la substance gluante qui se répandait sur ma joue.

Beurk ! Et comme d'habitude, personne ne venait prendre ma défense.

Les gens se contentaient de regarder, parce que cette académie abritait un troupeau de riches moutons.

Et les profs n'étaient nulle part, putain.

Je ne pouvais compter que sur moi-même, comme toujours.

Je me faisais agresser par *deux* gars. Mais comme c'était les princes de l'école, capitaines de leurs équipes sportives respectives, personne ne pouvait faire quoi que ce soit contre eux, à l'évidence. Non. Pas contre Charlie Anderson ou Dash Charming.

Des flammes me léchaient presque littéralement les veines, échauffant ma peau jusqu'au point d'ébullition alors que je me débattais avec acharnement pour me libérer de leur emprise.

Ce qui les faisait rire.

Ils aimaient quand je me débattais.

— Relâchez-moi, exigeai-je.

— Oh, allez, la Cendrée. Tu as porté cette robe pour nous impressionner, et ça a marché. Fais avec.

Dash était l'image de l'arrogance calme, ses lèvres se recourbant en un sourire sournois.

— Dis-nous ce que tu portes en dessous. Un truc bleu avec de la dentelle, comme cette robe ?

— *Mmmh,* ou peut-être qu'elle ne porte rien du tout,

suggéra Charlie, ses lèvres bien trop près de mon oreille alors qu'il frottait son érection contre mes fesses.

— Ça suffit ! grondai-je, essayant en vain de me glisser entre eux.

Ils m'avaient bel et bien piégée. J'avais le cœur au bord des lèvres. *Au moins, nous ne sommes pas seuls*, tentai-je de me dire. *Oui, comme si quelqu'un d'autre allait s'en inquiéter ou m'aider.*

Il fallait que je la joue fine.

Leur donner ce qu'ils voulaient et les bercer d'un sentiment de confort jusqu'à ce que je parvienne à m'échapper.

C'était le…

— Retirez vos pattes de ma copine, exigea une voix froide à quelques pas de là.

Oh, bien. *Il* voulait jouer les chevaliers. Comme si je pouvais craquer pour ça.

— Va te faire voir, Tray, lui dis-je, furieuse contre tout et tout le monde. Retourne à ta nouvelle reine.

Comme Dash continuait à me tenir le menton, je ne pouvais pas voir le visage de Tray, mais j'entendis le rire qui s'échappa de ses lèvres.

— Je vois que vous l'avez énervée, dit-il sur le ton de la conversation.

— C'est tellement facile, répondit Charlie en pressant son nez dans mes cheveux.

— Est-ce que c'est à toi que l'on doit l'amélioration de son état ?

— J'ai peut-être engagé une équipe de maquilleurs et un coiffeur, admit-il en tendant la main.

— Viens ici, Ella.

Même si je l'avais pu, je ne l'aurais pas accepté.

— Nous n'avons pas encore fini de jouer avec elle.

Dash inclina la tête, ses yeux accrochant les miens.

— Elle semble penser qu'elle a le droit de se refuser à moi.

— Quand elle m'accompagne à un bal, je suis d'accord pour dire qu'elle en a parfaitement le droit, répliqua Tray sur un ton tranchant. Relâche ma cavalière, Charming. Tu t'es amusé avec elle. C'est mon tour maintenant.

— Au contraire, je pense que tu en as terminé et qu'il est temps de la laisser aux professionnels.

Dash plongea sa bouche dans la mienne, sa langue se glissa entre mes lèvres avant même que j'aie eu le temps de comprendre ce qu'il faisait.

Je serrai les dents en signe de protestation, mon corps se figea.

J'avais eu une réaction opposée au baiser de Tray, et j'y réfléchirais plus tard.

Mais Dash ? Je voulais qu'il me lâche. Tout. De. Suite. Putain.

Je plaquai mes mains contre sa poitrine et poussai aussi fort que possible, mais sa carrure musclée ne bougea pas d'un pouce.

Jusqu'à ce que quelqu'un le tire violemment en arrière. Le mouvement brusque fit voler en éclats ma carapace gelée et me poussa à l'action. Je me retournai vers Charlie et lui envoyai mon poing dans le nez.

Tray me saisit par la taille, me souleva dans les airs et me fit virevolter derrière lui.

— Ne bouge pas, lança-t-il en se retournant pour faire face aux deux abrutis dont il venait de me délivrer.

S'il croyait que j'avais l'intention de suivre ses ordres, il se faisait des illusions.

Je traversai la salle de bal, ignorant les cris de Ryan et de Carmen dans mon dos, et m'élançai dans les escaliers vers la sortie.

Qu'il aille faire voir.

Que Dash aille se faire voir.

Comme Charlie.

Comme Ryan.

Et Carmen.

Et l'Académie Darlington.

Que toute cette foutue ville aille se faire voir !

J'avais tellement hâte d'être en juin.

Je poussai les portes d'entrée, retirai mes talons aiguilles qui me ralentissaient, et courus pieds nus dans l'allée pavée. C'était douloureux, mais je m'étais insensibilisée à la douleur des années plus tôt.

Le fait de survivre à la mort de mes parents et aux perpétuels mauvais traitements infligés par la *famille* qui était censée s'occuper de moi m'avait donné une force d'acier. Je pouvais supporter un peu de sang et quelques coupures.

— Isabella ! s'écria Tray dans mon dos, me faisant frissonner.

Mais contrairement au frisson que Charlie et Dash avaient déclenché, celui-ci me laissa une sensation de chaleur intérieure.

Ce que je détestais encore plus.

Pourquoi mon corps réagissait-il de cette manière à Tray ? Certes, il était sexy. Mais les autres crétins aussi, et ils ne me laissaient pas une sensation de chaleur partout.

Repoussant ces pensées, je forçai mes jambes à bouger plus vite, mais ces fichues jupes continuaient de s'emmêler dans mes jambes et de me ralentir. Si je bougeais trop vite, je risquais de trébucher, et alors…

Des bras puissants entourèrent mon corps, me soulevant dans les airs.

Je criai, avec les arbres et les limousines pour seuls témoins.

L'un des chauffeurs allait sûrement intervenir. Non ?

Oh, non. J'avais oublié. Je vivais à Darlington, où les employés étaient payés pour rester discrets et tourner la tête.

Je criai de frustration, ma colère envers le destin atteignant un point culminant.

— Pourquoi ? hurlai-je à l'attention de personne en particulier.

Et je lançai une série de jurons à la suite.

Tray ne dit rien.

Ou peut-être étais-je incapable de l'entendre par-dessus mes propres cris.

Je ne criais pas à l'aide, mais j'enrageais contre les cieux pour leur cruauté.

Huit. Foutus. Mois.

Il fallait que je survive encore huit foutus mois. Et je n'étais pas certaine de pouvoir le faire sans tuer quelqu'un.

— Je peux t'aider pour ça.

Tray avait parlé d'une voix douce, et je lui jetai un regard noir par-dessus mon épaule.

— M'aider à quoi ? l'interrogeai-je.

— Les tuer tous. Si c'est ce que tu veux.

Je ricanai.

— Oui, c'est ça. Pourquoi tu es là ?

Je tentai de me trémousser pour lui échapper, sans grand succès.

— Tu ne me fuiras pas à nouveau, Isabella.

Je levai les yeux au ciel et lâchai un petit rire sans joie.

— C'est ça.

Je tentai une nouvelle fois de m'écarter de lui, et il me fit tourner dans ses bras. Des braises vacillaient dans ses yeux noirs brûlants tandis qu'il me fixait du regard, et cet étrange effet me coupa le souffle.

Parce que ce n'était définitivement pas normal.

Les yeux ne… *s'enflammaient pas.*

Mais un feu dansait dans ses iris à présent, illuminant ses traits et donnant un attrait surnaturel à son beau visage.

Et est-ce de la fumée qui s'élève autour de lui ?

Je clignai des yeux, essayant de dissiper les vrilles noires qui se déroulaient sur son costume. Seulement, plus je regardais, plus elles s'intensifiaient.

— Je voulais faire ça d'une autre manière, pour te permettre d'accéder à ton droit de naissance plus facilement, mais cette soirée m'a démontré que ça ne marcherait pas. Cela fait bien longtemps que tu as perdu tout sentiment de confiance. Alors nous allons procéder de la manière forte.

Il relâcha sa prise, mais pas assez pour que je puisse m'échapper. Non pas que j'aurais pu. Après sa déclaration, mes pieds refusaient de bouger.

Je laissai de côté les histoires de brutalité et me concentrai sur la partie qui me clouait au sol devant lui.

— De quoi parles-tu ? Quel droit de naissance ?

— Celui qui t'a été conféré par la lignée de ta mère, répondit-il en me relâchant au moment où une limousine s'arrêtait près de nous.

— Monte, je vais t'expliquer.

Je haussai les sourcils.

— Oui, non, je passe. Tu vas t'expliquer ici. Tout de suite.

Je lus la contrariété sur ses traits.

— Je commence vraiment à regretter mon approche de toute cette situation. Si tu avais su dès le début qui j'étais, tu n'oserais pas remettre un ordre en question.

— Ah oui ? Eh bien, moi je suis plutôt sûre que je te remettrais en question dans tous les cas.

Je croisai les bras.

— Commence à parler.

Il ouvrit la portière et me fit face ; ses yeux

tourbillonnaient dans une nuance hypnotique de noir et d'orange.

— Avance, Isabella, murmura-t-il, les mots semblant s'enrouler autour de moi et tirant sur mon esprit pour que je me conforme à son ordre.

Comment… ? Étrange…

Je glapis quand mes pieds se mirent en marche, mon esprit se rebellant alors même que mon corps suivait son ordre.

— Bonne fille, dit-il doucement. Maintenant installe-toi dans la voiture et ne crie pas. J'ai déjà mal à la tête.

J'ouvris la bouche pour protester, mais je fus bientôt entourée de brouillard.

Est-ce un rêve ? me demandai-je en me pinçant le côté. *Est-ce que Charlie ou Dash m'ont assommée ?*

Parce que ça ne pouvait pas arriver.

Il n'y avait aucune chance que je monte dans la limousine sans me battre. Pourtant, je *sentais* le siège en cuir sous mes fesses, ainsi que la chaleur de Tray quand il se glissa à côté de moi. Et j'entendis la portière claquer.

Comment fait-il ça ? Je cillai pour tenter de dissiper le brouillard dans mon esprit. Ma tête oscillait, et le sommeil semblait prendre le dessus sur mes sens.

— Qu'est-ce que tu me fais ? chuchotai-je, luttant contre le nuage qui embrumait mes pensées.

Il m'a droguée ? Non. Je n'avais rien bu.

— Détends-toi, Isabella.

Ella, songeai-je à son attention.

— Tu comprendras bientôt.

Il passa ses doigts dans mes cheveux, libérant les épingles du sommet de ma tête alors qu'il défaisait ma coiffure.

— Je ne vais pas te faire de mal.

Une partie de la brume se dissipa, ramenant la

limousine au premier plan. Une flopée d'arbres bordait les routes au-dehors, le terrain du palais ayant disparu depuis longtemps.

Attendez…

Je jetai un coup d'œil par la vitre, fronçant les sourcils devant le lierre inconnu qui s'enroulait sur le sol.

Nous ne pouvions pas être si loin du bal de rentrée. Mais je ne reconnaissais rien au-dehors.

— Où sommes-nous ? voulus-je savoir, heureuse d'entendre que ma voix semblait à peu près normale.

— En route vers ma maison, me répondit-il. Mon *véritable* chez-moi.

— Tu me ramènes chez toi ? demandai-je en riant presque. *Waouh.* Non. Je refuse.

— C'est trop tard pour ça, Isabella.

Il retira la dernière épingle de mes cheveux et la déposa dans un gobelet dans lequel elle tinta.

— *Ella*, le corrigeai-je d'un ton sec. Seuls mes parents sont autorisés à m'appeler Isabella, et ils sont morts.

Il tressaillit à mes mots, ne s'attendant pas au venin dans ma voix.

Le culot de ce type.

— Ramène-moi à la maison, *Trayton*.

— C'est ce que je fais, répondit-il. Du moins, en quelque sorte.

— Tu viens de dire qu'on allait dans ta maison.

— Non, j'ai dit que nous allions chez moi.

Il se détendit dans son siège, l'air bien trop royal dans son costume.

— Tu voulais savoir qui je suis, et je suis sur le point de te le montrer.

J'ouvris la bouche pour argumenter, quand un étrange scintillement lumineux attira mon attention, faisant diversion. *Une lune,* réalisai-je en scrutant la nuit. *Non. Pas une lune.* Deux *lunes.*

— Qu'est-ce que… ?

Je scrutai dehors la myriade d'étoiles qui scintillaient dans le ciel entre les globes dorés.

— Ce n'est pas possible.

Et tout ce lierre non plus.

Il semblait se déplacer, me faisant penser à des serpents verts rampants qui se déplaçaient le long des branches.

Des points rouges me fixaient, regardant la limousine descendre la route sans fin.

Pas d'autres voitures.

Pas de maisons.

Rien qu'une forêt sans fin avec un ciel nocturne saisissant au-dessus de la tête.

Je songeai une fois encore qu'il devait s'agir d'un rêve.

— C'est réel, Ella.

Tray m'attrapa la main et la serra avant que je ne l'arrache de sa prise.

— Commence à parler, exigeai-je, des frissons dans tout le corps. Tout de suite, Tray. Je suis sérieuse. J'ai besoin que tu me dises ce qui se passe.

TRAY

CE SOIR, *c'est la merde*, songeai-je en me passant les doigts dans les cheveux avant de souffler un bon coup.

J'avais sous-estimé la mesquinerie des humains de l'Académie Darlington. En particulier Ryan.

La jalousie de cette fille avait presque gâché tous mes plans. Quand je l'avais entendue commencer à déchirer la robe d'Ella, j'avais réagi de la seule manière que je pouvais, en détournant l'attention de Ryan sur moi, et loin de sa demi-sœur. Seulement Charlie et Dash avaient sauté sur l'occasion pour harceler sexuellement la magnifique Ella. Ils avaient été à la limite de l'agression sexuelle.

Dans mon esprit, il n'y avait aucun doute que ce soir, ils seraient allés plus loin que jamais auparavant. Tout ça parce que je l'avais habillée et lui avais fourni un espace pour briller, en pensant que cela servirait de châtiment joyeux envers ses camarades de classe.

Sauf que ça s'était retourné contre nous.

Ces imbéciles avaient été élevés sans aucun principe, et

mes agissements lui avaient peint une cible encore plus grande sur le dos. En fait, j'avais incité ces salauds à venir jouer.

Je pensais ce que je lui avais dit sur le parking. Si elle voulait les tuer, je l'aiderais volontiers.

Et cela incluait ses demi-sœurs ingrates.

Merde. J'aurais dû me douter que Ryan ne suivrait pas le plan dont nous avions convenu, et qu'elle déciderait de prendre les choses en main pour essayer de détruire complètement sa demi-sœur. Au final, je m'étais retrouvé à repousser Ella et à donner l'impression à tout le monde que j'avais choisi Ryan plutôt qu'elle.

J'avais envie de frapper la vitre de mon poing, de rager contre la stupidité de ces subtilités humaines, mais j'avais à mes côtés une femme ébranlée qui venait de réaliser que nous n'étions plus dans son royaume.

Et c'était un tout autre genre de problème à résoudre. Non seulement je l'avais obligée ce soir à suivre mes ordres, mais je l'avais aussi emmenée dans le monde des Faë de Minuit sans sa permission.

Elle avait tous les droits de me détester, et je ne doutais pas que ce serait le cas avant la fin de la nuit.

— *Tray*, insista-t-elle, et l'émotion dans sa voix me transperça le cœur.

Isabella Cinder était incroyablement forte, j'admirais son courage plus qu'elle n'aurait pu l'imaginer. Mais cette soirée l'avait mise à mal, et je n'allais pas arranger les choses.

Non, j'étais sur le point de rendre les choses bien pires.

Avec un soupir résigné, je croisai son regard.

— Nous nous sommes rencontrés une fois, il y a plusieurs années, dans une ruelle. Tu étais trempée et gelée à mort et tu m'as foncé dessus alors que tu portais une robe et des ballerines bleues assorties.

La couleur n'était guère différente de celle qu'elle portait à présent, ce qui semblait indiquer qu'il s'agissait de sa nuance préférée.

Je me penchai pour ramasser ses talons aiguilles argentés qu'elle avait retirés près des portes ce soir et les lui tendis.

— Tu as le chic pour perdre tes chaussures, Isabella Cinder.

Elle blêmit.

— C'était toi cette nuit-là ?

Je hochai la tête.

— Et tu ne me le dis que maintenant ?

Elle me prit les talons des mains et les laissa tomber sans cérémonie sur le sol.

— Non, oublie ça. Je veux savoir où on est et pourquoi le lierre dehors n'arrête pas de bouger.

— Ce n'est pas du lierre. Ce sont des vignes magiques qui protègent nos terres des intrus.

Je scrutai les arbres par-dessus son épaule.

— Je crois que les humains les compareraient à des serpents, mais notre version est bien plus mortelle. Ils ne se contentent pas de mordre et de serrer, ils enchantent et drainent l'énergie. Terrifiant, vraiment, quand on est un invité indésirable.

Elle papillonna des yeux.

— Quoi ?

— Tu as posé la question, j'ai répondu, lui dis-je en haussant les épaules. Tu vas voir beaucoup de choses qui sont difficiles à croire, Ella.

Je claquai des doigts, amenant une flamme à la surface avant de la lancer en l'air. Un tour de passe-passe pour un Faë des Ténèbres de mon âge, mais il suscita le halètement voulu chez ma compagne.

— Comment as-tu fait ça ?

— La magie, ma chérie.

J'agitai la main tout en marmonnant un sort à voix basse et sourit lorsqu'une rose noire apparut dans ma paume. Ça semblait approprié compte tenu de notre *rendez-vous*.

Je la lui tendis et elle recula, les yeux écarquillés.

— C'est. Quoi. Ce. Bordel ?

— Je suis un faë, Ella. Bon, officiellement, je suis un Faë de Minuit compte tenu de mon héritage sombre. Un royal par le sang. Tout comme toi, sauf que nous venons de lignées différentes.

Encore heureux, sinon l'attirance que je ressentais pour elle aurait été anormale à bien des égards.

Elle cligna encore des yeux, sa bouche s'ouvrit et se referma sans un bruit.

Pourtant, son expression reflétait sa totale incrédulité. C'est précisément pour cette raison que je l'avais emmenée ici. Le seul moyen pour qu'elle me croie, c'était de *voir*.

Je profitai de son silence pour poursuivre mon explication.

— Ta mère était une faë, mais elle est tombée amoureuse d'un humain… ton père. Ce n'est pas courant au sein de notre espèce, et surtout au sein du cercle royal, mais ce n'est pas inédit. Je veux dire, les Faë de Minuit interagissent avec les mortels pour satisfaire leur soif de sang. C'est ce qui nous distingue des autres faë. Enfin, ça, et notre appétence pour la magie noire, la nécromancie et d'autres…

— Attends, dit-elle en levant la main. La soif de sang ?

Je souris.

— De toutes les choses que je viens de te dire, c'est ce que tu as choisi d'entendre ?

C'était une réaction typiquement humaine.

— Oui, nous buvons du sang humain. Et avant que tu

paniques, on ne le fait pas souvent. Juste assez pour assurer la vitalité de nos éléments les plus sombres. C'est comme ça que je connais Darlington et sa banlieue. C'est l'endroit où je préfère me nourrir.

Je croisai son regard.

— Et tu étais ma cible le soir de notre rencontre.

Seulement, le fait qu'elle soit une Halfeline m'avait tellement surpris que je n'avais pas été capable de faire un geste, et encore moins de la mordre.

Elle avait des yeux ronds comme des soucoupes.

— *Tu es un vampire ?*

Je ricanai.

— Pas vraiment. Tu m'as vu manger, Ella. Et tu m'as vu à la lumière du soleil. Et aussi… les vampires n'existent pas. C'est un mythe inventé par les humains, probablement à cause de quelques Faë de Minuit idiots qui n'ont pas contraint leur proie correctement.

— *Contraint ?* répéta-t-elle, alors qu'elle comprenait soudain. Tu m'as *contrainte* ce soir.

— C'est exact, avouai-je en me passant une main dans les cheveux. Non pas que ce soit une bonne excuse, mais sans ça tu ne serais pas montée dans la voiture.

Son corps reflétait son combat intérieur, et je n'étais pas d'humeur à la persuader avec mes charmes habituels. Ils étaient tous épuisés, grâce à Ryan et ses satanées manigances.

— Et la danse, ajouta-t-elle.

Je haussai un sourcil.

— Quoi, la danse ?

— Tu m'as contrainte à ce moment-là aussi.

Il me fallut un moment pour réaliser ce qu'elle voulait vraiment dire : la séduction et le baiser qui en avait découlé. Mes lèvres se retroussèrent d'amusement.

— Oh, non, ma chérie. C'était réel. Je ne t'ai absolument pas contrainte.

— Tu as fait en sorte que je t'embrasse.

— Je t'assure que je n'ai rien fait de tel, lui dis-je en me penchant en avant, la coinçant contre la portière. Je n'ai jamais obligé une femme à me toucher, Ella. Je n'en ai jamais eu besoin, et ça ne m'intéresse pas du tout. En plus, les préliminaires font partie du plaisir. Pourquoi voudrais-je dégrader une telle chose en y ajoutant la contrainte ?

Je n'étais pas Dash ni Charlie. Quand j'avais envie d'une femme, je travaillais pour l'avoir. Et ce soir ne faisait pas exception.

— Tu penses que je vais te croire ?

— Non, répondis-je sans hésiter. En fait je m'attendais à ce que tu ne me croies *pas*, et c'est pour cette raison que je t'ai emmenée ici.

— Je parle de la contrainte, Trayton.

Je me léchai les dents, réfléchissant à la manière dont je voulais répondre à cela.

— Si ça te fait te sentir mieux que de croire que je mens, alors je te laisserai faire.

Parce que j'avais la conscience tranquille à ce sujet.

— Cependant, au fond de toi, tu connais déjà la vérité, Ella. Parce que tu as une *vraie* contrainte comme point de comparaison.

Elle plissa les yeux et regarda par la vitre, mais frissonna et se tourna vers l'avant. Parce qu'effectivement, les vignes étaient de plus en plus agitées. Elles sentaient son mécontentement, et sûrement ses mauvaises pensées à mon égard. En tant que royal de ces terres, l'enchantement ferait le nécessaire pour me protéger de toute menace.

C'était intéressant qu'ils considèrent Ella comme une menace, alors que de toute évidence elle n'avait pour le moment pas du tout accès à ses pouvoirs. Ce qui était une bizarrerie en soi. Les Faë de Minuit naissaient avec leurs pouvoirs. Les Halfelines les acquéraient au fil du temps, mais elle aurait dû avoir accès à ses forces intérieures à son dix-huitième anniversaire, qui était déjà passé.

— Ta mère était puissante, lui dis-je, réfléchissant à voix haute. Très connue, en fait.

Il était tout à fait possible qu'elle ait enchanté sa fille d'une manière ou d'une autre, mais je n'avais décelé aucune trace de magie noire chez Ella. En fait, je n'avais pas trouvé la moindre étincelle de pouvoir en elle. Rien qu'une très forte résolution, et un courage qui mettrait à l'amende la plupart des faë.

— Ma mère, chuchota-t-elle, reportant son attention sur ses mains. Tu as connu ma mère ?

— Non, mais mes parents, oui. Ils ont tous grandi dans le circuit royal, et ont fréquenté l'Académie des Faë de Minuit à la même époque.

— L'Académie des Faë de Minuit ? répéta-t-elle.

Je hochai la tête.

— C'est là que vont les gens comme nous pour améliorer leur accès à la magie noire. Nos résultats et nos connaissances déterminent ensuite notre place dans les différents cercles de la société. C'est un peu comme ta version de l'université, mais pour les Faë de Minuit.

— Alors, pourquoi es-tu à Darlington ? me demanda-t-elle.

— Parce que j'ai été chargé de te recruter, Ella.

Et que tu es mon âme sœur, ajoutai-je en pensée. *Bienvenue dans la famille.*

Nous aborderions cette question plus tard.

Une fois qu'elle aurait compris tout le reste.

— Tu fais partie des Faë de Minuit, poursuivis-je. Le Conseil s'attend à ce que tu fréquentes l'Académie l'année prochaine.

Et ils n'accepteraient pas le moindre refus. Ce que je devrais aussi lui expliquer plus tard. Une fois que j'aurais eu la possibilité de la familiariser un peu avec la vie des Faë de Minuit.

La limousine ralentit alors que nous approchions des grilles principales de la propriété. Des gargouilles de pierre gardaient les murs, leurs yeux en alerte et scrutant le danger tout comme les vignes.

Ella leva les yeux vers elles, ses bras se couvrirent de chair de poule jusque sous les gants qu'elle portait toujours.

— Elles bougent, murmura-t-elle.

— Oui. Ce sont des gargouilles. Et contrairement à celles que les humains aiment avoir en ornements ou décorations, celles-ci sont bien réelles.

— Est-ce qu'elles volent ?

— Seulement en phase d'attaque. Ce qui n'est jamais arrivé.

Il faudrait qu'un faë soit suicidaire pour approcher de ces terres avec de mauvaises intentions. Mon père était le roi des Faë de Minuit. Il prenait sa sécurité très au sérieux.

Nous continuâmes le long d'un autre chemin sinueux après avoir franchi les grilles sans qu'Ella ne quitte les environs du regard.

Des lacs d'eau noire reflétaient la lumière.

Des hectares de pierres et d'arbres entrelacés.

Des chemins de randonnée.

— Est-ce que c'est un phénix ? souffla-t-elle en regardant un oiseau de feu au loin.

— Ça y ressemble, lui répondis-je. Mais ils ne sont pas aussi grands que ceux de vos légendes. Les oiseaux de feu ne dépassent pas la taille d'un aigle standard.

— D'accord, dit-elle avec un frisson visible. C'est…

— Réel, oui, terminai-je pour elle.

— *Mmmh-mmh…* répondit-elle en observant une horde d'étincelles d'eau danser au-dessus du lac.

— Des fées ?

Je grognai.

— Plutôt des moucherons, mais plus gros et qui piquent. Je ne te recommande absolument pas d'en toucher un.

Malheureusement, même avec la magie, personne n'arrivait à se débarrasser de cette infestation.

— Et tu es un faë, énonça-t-elle lentement.

— Comme toi, répondis-je.

Elle jeta un œil à ma tête et fronça les sourcils.

— Tu as les oreilles rondes.

Je lui jetai un regard.

— Comme les tiennes, Ella.

— Je croyais que les faë avaient les oreilles pointues.

— C'est le cas de certains, acquiesçai-je. Mais pas les Faë de Minuit.

— Donc il y a d'autres types de faë ?

Je hochai la tête.

— Beaucoup, oui. Ce n'est qu'un royaume parmi d'autres.

— Oh. Elle se remit à regarder par la vitre, les épaules raides.

— Est-ce qu'ils boivent tous du sang ?

— Seulement les Faë de Minuit à cause de notre accès à la magie noire.

— Pourquoi ? insista-t-elle. Pourquoi seulement les Faë de Minuit ?

— Parce que cela alimente notre accès à la magie noire, expliquai-je avec patience.

Cela faisait beaucoup de choses à assimiler pour elle, alors il faudrait sûrement que je me répète plusieurs fois.

— Certains y voient une punition morale pour assouvir

le côté le plus rude de notre existence. D'autres l'adoptent comme un moyen de subsistance pour alimenter nos réserves d'énergie.

— Et toi, comment le vois-tu ? m'interrogea-t-elle en me dévisageant. Et à quelle fréquence est-ce que tu... tu sais ?

— C'est une part naturelle de notre existence que j'ai acceptée il y a bien longtemps, et je me nourris environ une fois par mois. Ce n'est pas souvent, et ça ne demande pas grand-chose. Et avant que tu ne poses la question, nous ne tuons pas les humains. Nous empruntons juste un peu de leur énergie vitale de temps en temps. La plupart d'entre eux savourent même ce moment.

L'échange de sang avait tendance à déclencher des sensations sexuelles décuplées. Il faudrait aussi que je m'en explique à un moment donné. Ou peut-être lui montrerais-je, si elle me laissait faire.

— Je vois, dit-elle avant de se mordre la lèvre, l'air songeuse. Je ne bois pas de sang.

— Parce que tu es une Halfeline et que tu n'as pas accès à tes pouvoirs.

Mais cela soulevait une explication potentielle au fait qu'elle ne montrait pas encore de signes de ses dons. C'était peut-être parce qu'elle ne buvait pas de sang. Il faudrait que je demande à mon père ou peut-être à mon frère Kols ce qu'ils en pensaient.

Ella se raidit lorsque le domaine officiel des Nacht apparut, avec ses lumières qui brillaient dans la nuit et éclairaient les vastes colonnes et l'extérieur en granit.

Sa mâchoire se décrocha un peu.

— On dirait un palais gothique.

Je gloussai.

— Seulement à l'extérieur.

L'intérieur était tout en lignes nettes et modernes, grâce au penchant de ma mère pour l'élégance.

— Tu vas voir beaucoup d'argent et d'or. C'était les couleurs de la famille, avec un soupçon de noir tissé dans le blason. Et probablement beaucoup de magie, aussi, ajoutai-je avec une grimace.

— Parce que nous sommes dans un monde faë, répondit-elle.

— Le Royaume des Faë de Minuit, oui.

Elle acquiesça, puis secoua la tête, et la hocha de nouveau.

— *Mmmh-mmh.*

— Tu as le droit de paniquer, Ella.

— Oui.

Encore un de ces hochements de tête bizarres.

— Oui.

— Ella.

— Je vais bien, me dit-elle précipitamment. Vraiment. Je veux dire, je ne vais *pas du tout* bien. Mais aussi, je vais bien.

— Voilà là une déclaration cohérente, lançai-je.

Elle plissa les yeux en me regardant.

— Tu viens juste de m'enlever et m'emmener dans un royaume faë et tu veux te moquer de mes réactions ? Maintenant ? Vraiment ?

Je levai les mains. J'adorais son attitude fougueuse.

— Tu as raison. Je dis juste que tu as le droit de flipper. Je comprendrai.

— Et à quoi cela servirait-il ? répliqua-t-elle en croisant les bras. À part me mettre encore plus à ta merci que je ne le suis déjà.

— Tu as raison sur ce point aussi. Si ça peut te consoler, je n'ai pas l'intention de te garder ici. Nous sommes juste de passage pour la nuit afin de te prouver que je ne te raconte pas de conneries. Puis, demain, nous retournerons à Darlington.

— Quoi ? demanda-t-elle en me dévisageant. Donc, attends, tu m'as amenée ici seulement pour… pour me prouver tout ça ?

— En grande partie, oui. Je savais que rien de ce que je pourrais te raconter ce soir ne te convaincrait que je n'essaie pas de te faire du mal, alors j'ai pensé tout te révéler d'un coup. Et ensuite, avec un peu de chance, nous pourrons aller de l'avant.

— Et faire quoi ? demanda-t-elle. Retourner au lycée ?

— Oui, lui répondis-je en la regardant fixement. Sauf que cette fois, tu serais armée en sachant que je veux vraiment t'aider à remettre ces enfoirés à leur place.

Parce qu'il fallait qu'ils paient pour leurs péchés, et que je refusais de le faire à la place d'Ella. Elle ne pourrait refermer cette parenthèse que si elle le faisait elle-même.

— Alors peut-être que tu seras un peu plus agréable cette fois-ci, ajoutai-je, plus irrité par moi-même que par elle.

— Plus agréable, répéta-t-elle. Qu'est-ce que ça peut te faire ? Je veux dire, je comprends la partie mission. Mais *les faë sont réels.* Tu es comme un vampire. Pour quelle foutue raison est-ce que tu t'inscrirais volontairement dans un lycée humain pour jouer avec une bande de sales gosses riches et pourris gâtés ?

Parce que ces sales gosses riches et pourris gâtés ont gâché la vie de mon âme sœur, et que je veux qu'ils souffrent en conséquence, me dis-je.

Malheureusement, je ne pouvais pas le lui avouer. Pas sans la faire flipper encore plus.

Je choisis donc la seconde meilleure raison, qui était également vraie :

— Parce que quelque chose empêche tes pouvoirs de

faire surface et que je crois que c'est lié à l'armure émotionnelle que tu t'es créée pour survivre à toutes ces années d'abus.

Je croisai son regard.

— Si j'étais intervenu lors de notre première rencontre, les choses auraient peut-être tourné différemment. Mais j'ai attendu que tu aies 18 ans, comme le recommandait le Conseil, et tu as enduré l'enfer en mon absence. Donc, en tant que ton gardien attitré, je t'ai laissé tomber. Et je ne connaîtrai pas de repos tant que je n'aurai pas réparé ça.

ELLA

ON POUVAIT DIRE que c'était une bonne raison. Si bonne, en fait, que je ne savais pas comment lui répondre.

C'est pour cette raison que je gardai le silence jusqu'à ce que nous nous garions à l'extérieur du palace gothique que Tray appelait son chez-lui.

Un faë. Un vrai foutu faë.

Et il avait raison.

Je ne l'aurais jamais cru sans avoir vu tout ça. Même maintenant, une partie de moi s'accrochait désespérément à l'espoir que tout ceci n'était qu'un rêve. Mais mon instinct me disait que ce n'était pas le cas, et que ces oiseaux enflammés au loin étaient bien réels.

— Il y a une autre chose que je devrais te dire, annonça Tray en observant par la vitre un homme qui s'approchait dans un costume qui rivalisait avec le sien.

— Seulement une chose ? répliquai-je d'un ton moins percutant que je ne l'aurais voulu.

Parce que non, je ne m'étais pas encore remise de notre

environnement ou de ces gargouilles effrayantes sur la route.

— Bon d'accord, beaucoup de choses, admit-il. Mais il faut que je te prévienne : mon père est le roi des Faë de Minuit.

La portière s'ouvrit avant que j'aie le temps de comprendre ce qu'il venait de m'annoncer.

— Maître Nacht, le salua l'homme en s'inclinant. C'est si bon de vous avoir à la maison, monsieur.

— C'est seulement temporaire, Clive, répondit Tray. Je fais juste faire une rapide visite à Ella.

— Bien sûr, Maître Nacht.

Le pingouin en costume recula de quelques pas, avec un mouvement du bras nous invitant à sortir. Il paraissait plutôt normal. Mais Tray aussi, et pourtant il buvait du sang humain.

Je frissonnai à cette idée.

Des vampires.

La contrainte.

La magie noire.

Des vignes-serpents.

Des gargouilles.

Et ensuite ? Un chien de l'enfer, peut-être ?

— Ella, murmura Tray, sa main glissant le long de mon bras dans une douce caresse qui aurait dû me laisser froide mais qui eut l'effet inverse.

Je l'avais accusé d'avoir recouru à la contrainte sur la piste de danse tout à l'heure, mais nous savions tous les deux que c'était un mensonge. Mon corps semblait réagir au sien comme si nous étions faits l'un pour l'autre. Une pensée terrifiante compte tenu de tout ce que j'avais appris ce soir.

Quoique… peut-être pas. J'étais une demi-faë, à en croire Tray. Ce qui soulevait une multitude d'interrogations.

Et je doutais qu'elles soient toutes résolues ce soir.

Ce qui tombait bien, parce que je ne pourrais sûrement pas encaisser tous ces détails en plus du reste.

Glissant mes pieds dans mes stilettos, je descendis de la limousine et fixai l'imposant extérieur en marbre noir. *Euh, bonjour, Dracula. Je suis Ella. Enchantée de vous rencontrer. S'il vous plaît, ne me mangez pas.*

Tray glissa dans la nuit derrière moi, et la chaleur de son corps fut la seule preuve qu'il avait bougé. Il posa sa main sur le bas de mon dos dans un geste hésitant. J'aurais dû le repousser, mais je me retins. Cela n'aurait fait qu'empirer la situation.

Clive disparut à travers de grandes portes à l'avant du manoir, laissant les planches de bois légèrement entrouvertes pour nous signifier que nous devions le suivre. Ou peut-être se cachait-il de l'autre côté, guettant notre approche pour pouvoir ouvrir les portes avec faste.

Je fronçai les sourcils. *Qui accueille des invités à cette heure-ci ? Et pourquoi toutes les lumières sont-elles allumées ?* Il devait être bien après minuit, peut-être même plus tard. Mais la maison gothique était éclairée comme si on était en plein jour à l'intérieur.

— Et maintenant ? me demandai-je à haute voix.

— Je vais te présenter à mes parents et mon frère, Kols, s'il est dans les parages.

Tray me donna un petit coup de coude pour me faire comprendre qu'il voulait que j'avance.

— Tes parents, répétai-je. Qui font partie de… la royauté, c'est ça ?

Oh, au fait, mon père est le roi des Faë de Minuit. Et les vampires sont réels. Bienvenue à la maison, Ella !

Je faillis rire aux éclats tant mes pensées me

paraissaient ridicules, mais nous étions là à remonter l'allée pavée en direction du manoir du comte Dracula.

Génial.

— Oui, comme toi, me répondit-il. Comme je te l'ai dit, ta mère était de lignée royale, simplement elle était d'une famille différente.

Je cessai de marcher.

— Ça veut dire qu'on est comme des cousins ? Parce que ce serait malsain à bien des égards.

Il ricana.

— Non. Pas du tout. Tu n'as qu'à imaginer les lignées royales comme les familles connues de Darlington. Aucun d'entre eux n'est apparenté, mais ils fréquentent les mêmes cercles. C'est un concept similaire, sauf que nous basons notre royauté sur le pouvoir qui coule dans nos veines, pas sur la richesse de nos comptes en banque.

— Et tu crois que j'ai de la magie.

Il en avait parlé dans la limousine, il pensait que je bloquais mes pouvoirs à cause de mon « armure émotionnelle ».

— Je le sais, Ella.

Il se déplaça pour se poster face à moi, posant les mains sur mes hanches.

— La famille de ta mère est réputée pour sa puissance. Même si son départ de notre monde a été mal perçu, elle a conservé son accès à la magie noire. Et ce don aurait dû t'être transmis.

— Qu'est-ce que tu veux dire par « son départ a été mal perçu » ?

Un soupçon de malaise assombrit son regard.

— Les individus de lignée royale ont bien souvent un avenir tout tracé. Ta mère a choisi de ne pas suivre le chemin que lui offrait le Conseil, ce qui a généré des tensions.

— Il me semblait que tu avais dit que les relations humaines étaient dues à la consommation de sang.

— Effectivement, oui, mais ça ne signifie pas qu'elles sont bien respectées par ceux de notre espèce. Et il est particulièrement rare qu'un royal décline un arrangement prévu pour un mortel. Ta mère a eu la chance que la position de son père supplante celle de l'autre famille, sinon elle aurait été obligée de rentrer.

Hmm, toute cette phrase regorgeait de tracasseries politiques. Ce que je comprenais, c'était que ma mère venait d'une famille faë influente, ce qui lui avait permis de transgresser les règles par amour pour mon père. Comme tout ceci avait conduit à ma création, je ne pouvais pas vraiment faire de commentaires négatifs sur cet arrangement.

Mais je ne le comprenais pas tout à fait non plus.

Tray caressa ma joue, basculant ma tête en arrière pour que je le regarde tandis qu'il pénétrait dans mon espace personnel.

— J'ai beaucoup de choses à t'expliquer, Ella. Mais je ne veux pas t'accabler.

— Trop tard, marmonnai-je.

J'affichai un sourire en coin.

— Eh bien, tu ne m'as pas vraiment laissé d'autre choix. Tu étais sur le point de t'enfuir et ne jamais regarder en arrière.

— Correction, je n'étais pas sur le point de courir, je *courais*.

— Mais je t'ai rattrapée.

— Et tu m'as enlevée et obligée à venir dans un univers faë, achevai-je à sa place. Oui, pas sûre que ça joue en ta faveur, Nacht.

— Oui, je sais, acquiesça-t-il. Je m'y suis carrément mal pris.

— Et c'était ta première erreur, lui expliquai-je. Considérer que ma vie est un jeu ne te rend pas meilleur que les autres.

— Je ne considère pas ta vie comme un jeu, ma chérie.

Son regard brûlait d'une telle intensité que mon cœur manqua un battement.

— Ces salauds d'humains de Darlington ont créé le jeu, mais je n'ai pas réussi à maîtriser ma stratégie en dépit d'une planification minutieuse. Je pensais qu'en me liant d'amitié avec eux et en rejoignant leur cercle restreint, je pourrais me jouer d'eux comme les pions qu'ils sont. Mais cette garce de Ryan s'est surpassée, et elle le paiera cher à un moment ou à un autre.

— Je… balbutiai-je. Je ne sais pas quoi répondre à ça.

Sa sincérité me faisait perdre mes moyens. J'étais incapable de formuler une réplique bien sentie. Alors je préférai lui poser une question :

— C'était quoi ton objectif ?

Il répondit aussitôt :

— Te regarder les détruire.

— Comment ?

— En détrônant tes idiotes de demi-sœurs et en mettant la royauté de Darlington à genoux.

Il caressa ma pommette du bout de son pouce.

— J'aimerais te voir brûler ce trou à rats.

Les braises qui mouchetaient ses iris d'obsidienne me disaient que c'était au sens propre qu'il parlait, pas au figuré.

— Tu veux vraiment me venger.

— Plus que tu ne pourras jamais l'imaginer, avoua-t-il. Ce qu'ils t'ont fait est malsain et dérangeant, et le fait que ces adultes que vous nommez enseignants ne fassent rien pour les en empêcher empire encore les choses. Et ne me lance pas sur le sujet de ta pétasse de belle-mère.

Il frissonna ostensiblement.

— Si j'en avais eu le droit, je t'aurais emmenée au royaume des Faë de Minuit bien plus tôt. Malheureusement, jusqu'à très récemment, tu appartenais au royaume des humains.

— Et maintenant ? demandai-je, surprise par la fin de son explication.

— Ta place est ici, mais le Conseil a accepté de te laisser finir l'année scolaire humaine d'abord.

J'entrouvris les lèvres pour parler, mais mes mots restèrent coincés dans ma gorge. *Ma place est ici ? Avec les vignes-serpents, les oiseaux de feu et les gargouilles flippantes ? Euh, oui, mais non. Pas question. Ça n'arrivera pas. Il n'y a pas moyen. Je…*

— Trayton ? appela une voix féminine depuis le pas de la porte.

Je jetai un coup d'œil par-dessus son épaule et vis une femme élégante dans une robe émeraude éclatante qui attendait sur le perron. Ses yeux noirs croisèrent les miens, une légère pointe de dégoût colorant ses traits impeccables.

Tray se retourna avec un sourire.

— Bonjour, Mère.

Mère ? songeai-je en écarquillant les yeux. Cette femme ne devait pas avoir plus de 25 ans, sa peau de porcelaine ne portant pas la moindre trace de vieillesse.

Il arriva vers elle en ouvrant grand les bras et l'embrassa sur la joue.

— Toutes mes excuses pour notre arrivée impromptue. Je voulais montrer notre maison à Ella.

Il se posta à côté d'elle et sourit.

— Ella, voici ma mère, Reba Nacht. Mère, voici Isabella Cinder.

— Cinder ? répéta-t-elle en fronçant les sourcils. Tu veux dire Isabella Zorya ?

Tray soupira.

— Nous n'en sommes pas encore arrivés à ce stade de son histoire familiale, Mère.

— C'est le nom de famille de ma mère, dis-je en fronçant les sourcils.

— C'est également ton véritable nom, m'informa Reba avant de se tourner. Entre, Trayton. C'est impoli de faire attendre la famille.

Sur cette adorable invitation, elle disparut dans l'immense maison.

— Ta mère m'adore, dis-je d'un ton pince-sans-rire.

Je lus l'amusement sur les traits de Trayton, qui lui donnait l'air plus jeune.

— Elle a du mal à accepter certains de mes choix, mais elle s'y fera.

Je haussai un sourcil.

— Des choix ? Comme t'inscrire à l'Académie Darlington alors que tu n'as clairement pas besoin du bac ?

— Oui, ce genre de choses, confirma-t-il avant de me présenter son coude. Allez, Ella chérie. Je te fais la promesse que mes parents ne mordront pas.

— Et toi ? répliquai-je en croisant les bras. Tu vas mordre ?

Il s'avança vers moi et m'entoura la taille de son bras avant que je puisse m'éloigner.

— Je vais faire bien plus que te mordre, mon cœur.

Il me mordilla la lèvre inférieure en un éclair, me laissant chaude et tremblante contre lui.

Comment fait-il ça ? songeai-je, livide de ma réaction instinctive envers lui. *C'est un vampire, pour l'amour du ciel !*

Pourtant, je me laissai aller dans ses bras comme une damoiselle en détresse.

— Quelle est cette emprise que tu as sur moi ? lui demandai-je, haletante.

Il retroussa les lèvres.

— Je pourrais te poser la même question, murmura-t-il en frottant son nez contre le mien. Voudrais-tu s'il te plaît entrer avec moi ? Je ne peux pas tout t'expliquer ce soir, mais au moins tu comprendras d'où je viens vraiment. Ensuite, nous pourrons discuter de la suite des événements.

La suite des événements, me répétai-je. La suite des événements, c'était que j'allais me barrer d'ici !

Et ensuite quoi ? Retourner à Darlington ?

Oui, parce que j'appréciais tellement cet endroit… *Non*.

Ces dernières années, ma seule obsession avait été d'obtenir mon diplôme pour pouvoir m'enfuir. M'en aller le plus loin possible de Darlington.

Qu'est-ce qui pourrait être plus loin qu'un royaume faë ?

Tray leva la main pour masser les lignes de mon front.

— Arrête de froncer les sourcils.

— Je ne fronce pas les sourcils.

J'étais effectivement en train de froncer les sourcils à cause de cette situation bizarre. Il m'avait emmenée dans un endroit où je pouvais effectivement m'enfuir. Une nouvelle vie où je n'aurais plus à me soucier de mes demi-sœurs ou de Clarissa. Un monde qui m'offrait des possibilités dont je n'avais jamais osé rêver.

— Que se passe-t-il à l'Académie des Faë de Minuit ?

N'était-ce pas le nom qu'il lui avait donné ? Une école genre université que son espèce fréquentait.

— Nous perfectionnons notre accès à la magie noire.

— Oui, tu l'as déjà dit, mais qu'est-ce que ça veut dire ?

L'image d'un sorcier brandissant une baguette me vint à l'esprit.

— Il existe plusieurs cercles de magie noire que tu peux

étudier. En général, ils sont dictés par ta lignée de sang. En tant que royale, tu seras inscrite au programme Élite pour en apprendre plus sur la source de notre pouvoir et comment le contrôler.

Il caressa ma lèvre inférieure de son pouce.

— Tu comprendras mieux une fois que tu auras déclenché ton don.

— Dont tu penses qu'il est bloqué, dis-je en frémissant sous sa douce caresse contre ma bouche.

Il acquiesça.

— Oui.

— Et tu veux m'aider à le débloquer ?

— Effectivement, dit-il avant de déposer un baiser sur ma joue. Ma mère va encore nous interrompre si on ne se met pas en route.

— J'étais censée faire la révérence ? demandai-je tout à coup. C'est pour ça que je l'ai offensée ?

Elle était mariée à un roi, non ? *Attends…*

— Si ton père est…

Mes genoux se bloquèrent, et la prise de conscience me heurta de plein fouet. Putain de merde. J'aurais dû le comprendre dès qu'il en avait parlé.

— Ça veut dire que tu es un prince. Et un futur roi ?

Je couinai.

— Techniquement, ce serait mon rôle, dit une voix dans l'obscurité. Mais oui, mon petit frère est un prince.

TRAY

KOLS SE MATÉRIALISA à côté de nous avec un sourire malicieux, sachant à quel point je détestais qu'il me qualifie de *petit frère*.

— De deux minutes, marmonnai-je.

— Cela fait quand même de moi le futur roi et de toi un simple prince, ajouta-t-il en remuant les sourcils. À moins que tu ne veuilles te battre en duel pour ça ?

La référence à notre jeunesse me fit secouer la tête.

— Nous savons tous les deux que je ne veux pas gagner ce défi.

— C'est ce que tu ne cesses de répéter, répondit-il en croisant les yeux écarquillés d'Ella. Mon frère ici présent le dit chaque fois que je propose un combat. Non seulement il croit à tort qu'il va gagner, mais aussi que cela signifie qu'il va hériter du trône.

Il m'envoya une décharge électrique sur le flanc, ce qui me fit lâcher Ella et lui en envoyer une à mon tour.

— Ce costume m'a coûté une fortune ! me plaignis-je en remarquant le tissu effiloché sur mon flanc.

— Oh, viens, je vais arranger ça pour toi, p'tit frère.

Il remua les doigts, envoyant un soupçon de magie dans l'air qui répara le tissu.

— Vous allez arrêter de frimer et venir ici ? exigea ma mère depuis le seuil de la porte, officiellement à bout de patience.

Elle semblait figée, les yeux rivés sur les flammes élémentaires qui subsistaient près de moi.

— Encore deux minutes, Mère, lui criai-je. S'il te plaît.

Elle soutint mon regard une seconde, avant de lever les bras en l'air dans un geste de défaite et de rentrer dans la maison.

— Papa a une réunion avec Aswad demain, m'informa Kols. Ça a mis maman sur les nerfs.

— C'est ce que je vois, répondis-je en reportant mon attention sur Ella.

— Tu es d'accord pour entrer, ou tu préfères que je te ramène chez toi ?

Parce que si c'était ce qu'elle voulait, je le ferais. Même si cela signifiait rester debout presque toute la nuit. Ma contrainte avait perturbé sa notion du temps, lui laissant à penser qu'une heure s'était écoulée depuis le bal. En réalité, c'était plus proche de cinq.

Heureusement, les Faë de Minuit étaient fidèles à leur nom. Nous étions des créatures nocturnes, et pour le moment, ce n'était que l'équivalent de la fin d'après-midi pour nous.

— Tu me ramènerais ? me demanda-t-elle doucement.

— Si c'est ce que tu veux, oui.

Je m'approchai à nouveau d'elle. Cependant, cette fois, je ne la touchai pas.

— Il serait plus sage pour nous de rester, Ella. Mais je

ne te forcerai jamais à faire quelque chose dont tu n'as pas envie.

Dans la limite du raisonnable, bien sûr. Il faudrait dans tous les cas qu'elle aille à l'Académie. Les règles du Conseil et tout ça. D'où l'importance de mon travail : m'assurer qu'elle *voulait* s'inscrire, ce qui rendrait l'édit caduc.

— Je veux en savoir plus, annonça-t-elle, reportant son attention sur Kols et moi avant de lever les yeux sur la maison de notre enfance. Je veux que tu me parles de ma mère.

J'échangeai un regard avec mon frère. Nous savions tous les deux que ce sujet bouleverserait notre mère. Il y a fort longtemps, elle avait été la meilleure amie de Siobhan Zorya.

— Je te dirai tout ce que tu veux savoir, lui promis-je. Une fois qu'on en aura terminé avec mes parents.

C'était un point que je ne pouvais pas débattre.

Heureusement, elle donna son accord d'un signe de tête.

— D'accord, approuva-t-elle en faisant un pas en avant, puis elle s'arrêta. Attends, tu n'as pas clarifié le sujet de la révérence.

Kols sourit.

— J'aimerais bien voir ça.

— Va te faire voir, lui lançai-je en me concentrant sur elle. Nous ne respectons pas les protocoles formels des humains.

— Mais on devrait vraiment le faire, intervint mon agaçant jumeau.

Il feignit de s'incliner et jeta un œil à Ella depuis cette position. Ses yeux dorés scintillèrent.

— *Mmmh,* oui, j'aime la vue.

Je levai les yeux au ciel.

— Arrête de flirter avec mon… *Ella.*

Elle resta bouche bée.

— *Ton* Ella ? ricana-t-elle. On est peut-être sur ton terrain, mais je suis toujours capable de m'occuper de moi-même, merci beaucoup.

Kols se mordit la lèvre pour ne pas rire. Je pouvais presque l'entendre me taquiner dans mon esprit : *Bonne chance pour dompter celle-ci. C'est un feu follet.*

Je préférais lui être destiné plutôt qu'à la garce que notre société avait trouvée pour lui.

Être un cadet avait certains avantages.

Comme le fait de choisir n'importe qui dans la lignée royale pour me marier.

Ce pauvre Kols n'avait jamais eu le choix.

Et son expression désabusée me montrait qu'il le savait aussi.

Il s'éclaircit la gorge et redressa le dos.

— Cette coutume s'applique, dit-il en tendant la main à Ella. Je m'appelle Kolstov. La famille et les amis, dont tu fais partie, m'appellent Kols.

— C'est mon jumeau, ajoutai-je. Faux jumeau, à l'évidence.

— Oui, c'est moi qui ai hérité du meilleur physique, répondit-il pendant qu'Ella lui serrait la main.

Il approcha son poignet de sa bouche et déposa un baiser sur sa peau. Son regard scintilla lorsqu'il me surprit en train de plisser les yeux en réponse.

Arrête de flirter avec ma fiancée, lui intimai-je d'un regard.

Je m'amuse juste un peu, semblait me dire son regard en coin.

— Des jumeaux, dit-elle d'un air songeur en retirant sa main. C'est dangereux.

— Oh, tu n'as pas idée, murmura Kols. Maintenant, viens, petite Halfeline. Notre père meurt d'envie de te rencontrer.

— Petite Halfeline ? répéta-t-elle avec un ricanement. Très bien, prince arrogant, allons-y.

Il haussa un sourcil.

— Prince arrogant ?

— Quoi ? lança-t-elle en battant innocemment des cils. Je croyais qu'on se donnait des surnoms.

Il retroussa les lèvres.

— Oh, je t'aime bien, lui dit-il avant de lever les yeux sur moi. Bon choix, mon frère.

— Arrête de l'embêter, rétorquai-je en croisant les bras.

— Moi ? Embêter quelqu'un ?

Il plaqua une main sur sa poitrine, juste au-dessus de son cœur.

— Jamais !

Ella gloussa et secoua la tête, et je me renfrognai.

— Est-ce que tu viens de rire ?

— Il est drôle, dit-elle en haussant les épaules avec un grand sourire. Et charmant, aussi. Pourquoi ne l'as-tu pas envoyé à Darlington ? Je l'aurais peut-être apprécié.

Ah, je vois.

— Maintenant c'est moi que tu taquines, dis-je en riant. Ce n'est pas une sage décision, chère Ella. Je suis ton seul moyen de rentrer chez toi.

— Chez moi, répliqua-t-elle d'un ton moqueur. Ce n'est pas un point en ta faveur, Nacht.

— Alors j'en ai perdu deux ? Parce qu'elle avait dit la même chose du fait que je l'avais *enlevée* ce soir.

— Oh, tu as perdu bien plus que ça, répliqua-t-elle sèchement avant de parler d'un ton désinvolte à mon frère : Tu savais qu'il avait essayé de me noyer ?

— Te noyer ? répéta-t-il, abasourdi. Pourquoi as-tu essayé de noyer ton âm…

— Assez, grognai-je, lui coupant la parole.

Elle n'est pas encore au courant, tentai-je de lui dire d'un regard.

— Rentrons, continuai-je à voix haute, et son front plissé m'indiqua que nous reparlerions plus tard de cette petite erreur.

Ella ne sembla rien remarquer. Elle haussa simplement une épaule et lança avec désinvolture :

— Bien sûr. Pourquoi pas ?

Je savais que je ne devais pas me fier à son ton. Oh, elle affichait une façade forte, sûrement due à des années passées à se protéger de ses réactions extérieures, mais sous la surface, elle bouillonnait de questions. Je le voyais dans le reflet de ses iris bleus, son besoin d'en savoir plus. En particulier au sujet de sa mère.

Une fois les formalités familiales terminées, je ferais de mon mieux pour apaiser un peu sa curiosité. Mais une seule nuit ne suffirait pas. Nous venions juste de commencer à gratter la surface.

Le regard que mon frère me lança disait qu'il en avait conscience aussi.

Et il ne m'enviait pas du tout. Pas même un tout petit peu.

ELLA

— *WAOUH,* c'est ta chambre ?

Elle était presque… *normale.* Des couleurs sombres et masculines, un bureau, un coin salon avec des plaids duveteux, et un balcon donnant sur l'arrière du domaine. Oh, et un lit géant encadré de deux chevets.

J'ignorai cette partie des quartiers de Tray et observai la double lune à la place.

C'était tellement irréel.

À l'exception près que son père était comme tous les autres pères que j'avais rencontrés. En dehors du truc du *roi* et le fait qu'il n'avait pas l'air d'avoir plus de 25 ans, tout comme sa femme.

Donc, pas tout à fait typique, mais pas plus bizarre que ça non plus.

Je secouai la tête.

— À quoi penses-tu ? me demanda Tray en me tendant un verre d'eau dont j'avais bien besoin.

J'en bus une gorgée avant de répondre, la gorge sèche

après ce qui semblait des heures de déshydratation. Quand je terminai, il me le prit des mains et s'avança vers la carafe dans un coin pour le remplir à nouveau.

— Qu'est-ce qui te fait froncer les sourcils comme ça ? insista-t-il en revenant avec ma tasse remplie.

Je bus une nouvelle gorgée, poussant un soupir de contentement. *C'est si rafraîchissant.* Je ne pris même pas la peine de lui demander si elle était empoisonnée ou possédée par la magie. À ce stade, ça n'avait plus d'importance. S'il avait voulu me faire du mal, il l'aurait déjà fait. Au lieu de cela, il semblait plutôt décidé à me fournir des explications. Ce dont, à mon grand regret, je lui étais reconnaissante.

— Ella ?

Je me raclai la gorge et croisai son regard inquiet.

— Je pensais à Reba et Malik. Ils n'ont pas l'air assez vieux pour être tes parents.

— Ah, oui, nous vieillissons très différemment de l'humanité. Nos vingt premières années sont similaires, et ensuite ça… stagne pendant quelques siècles. La plupart des Faë de Minuit vivent jusqu'à 500 ou 600 ans.

Il haussa les épaules comme si ce n'était pas une information absolument stupéfiante.

— Tu t'en rendras bientôt compte, quand tu arrêteras de vieillir.

Je me sentais comme un poisson hors de l'eau, haletant pour respirer.

— Je… Tu dis… balbutiai-je en secouant la tête.

J'essayai de m'éclaircir les idées pour former une pensée rationnelle.

— Je vais vivre 500 ou 600 ans ?

Il acquiesça.

— À quelques décennies près, oui. C'est assez standard.

Il se palpa la nuque, et une lueur de malaise assombrit son regard.

— Nous guérissons généralement plus vite que les mortels, et les maladies humaines ne nous affectent pas, mais il y a certaines blessures dont nous ne pouvons pas nous remettre.

— Comme un accident de voiture avec collision frontale, clarifiai-je, comprenant sa gêne. La police a dit qu'elle était morte sur le coup.

— Un traumatisme crânien de cette ampleur n'est pas quelque chose auquel un faë peut survivre.

Il fit une grimace.

— Je suis désolé, Ella.

— Pour quoi ? Pour ma perte ?

Je ne pus réfréner l'amertume de mes mots :

— Pourquoi tout le monde dit ça ? Ils devraient dire ce qu'ils pensent vraiment. *J'ai pitié de toi.*

Parce que c'était le cas.

— Je voulais dire que j'étais désolé d'avoir abordé un sujet sensible, expliqua-t-il en se raidissant. Mais je n'ai pas pitié de toi, Isabella. Ce sont tes expériences de vie qui forgent ta force. S'apitoyer sur les pertes que tu as subies déprécierait la femme que tu es devenue, ce qui serait injuste pour nous deux.

Ma contrariété reflua, sa réponse me prenant au dépourvu.

Rien de ce que ce type disait ou faisait ne correspondait à ce à quoi je m'attendais. Chaque fois que je me faisais une idée, il agissait en sens contraire. Presque comme s'il était né pour me narguer.

— Maintenant, à quoi penses-tu ? me demanda-t-il d'un air soupçonneux.

— Tu veux dire que les vampires ne peuvent pas lire les pensées ?

Il ricana.

— Nous sommes des faë, ma chérie. Les vampires sont une légende.

— Tu bois du sang, lui rappelai-je.

— Avec parcimonie.

Il croisa les bras et s'appuya contre le mur, me laissant le choix entre rester debout dans l'espace ouvert de son salon ou m'asseoir sur le canapé.

J'optai pour la seconde solution. Dès que mes fesses touchèrent le coussin, une vague d'épuisement me submergea. *Putain, quelle heure est-il au fait ?* me demandai-je en jetant un coup d'œil au balcon. L'obscurité ne s'était pas dissipée depuis notre arrivée, ce qui signifiait qu'il devait être 3 ou 4 heures du matin. Le temps devait fonctionner de la même manière ici.

Un fou rire se coinça dans ma gorge. *Ici*, me répétai-je. *À Faëland.*

La magie se dissimulait dans le moindre recoin en dépit du décor moderne de la maison. Oh, il n'y avait ni chien de l'enfer ni rien, rien qu'une impression d'énergie éthérée dans l'air. Des flammes avaient dansé sur le bout des doigts de Kols à plusieurs reprises. À un moment donné, il en avait fait tomber une sur Tray qui l'avait habilement attrapée et étouffée sous une ombre de braises.

Je l'avais regardé faire avec admiration : chaque moment qui passait me faisait comprendre la réalité de ce monde. *Je suis à moitié faë*, me répétai-je pour la millième fois ce soir. Mais je ne *me sentais* pas douée.

— Et si mon pouvoir ne se manifestait jamais ? me demandai-je à haute voix. Est-ce que je devrais retourner à Darlington ?

— La meilleure question est de savoir comment briser les entraves à ta magie, rétorqua-t-il en s'écartant du mur pour me rejoindre sur le canapé.

Il s'installa à l'autre extrémité, appuyant son dos contre le bras du canapé, puis il leva un genou tout en laissant le pied opposé au sol.

J'imitai sa position pour me retrouver face à lui.

— Est-ce que c'est normal pour une Halfeline de devoir « briser les entraves » ?

— Non, mais rien dans ton passé ne peut être considéré comme normal, Ella. Tu ne savais même pas que tu étais à moitié faë jusqu'à ce soir. Les rares qui existent ont tous été élevés par des parents qui savaient comment favoriser le développement de leurs pouvoirs.

— Alors que ma mère est morte quand j'avais 12 ans, dis-je, songeuse. Alors pourquoi mon père n'a rien dit ?

Il était mort quelques années plus tard, peu après avoir épousé Clarissa.

— Il ne le savait probablement pas.

Tray se déplaça légèrement, son pantalon de costume se tendant sur ses cuisses. Ma robe engloutissait la moitié du canapé, et la jupe bruissait à chacun de mes mouvements.

Comme nous devions paraître ridicules, assis dans nos tenues de soirée, à parler de faë-vampires.

— Ta mère devait savoir que sa relation avec ton père ne pouvait pas durer, poursuivit Tray en se raclant la gorge. Les mortels vieillissent beaucoup plus vite que nous. Elle aurait été encore dans ses premières années de vie quand il est mort. Il est donc probable que ce qu'elle ressentait était éphémère, mais peut-être est-elle restée à cause de toi.

Je levai la main pour l'arrêter.

— Mes parents s'aimaient.

— Ça ne fait aucun doute, mais les humains aiment différemment des faë, Ella. Songe à la facilité avec laquelle ton père est passé à autre chose. S'il avait été un faë, cela n'aurait pas été possible.

Mon sang s'échauffa à l'évocation du fait que mon père était rapidement passé à autre chose. Parce que oui. Oui, il l'avait fait. Et c'était un point qui m'avait dérangée à l'époque et qui me tracassait encore maintenant.

Comment une personne qui prétend aimer quelqu'un peut-elle laisser entrer une autre femme dans sa vie en moins d'un an ? Je pleurais encore la mort de ma mère le jour où il m'avait annoncé qu'il était fiancé à Clarissa. Ils s'étaient mariés peu après, me donnant deux méchantes demi-sœurs et une belle-mère qui ne supportait pas de poser le regard sur moi.

Tu as tous les traits de ta mère, m'avait-elle dit à d'innombrables reprises. *C'est dommage, vraiment. Je n'ai jamais compris ce que ton père voyait en elle. Mais je suppose que c'était gentil de sa part de la sortir de la rue.*

Je frémis, me rappelant son ton cinglant et les sous-entendus de ses propos. Cette méchante sorcière alléguait souvent que ma mère était un parasite qui avait vécu de la richesse et de la générosité de mon père. Il m'avait fallu déployer des efforts considérables pour ne pas relever l'ironie de ses accusations. Toutefois, je me taisais, car je ne voulais surtout pas attirer son attention sur ma mère ou sur les fonds qu'elle avait laissés à mon nom.

— Nous devrions nous reposer, dit Tray en se levant. Je vais te trouver quelque chose de plus confortable.

Ce ne serait pas difficile. La robe en satin, bien que magnifique, ne faisait pas partie des tenues du soir les plus agréables. Même si j'aurais sûrement pu faire un lit avec la jupe bouffante.

Tray revint avec un T-shirt et un caleçon et indiqua une porte dans le coin qui menait à une salle de bain gigantesque, décorée de marbre noir et de luminaires en argent.

— *Waouh,* soufflai-je en observant la pièce. Si Satan avait une salle de bain, elle ressemblerait à ça.

Peut-être avec une cheminée en plus.

Secouant la tête, je posai les vêtements sur le comptoir noir et détachai le ruban à la base de ma colonne vertébrale. Le haut corseté avait été lacé dans mon dos par la propriétaire de la boutique.

Et je n'avais aucune idée de la façon de le desserrer après avoir défait le ruban.

Je me mordillai la lèvre, réfléchissant à mes options.

Des ciseaux ? Je fouillai les tiroirs. *Non.*

Essayer de l'arracher ? Je tournai un peu en rond, essayant d'attraper et tirer sans succès sur le satin. En fait, cela ne faisait qu'empirer les choses.

Y mettre le feu ? Oui, non, je tenais trop à ma peau pour ça.

Ce qui ne me laissait plus qu'une seule option, qui me mettait mal à l'aise.

— Tray ? appelai-je en levant les yeux au ciel, maudissant intérieurement mon destin.

— Oui ?

Il apparut dans l'embrasure de la porte, portant un pantalon de pyjama gris.

Rien d'autre.

Je l'avais vu torse nu plus tôt dans la semaine, mais d'une certaine manière, il semblait encore plus sculpté et dessiné maintenant. Ce devait être l'éclairage. Chaque sillon de sa poitrine et de son abdomen était nettement gravé, comme s'il était fait de pierre. Seulement, il dégageait de la chaleur, sa peau avait un léger hâle qui contrastait avec ma peau pâle.

Définitivement pas très vampirique, si l'on en croyait les légendes.

Mais la courbe pécheresse de sa bouche semblait terriblement diabolique.

— Ella ? me dit-il, arquant un sourcil brun-roux.

Euh, d'accord. Je l'avais fait venir.

Je secouai la tête et me tournai pour lui présenter mon dos.

— Pourrais-tu m'aider à me libérer de cette prison de satin, s'il te plaît ?

Je croisai son regard dans le miroir.

— Ou si tu as quelque chose de pointu, je pourrais te l'emprunter pour couper ce truc et m'en sortir.

Il étudia ma robe en réfléchissant.

— Ce serait une honte d'abîmer une si belle robe, Ella, dit-il en s'écartant de l'encadrement de la porte. Je vais la desserrer pour toi.

Je m'agrippai au comptoir et crispai mes membres alors qu'il tirait sur le ruban accroché au niveau de mon coccyx. Une chaleur me remonta dans le cou, conséquence de sa proximité et de l'après-rasage boisé qui narguait mes sens. Pourquoi fallait-il qu'il soit si sexy ? Est-ce que c'était un truc de faë ? Parce que Kols était tout aussi séduisant que son frère. Et leur père aussi était plutôt charmant, charme accentué par son apparente jeunesse.

Il était de notoriété publique que les vampires étaient beaux, n'est-ce pas ? Du moins dans les légendes. Alors peut-être que c'était aussi le cas de tous les faë.

Un monde entier rempli d'hommes sexy avec un penchant pour les morsures. Tu parles d'un rêve torride dans la vie réelle. Je déglutis et fermai les yeux. *De toute évidence, j'ai besoin d'une sieste.* Parce que ce genre de pensée n'était pas acceptable ni souhaitable, ni même un tant soit peu approprié. Surtout avec Tray aussi près de moi.

Qui me déshabillait.

Qui me caressait.

Je frissonnai quand son souffle effleura mon épaule exposée, alors que l'atmosphère entre nous semblait s'épaissir à chaque inspiration. Le tissu se détendit lentement autour de ma taille, le ruban émettant un doux son de glissement alors qu'il détachait chaque boucle. La chair de poule envahit mes bras, alors que mes gants avaient depuis longtemps disparu quelque part dans la maison. À moins que je les aie retirés dans la limousine ? Je n'arrivais pas à m'en souvenir, tant mon attention était captivée par l'homme derrière moi.

Le faë, me corrigeai-je en pensée. *Mais il a vraiment tout d'un homme.*

Mon estomac se contracta, et une nuée de papillons s'élança dans mon bas-ventre. Son baiser de tout à l'heure avait consumé mon esprit, mon corps et mon âme, me procurant des sensations dont je n'avais jamais entendu parler que dans les livres. Mais était-ce lui ou les pouvoirs magiques qu'il possédait ? Il m'avait promis que ce n'était pas une contrainte, mais cela ressemblait beaucoup à l'influence d'une drogue hypnotique.

Peut-être que je devrais l'embrasser encore une fois pour voir si ça se reproduit ? J'ouvris brusquement les yeux, abasourdie par cette idée farfelue.

Et je vis Tray qui me regardait dans le miroir, avec un regard noir brûlant qui me coupait le souffle.

— Ça devrait être assez lâche maintenant, chuchota-t-il.

— Merci, réussis-je à articuler en dépit de ma gorge sèche.

Il me fit un signe de tête et disparut, me laissant me changer. Ou peut-être respirer. Dans tous les cas, il fallait que je fasse les deux.

Je troquai rapidement le satin pour le confort de son T-shirt en coton et son caleçon. Ensuite, je traînais dans la salle de bain en me brossant les dents avec mon doigt, et tout ça. Quand je retournai dans la chambre, mes joues n'étaient plus aussi roses, mais ma peau était quand même brûlante. Phénomène qui s'intensifia quand je le retrouvai allongé sur le canapé avec tous ses abdos exposés.

Il se leva sans un mot, me frôlant en entrant dans la pièce que je venais de quitter.

Bien.

Ce n'était pas du tout gênant.

Je regardai le lit contre le mur, puis le coin salon. Le canapé me paraissait plus sûr. Je récupérai donc quelques oreillers, et j'étais en train de les installer sur le canapé quand Tray revint.

— Je vais, euh… dormir ici, lui dis-je sans lui jeter un regard.

— Oh que non, répliqua-t-il. Tu vas prendre le lit. Je dormirai sur le canapé.

— C'est ta chambre, lui rappelai-je. Et le canapé me convient très bien.

— Tu as raison, c'est ma chambre. Ce qui veut dire que tu vas prendre le lit, Isabella. Fin de la discussion.

Oh, non, il ne venait quand même pas d'essayer de me donner un ordre ? Je me retournai pour lui faire face, les mains sur les hanches.

— Tu ne peux pas m'obliger à dormir là où je ne veux pas.

— Pourquoi il faut que tu te montres si difficile ? me demanda-t-il, l'air parfaitement exaspéré en s'avançant vers moi avant de pointer par-dessus mon épaule. Contente-toi de prendre ce foutu lit !

— Je ne veux pas dormir dans ton lit ! lui criai-je en pleine face.

— Pourquoi pas ?

— Parce que je… C'est une question de principe, Tray.

— Une question de principe, répéta-t-il, et la chaleur de son torse était à deux doigts de faire fondre mon T-shirt.

Ou peut-être était-ce ma colère qui menaçait de mettre le feu au tissu.

— Putain, ma belle, tu me rends dingue !

Je haussai les sourcils.

— *Je* te rends dingue ? Tu m'as kidnappée et emmenée dans un royaume faë.

— Parce que tu rendais les choses difficiles. Waouh, tu te rends compte ?

Il eut l'audace de lever les yeux au ciel.

— Tu plaisantes ? Tu m'as envoyée te chercher un verre comme un bon toutou pendant que tu dansais avec Ryan. Juste après m'avoir embrassée, *moi*. Devant toute l'école. Excuse-moi de réagir en conséquence !

— Tu t'es *enfuie*.

— Évidemment !

Merde, ce type était impossible.

— Tu vas vraiment me le reprocher ? Tu as choisi Ryan plutôt que moi.

— Ce n'est pas vrai.

— Ah non ? Tu m'as envoyée faire une course, Trayton. Pour pouvoir danser avec *elle*, entre toutes !

Rien que d'y penser, mon sang bouillonnait. Je serrai les poings sur les côtés.

— Je ne dormirai pas dans ton lit. En fait, je veux une nouvelle chambre. Peut-être que Kols me laissera dormir sur *son* canapé.

Il grogna, s'immisça dans mon espace personnel et enroula son bras autour du bas de mon dos pour m'empêcher de bouger.

— Il faudra me passer sur le corps.

— Je serais ravie d'arranger ça ! dis-je d'un ton doucereux.

Il ricana.

— J'en suis certain.

Il garda une main autour de mon dos pendant que l'autre se posait sur ma joue. C'était un geste plutôt tendre si l'on considérait la colère qui émanait de lui par vagues.

— Tu oublies juste une chose, Isabella Cinder.

— Ah oui ? lui demandai-je en saisissant son poignet que je serrai en guise d'avertissement. Et qu'est-ce que c'est ?

— Tu me veux vivant, répondit-il. Parce que sinon, je ne pourrais pas faire ça.

Sa bouche s'empara de la mienne avant que je puisse répliquer. Certes, je n'avais rien à dire. Parce que, merde, Trayton Nacht était en train de m'embrasser. Encore une fois.

TRAY

ISABELLA CINDER ME RENDAIT FOU. Je n'arrivais plus à savoir si je voulais la tuer ou la sauter.

Non.

Ce n'était pas vrai.

À cet instant ? J'avais très envie de la sauter. De préférence contre le mur, et fort. Parce que putain, cette satanée bouche ! Satisfaite et calme à un moment, elle m'arrachait la tête à celui d'après. Est-ce que je le méritais ? Peut-être. Mais pas au sujet de ce foutu lit. Je le lui avais proposé pour me comporter en gentleman, et elle avait retourné ce geste contre moi sans véritable raison.

Femme insupportable.

Oh, mais elle avait un goût de menthe, de frais, et elle était vraiment *à moi.*

Je resserrai ma prise autour d'elle alors qu'elle se fondait contre moi. Au moins sur ce point elle se soumettait, son corps reconnaissait le mien à un niveau qu'elle comprendrait bientôt… intimement.

Ma langue joua avec la sienne pour la séduire, et ma paume glissa de sa joue à sa nuque, de sorte de l'orienter selon un meilleur angle pour recevoir mon baiser. Elle gémit, et ce son frappa directement mon sexe déjà dur.

Je la fis reculer vers mon lit, espérant que ça n'allait pas raviver notre chamaillerie. Ou peut-être que j'en serais ravi. Il y avait des activités bien pires qu'embrasser cette femme pour la soumettre à ma volonté.

Elle poussa un petit couinement quand l'arrière de ses jambes heurta le matelas, mais j'engloutis sa protestation avec ma bouche et agrippai ses hanches pour la soulever. Elle poussa un autre de ces petits bruits de surprise quand je la hissai.

— Tray…

Je la jetai au centre du lit et grimpai sur elle avant qu'elle puisse protester.

— Chut, Isabella. Nous avons fini de parler. Tout ce que je veux, c'est te dévorer.

Je m'emparai à nouveau de sa bouche, la réduisant au silence.

Un faible gémissement fit vibrer sa gorge, et je souris.

Oui, ma chérie, songeai-je. *Juste comme ça.*

Elle glissa les doigts dans mes cheveux, me retenant contre elle alors qu'elle me rendait mon baiser avec fougue. Bon sang, je sentais mon âme s'enflammer pour elle.

Merde.

Cette femme allait provoquer ma mort, de la manière la plus délicieuse qui soit.

Mes paumes glissèrent le long de ses flancs, mémorisant ses courbes sveltes par-dessus le tissu de mon T-shirt, qui était si sexy sur elle que j'avais envie de l'arracher. Mais je n'allais pas la brusquer. Le frémissement provoqué par le contact de mes mains sur le galbe de ses seins confirma mes soupçons sur son innocence. Ella avait à peine été touchée. Ce qui n'était pas surprenant vu ses dernières années d'enfer.

Mmmh, il lui faudrait une introduction lente.

Je pouvais le gérer.

Je fis glisser mes lèvres sur sa mâchoire jusqu'à son cou, puis embrassai le creux de sa gorge avant de mordiller son pouls rapide. Elle tressaillit sous moi, car son corps reconnaissait mon désir plus sombre.

— Ne t'inquiète pas, petite colombe, chuchotai-je en léchant son cou jusqu'à son oreille. Je ne te mordrai pas.

Non pas que je n'en avais pas envie.

Mais parce que cela amorcerait notre processus d'accouplement.

Et qu'elle avait vécu bien assez d'épreuves ce soir.

— Tray, murmura-t-elle en se cambrant contre moi d'une manière si provocante que j'eus *beaucoup* de mal à bien me comporter.

Je glissai une cuisse entre les siennes pour exercer la pression dont elle avait besoin sans le savoir, et ma bouche revint sur la sienne. La chaleur qui rayonnait de son intimité transperça le tissu de nos vêtements, marquant ma peau et embrasant mon sang pour elle. Je laissai l'intensité alimenter notre baiser, ma langue revendiquant la sienne.

Elle gémit.

Je grognai.

Les bruits de notre passion étaient un prélude à notre avenir. Nos âmes connaissaient déjà nos destins, nos lignées étaient liées d'une manière qu'aucun de nous ne pouvait nier. Je l'avais ressenti le jour de notre rencontre, ce désir ardent de la faire mienne.

La plupart des Faë de Minuit ne connaissaient pas cette connexion instantanée, car nos accouplements étaient arrangés par le Conseil ou par des appariements familiaux. Heureusement, ma promise était issue d'une lignée acceptable, même si son héritage de Halfeline ternissait son essence faë.

Oh, j'avais encore tant de choses à lui expliquer.

Tant de choses à lui *apprendre*.

Et pas seulement dans la chambre.

Même si ça ne me dérangerait pas de commencer par là.

Je fis à nouveau glisser mes mains sur ses flancs, cette fois sous le T-shirt. Sa peau en ébullition était une sensation divine sous mes mains. Ma cuisse se fléchissait au rythme de ses mouvements avides, et ses sens se perdaient complètement dans le brouillard de luxure qui nous consumait.

Instinctivement, je savais que je pouvais prendre tout ce que je voulais d'elle comme ça, car son corps était entièrement à moi en ces moments précieux.

Ce qui signifiait que je devais procéder avec précaution, pour conserver et *gagner* sa confiance.

Elle fit courir ses ongles le long de ma colonne vertébrale, empoignant mes fesses pour me tirer infiniment plus près. Ses petits miaulements de satisfaction étaient une musique à mes oreilles.

Ça, je pouvais le lui donner.

Mais rien de plus.

Pas avant qu'elle ne soit en mesure de réfléchir posément et de consentir expressément.

Je mordillai sa mâchoire, suçai le point sensible entre son cou et son épaule, et laissai mes doigts se promener dangereusement près de ses courbes les plus charnues. À travers le fin tissu de mon T-shirt, ses mamelons durcis réclamaient mes caresses, mais ce frémissement qu'elle avait eu un peu plus tôt me restait en tête.

Pas encore, me dis-je. *Mais bientôt.*

Ella gémit, son plaisir culminant entre ses jambes. Je le

sentis à l'humidité qui se répandit sur mon pantalon. J'avais envie de la goûter avec ma langue, son excitation imprégnait l'air autour de nous et taquinait mes sens.

— Tu me tues, admis-je doucement, haletant pratiquement contre son cou.

Elle plongea de nouveau les doigts dans mes cheveux, me tirant pour l'embrasser à nouveau, sa bouche répondant sauvagement à la mienne.

Elle allait m'accuser de l'avoir à nouveau contrainte.

Mais ce n'était pas le cas.

C'était sa faë intérieure qui luttait pour sortir, pour revendiquer ce qu'elle reconnaissait comme sien.

Ç'allait être un cauchemar de le lui expliquer.

Ou peut-être me surprendrait-elle en l'acceptant. Elle avait géré tout le reste à la perfection jusqu'à présent.

Ella se poussa contre ma cuisse d'un coup sec, et son dos se cambra sur le lit tandis qu'un cri s'échappait de ses superbes lèvres.

— Magnifique, m'émerveillai-je à voix haute, l'admirant alors qu'elle s'écroulait sous moi.

Ses cheveux dorés étalés sur mes oreillers.

Ses joues rosies.

Sa bouche enflée conçue pour le péché.

Mon sexe était douloureux tant il avait envie de jouer, mais je refoulai mon impatience et frottai mon nez dans son cou à la place, pour l'aider à redescendre de son extase. Elle poussa un long soupir et relâcha sa prise dans mes cheveux.

Ensuite, elle se raidit.

Oui, je m'y attendais, me dis-je en soupirant dans ma tête.

— Qu-Qu'est-ce que tu viens de me faire ? balbutia-t-elle, son cœur battant à tout rompre.

— Exactement ce que j'ai dit que je ferais, lui répondis-je en m'appuyant sur mes coudes, mes avant-bras reposant sur le matelas de chaque côté de sa tête.

Si elle voulait s'échapper, il faudrait qu'elle lutte méchamment.

— Je… je ne…

Elle cilla, et ses yeux bleus présentaient un mélange enivrant de plaisir et de confusion.

— Je t'ai dévorée, ma chérie, lui dis-je avec un sourire. Et tu as aimé ça.

— Tu m'as f…

— Je ne t'ai pas contrainte, l'interrompis-je, l'empêchant de formuler son accusation à voix haute. Je t'ai embrassée. Et tes lèvres gonflées sont la preuve que tu as fait plus que m'embrasser en retour. La contrainte altère la perception, Isabella. Et non seulement tu étais consciente, mais aussi complice de tout ça, y compris de ton orgasme.

Elle me regarda fixement pendant un très long instant.

— Oui, j'allais te dire que tu m'avais totalement époustouflée, mais d'accord.

Je plissai les yeux.

— Même si je sais que c'est effectivement le cas, je doute que tu aies voulu me dire ça.

— Eh bien, maintenant tu ne le sauras jamais puisque tu m'as interrompue de manière si grossière.

Elle posa les mains sur mes épaules et me repoussa.

— Bouge.

Je refusai.

— Non.

Je posai les lèvres au coin de sa bouche pour adoucir mon refus, et ajoutai :

— Je suis désolé, Ella. Tu veux bien me pardonner, s'il te plaît ? ajoutai-je en frottant mon nez sur sa joue pour embrasser sa mâchoire.

Je n'avais pas envie de gâcher ce moment, pas alors que nous étions si proches d'enfin nous comprendre.

Elle tira sur mes cheveux pour m'obliger à la regarder dans les yeux, m'observant avec attention.

— Je n'arrive pas à savoir si tu te moques de moi ou si tu le penses vraiment.

Avec un soupir, je roulai sur le dos à côté d'elle. Ma cuisse picotait du souvenir de son excitation. Mon sexe était toujours aussi dur qu'un foutu rocher dans mon pantalon. Mais mon esprit… était fatigué. La journée avait été longue, et nous avions vraiment besoin de repos.

— Je peux partager le lit avec toi ? lui demandai-je doucement, trop épuisé pour continuer à me chamailler. Je te promets de garder mes mains pour moi. Je vais même dormir par-dessus les draps.

Je ne la regardais pas en parlant, j'avais les yeux rivés sur le haut plafond. Surtout parce que je ne voulais pas voir son expression. Si elle se remettait à râler sur les conditions de couchage, j'irais dormir sur le canapé de Kols, ou ailleurs.

Le silence me répondit.

Évidemment.

D'accord, eh bien, à l'évidence, elle voulait de l'espace.

— C'est bon, j'ai saisi, dis-je en m'asseyant. Ç'a été une soirée mouvementée, et ça fait beaucoup à encaisser. Je vais aller traîner avec Kols. De toute manière, il faut que nous rattrapions le temps perdu.

C'était faux. Mais je me disais qu'Ella protesterait si elle savait que j'abandonnais ma chambre pour elle. N'était-ce pas ce qui l'avait mise en colère plus tôt ? Que je lui propose mon lit ?

Je faillis éclater de rire. *Quelle femme impossible !*

Elle m'attrapa le poignet avant que je puisse quitter le lit d'une main étonnamment forte.

— Reste, dit-elle en s'éclaircissant la gorge. Je veux dire, s'il te plaît. Je t'en prie, reste.

Je haussai les sourcils. *Est-ce qu'elle vient de dire quelque chose de relativement poli ?* Je faillis le dire à haute voix, mais préférai m'en abstenir. Parce que nous aurions une nouvelle dispute. À la place, je me rallongeai et lui dis doucement :

— D'accord.

Une énergie paisible s'installa entre nous, que j'accueillis avec un bâillement.

Ella se tourna sur le côté, face à moi.

— Pourquoi as-tu dansé avec Ryan ?

Le murmure de sa voix attira mon attention sur elle. Elle plongea les yeux dans les miens alors que je restais sur le dos à côté d'elle.

— Parce que je voulais lui dire un mot à propos de son interruption importune, avouai-je. Tes demi-sœurs veulent que je te fasse tomber amoureuse de moi, de sorte de pouvoir te briser publiquement devant toute l'école. Je lui ai fait remarquer que son intrusion était contre-productive par rapport à l'objectif.

Ella me dévisagea.

— *Quoi ?*

— Oui, tes demi-sœurs sont le mal incarné. C'est pour cette raison que je veux les voir anéanties.

Je laissai rouler ma tête sur l'oreiller, et me replongeai dans la contemplation du plafond.

— Mon idée, c'est que nous sortions ensemble pendant quelques mois, tout en travaillant secrètement à un plan pour les anéantir tous. Puis au moment où Ryan s'attendra à ce que je te brise le cœur, c'est elle que nous démolirons à la place.

Ryan et Carmen n'avaient pas de cœur, alors cela ne

fonctionnerait pas de vouloir se jouer d'elles de la même manière.

— Je pense que c'est à leur statut social qu'il faut s'attaquer, ajoutai-je, réfléchissant à voix haute. Il faudra que nous décidions si Clarissa doit brûler avec elles.

Ella se redressa sur un coude, ses yeux bleus brillant quand elle me regardait.

— Tu es sérieux.

— Oui. Je crois que je te l'ai déjà dit plusieurs fois.

— Tu veux vraiment que je me venge d'elles.

— Bien sûr que oui, répondis-je en fronçant les sourcils. Ce que moi je voudrais savoir, c'est pourquoi tu ne veux pas te venger ? Ces garces t'ont fait vivre un véritable enfer. Dash et Charlie ne sont pas mieux. Pourquoi les laisses-tu faire ? Pourquoi ne te défends-tu pas ?

— Parce que me défendre ne fera qu'attirer plus encore l'attention sur moi. J'ai appris il y a bien longtemps que je suis plus en paix quand je les ignore.

— La paix, répétai-je avec un ricanement. Est-ce que cette semaine a été paisible pour toi ? Entre Charlie qui te harcèle tous les matins en cours d'anglais, les deux idiots qui veulent te noyer dans la piscine, et puis ce cirque ce soir au bal ?

— Eh bien, c'était plus mouvementé que d'habitude, grâce à l'arrivée d'un nouvel étudiant, répondit-elle.

— Allez, Ella. Sois sérieuse un instant. Même si je ne m'étais pas pointé, ces deux idiots t'auraient harcelée. Et qui sait ce que tes demi-sœurs auraient fait si je ne leur avais pas offert la distraction d'un nouveau jeu.

— Attends, c'est *toi* qui as suggéré le truc de me briser le cœur ?

— C'est plutôt moi qui ai poussé Ryan dans cette direction, précisai-je. Ça m'a donné une excuse pour passer du temps avec toi, tout en faisant semblant d'être dans leur équipe. Gagnant-gagnant.

Elle rit à mes paroles.

— Être dans leur équipe n'est pas une victoire.

— Ça l'est quand tu veux abattre les méchants, répliquai-je en m'appuyant sur un coude pour imiter sa pose. Réfléchis-y, Ella. S'ils croient que je suis de leur côté, ils baisseront leur garde avec moi et nous donneront des moyens d'infiltrer leur cercle et de les détruire de l'intérieur. C'est un plan brillant.

— Sérieusement, pourquoi perdre ton temps avec ça ? me demanda-t-elle. C'est une bande de lycéens humains. Ce qui semble assez insignifiant au regard de tout ça.

Elle fit un geste large de la main pour montrer ma chambre, mais je savais qu'elle parlait du Royaume des Faë de Minuit.

— Ils ont fait quelque chose qui a entravé ton accès à tes pouvoirs.

Je tendis la main pour lui toucher la joue.

— C'est une offense que je prends très au sérieux. Comme tu devrais le faire, Ella. Tu as passé des années entières à construire des remparts impénétrables pour te cacher de leurs tourments, et je soupçonne que cela fasse partie du blocage de ta faë intérieure.

Elle se mordit la joue puis secoua lentement la tête.

— Je ne vois pas comment la vengeance pourrait m'aider à long terme.

— Ça ne t'aidera peut-être pas, mais ça sera utile à la prochaine personne qu'ils brutaliseront. Et il y a de grandes chances pour que leur prochaine cible soit loin d'être aussi forte que toi.

En fait, j'en étais même certain. Ella avait enduré assez de tourments pour toute une vie. Cela la renforçait d'une manière qui lui serait bénéfique dans le royaume des Faë de Minuit, en admettant que nous trouvions comment débloquer ses dons.

— Je n'y ai jamais pensé, dit-elle tranquillement en se couchant sur le côté une fois encore, face à moi.

Je copiai son geste et ma main glissa dans son cou.

— Je me suis toujours concentrée sur ma fuite, pas sur ce qui viendrait ensuite pour eux.

— Ils ont vécu dans un monde où ils peuvent faire ce qu'ils veulent à qui ils veulent, sans être punis. Je ne peux qu'imaginer à quel point leur avenir sera rempli de vice. Ce ne sera pas agréable pour ceux qu'ils ciblent.

— À moins que nous ne trouvions un moyen de leur donner une leçon.

Oh, j'avais envie de faire bien plus que ça. Ils ne méritaient pas qu'une simple leçon mais un changement radical dans leur existence, qui les plongerait dans leurs propres purgatoires. Cependant, sur ce sujet, je suivrais les directives d'Ella. Elle pouvait décider du niveau de châtiment.

— Il reste encore plusieurs mois sur l'année scolaire, murmurai-je.

— Plus notre relation prendra du temps à se développer, plus nous aurons de temps pour comploter contre la soi-disant royauté de Darlington. Par ailleurs, dans l'intervalle, je pourrai t'en enseigner davantage sur les Faë de Minuit et notre Académie. Nous pourrons également explorer les entraves à tes capacités.

— Alors tu as l'intention de revenir au lycée avec moi, dit-elle avec une pointe d'ironie dans la voix. On dirait que tu te punis.

Je souris.

— Crois-moi, ce n'est pas le cas.

— *Mmmh-mmh.*

Ses yeux pétillaient.

— Donc tu es en train de me dire que tu aimes être mon par… euh, non, pas ça. Pas un parrain.

Elle fronça les sourcils.

— Je dirais un ange gardien, sauf que non.

— Je suis un faë, avec un « a », pas une fée, la corrigeai-je. Et je ne suis définitivement pas un ange.

— Ça vient d'un conte de fées, m'expliqua-t-elle. Tu sais, la fée marraine ? Qui aide la fille à se préparer pour le bal ? C'est ce que tu as fait ce soir. Même si tu n'as pas réussi à me ramener avant minuit.

Elle écarquilla soudain les yeux.

— Non, tu m'as carrément amenée au Royaume des Faë de Minuit ! Merde, je suis… commença-t-elle avant de secouer la tête. Oui, laisse tomber. Il faut que je dorme maintenant.

Vu le charabia qu'elle venait de me débiter, je ne pouvais pas être plus d'accord.

— Oui, c'est une bonne idée.

Elle éclata d'un petit rire délirant, et se roula dans les couvertures, créant un adorable petit nid de son côté du lit. Ça me plaisait de voir à quel point elle semblait petite et protégée, enveloppée de satin et de coton. Elle ferma les yeux et enfonça la tête dans les oreillers.

J'envoyai une étincelle de magie dans les suspensions, réduisant leur éclat à une lueur crépusculaire. D'ici une heure, les stores d'occultation allaient se baisser. Quelque chose me disait qu'elle serait trop épuisée pour le remarquer.

— Tray, murmura-t-elle.

Je la regardai, mais elle avait toujours les yeux fermés.

— Oui ?

— Tu peux dormir sous les draps.

ELLA

MA BELLE-MÈRE n'avait pas remarqué mon absence. Ou peut-être que si, et qu'elle s'en fichait. Toutes mes tâches ménagères avaient été accomplies avant l'école ce matin, ce qui semblait être sa seule préoccupation quant à mon existence.

Je soufflai sur une mèche de cheveux pour l'écarter de mon visage et j'attendis que mon cours d'anglais commence.

C'était surréaliste d'être assise ici après tout ce que j'avais appris pendant le week-end.

Les Faë sont réels.

Tray boit du sang.

Tray embrasse comme un dieu.

Je frissonnai au souvenir de ses mains parcourant mes flancs et de la manière dont sa cuisse s'était logée entre les miennes alors que je me pressais contre lui. Je n'avais pas une grande expérience. Dash m'avait embrassée à plusieurs reprises, il m'avait tripoté les seins par-dessus mes

143

vêtements et m'avait empoigné les fesses à plusieurs reprises. Rien d'excitant et certainement rien à voir avec ce que Tray m'avait fait.

— Tu rêves de moi, ma colombe ? me demanda Tray en se dirigeant vers le fond de la classe.

Il avait été occupé à discuter avec Charlie près de la porte de la salle de classe. Sans nul doute, il détestait cette tâche, mais l'accomplissait en gardant le sourire tout du long.

Je battis des cils en direction de Tray alors qu'il s'arrêtait devant moi.

— Effectivement. Je venais juste de te poignarder en plein cœur, et c'était fabuleux.

Quelques élèves autour de nous gloussèrent, car les moutons humains avaient toujours une oreille qui traînait.

— Tu me blesses, la Cendrée, dit-il en se laissant tomber sur sa chaise.

— Si seulement c'était vrai.

Nous avions décidé que la meilleure chose à faire était de feindre la haine et l'animosité l'un envers l'autre après ce qui s'était passé au bal de rentrée. Ryan adorerait l'idée que Tray doive travailler pour gagner mon cœur, car le briser au final n'en serait que plus doux.

— Oh, c'était réel, répondit-il assez fort pour que tout le monde puisse entendre. Chaque coup de langue, gémissement et baiser, ma colombe chérie.

Je levai les yeux au ciel.

— Oui, tu m'as embrassée au bal. La belle affaire.

— C'est ce que tu avais l'air de penser.

Ses iris s'enflammèrent quand il me regarda.

— Je parie qu'avec les bonnes circonstances, tu m'embrasserais à nouveau.

Mes lèvres tressaillirent, parce que, oui, je le laisserais

m'embrasser à nouveau dans n'importe quelle circonstance. Mais à voix haute, je répondis :

— Mais bien sûr. La nuit. Dans tes rêves.

Il m'adressa un clin d'œil.

— Nous ferons bien plus que nous embrasser dans mes rêves, ma colombe.

— Et tu passeras l'éternité à mourir dans les miens, gros con.

La professeure Montgomery choisit ce moment pour faire son entrée, son attention se portant immédiatement sur moi.

— Mademoiselle Cinder, votre langage !

— Ce projet que vous nous avez donné est impossible, Professeure Montgomery, dit Tray sans perdre de temps. Elle n'accepte même pas de me rencontrer pour le projet alors que je lui ai proposé d'interminables heures pour l'entretien.

J'éclatai de rire.

— Excusez-moi, mais si je me souviens bien, c'est toi qui as dit que tu étais occupé tous les soirs de la semaine dernière.

— Je ne me souviens pas d'avoir fait une telle affirmation, répliqua-t-il, ne regardant que la professeure. Comment suis-je censé terminer mon premier devoir avec une partenaire qui refuse de travailler avec moi ?

Elle déposa son sac sur son bureau avec une expression marquant clairement son aversion pour les lundis. Ou peut-être était-ce ses étudiants qu'elle méprisait. Ou juste nous.

— Est-ce vrai, Mademoiselle Cinder ? me demanda-t-elle. Vous refusez de vous montrer accommodante avec notre nouvel élève ?

— J'en ai été le témoin de première main, intervint Charlie sans qu'on ne lui ait rien demandé. La semaine dernière, Tray lui a gentiment demandé de passer une heure après l'école, et elle lui a dit d'aller au diable. Je m'excuse pour le langage.

Tray haussa une épaule, sans confirmer ni nier l'accusation.

Je savais que ça faisait partie de notre stratagème, mais *putain*. Est-ce qu'il n'aurait pas pu trouver un autre motif de dispute ? Un qui n'aurait pas eu d'impact sur ma moyenne.

— Je n'ai rien fait de tel, répondis-je avec honnêteté. Il a exigé que j'aille au bal de rentrée avec lui pour travailler sur notre projet.

Oui, en le disant à voix haute, je me rendis compte à quel point ça paraissait ridicule. Et à en juger par l'expression de Montgomery, elle le pensait aussi.

— Puisque vous semblez tous les deux incapables de vous entendre, que diriez-vous d'une semaine de retenue après l'école pour régler vos différends et finaliser votre projet ? suggéra-t-elle en fronçant les sourcils.

Merde.

Clarissa n'allait pas aimer ça. Pas du tout.

Jamais je n'avais eu de retenue. Jamais.

— Parfait, je suis ravie que ce soit réglé, lança la professeure Montgomery sans nous laisser le temps d'argumenter. Je vous verrai tous les deux brièvement après la dernière heure. Apportez vos cahiers.

Génial, songeai-je avec un soupir mental. *Merci, Tray.*

Son plan avait intérêt à en valoir la peine. Parce que si j'acceptais la retenue sans en retirer le moindre bénéfice, il me le paierait.

J'attendis impatiemment que Montgomery continue sa leçon, car je voulais plus que tout prendre Tray à part pour exiger une explication. Mais dès que la cloche eut sonné, il disparut avec les autres élèves dans le couloir et me laissa le regard perdu derrière lui.

Oui, ça s'est bien passé.

Je continuai à assister aux cours suivants, agacée, confuse et surtout furieuse. Alors quand Tray me traîna dans une salle de classe vide juste avant le déjeuner, je l'attaquai.

— Mais qu'est-ce que tu fais ? voulus-je savoir.

— Ceci.

Il prit mon visage entre ses mains et me repoussa contre le mur à côté de la porte verrouillée, sa bouche revendiquant la mienne.

Instinctivement, je fondis, les entrailles en bouillie.

Parce que les lèvres de Tray étaient un véritable paradis.

Je plongeai les doigts dans ses cheveux, mon corps se cambra contre lui. J'avais besoin de sentir la chaleur de son corps tout contre le mien. Il était en train de devenir mon addiction : à la fois mauvaise et tellement bonne. Je n'aurais pas dû apprécier ça, plutôt exiger de lui qu'il m'explique son plan avec la retenue, mais je ne pouvais pas placer un mot avec sa langue dans ma bouche.

Quand il me relâcha, j'avais le souffle coupé, mais de la manière la plus délicieuse possible. Ma peau était en ébullition, tendue.

— Tu es magnifique, chuchota-t-il en passant son nez sur ma pommette. On se voit au cours de natation.

— Attends ! m'exclamai-je en attrapant son poignet avant qu'il ne parte, et je le tirai en arrière. Pourquoi la retenue ?

— Parce que ça nous donne une excuse pour nous voir. Ne t'inquiète pas, je prévois de jeter un sort à Montgomery pour que nous puissions parler librement.

Il déposa un baiser sur ma tempe.

— Ensuite, je passerai chez toi pour t'aider, car je suis sûr que la marâtre aura une liste de corvées en retard pour toi.

Quand il disait des choses comme ça, il devenait évident qu'il me connaissait mieux que moi-même. Et comme nous nous étions rencontrés tout juste une semaine plus tôt, cela n'aurait pas dû être le cas.

— Comment es-tu au courant de ce qui concerne Clarissa ?

— Parce que le Conseil a gardé un œil sur toi pendant des années, Ella. On m'a remis un dossier complet sur toi avant mon arrivée.

Il me toucha la joue.

— Il faut que j'aille déjeuner. Nous en reparlerons plus tard.

Une fois que Tray eut assommé Montgomery avec un sort, « je veux voir le dossier » furent mes premiers mots. Elle ronflait doucement au bureau à l'avant de la classe, la tête renversée en arrière d'une manière qui lui laisserait une crampe au cou plus tard. Une partie de moi avait envie d'aller rectifier sa position. Mais je me souvins de la rapidité avec laquelle elle m'avait collée alors que c'était à cause d'elle que je devais travailler avec Tray au début.

Oui, elle avait plus que mérité une crampe au cou.

— Bien sûr, me dit Tray en réponse à ma demande de voir le dossier. Je l'apporterai ce soir.

Je cillai.

— Ah oui ?

Il haussa les épaules.

— Je répondrai à tout ce que tu veux savoir, Ella. Et cela inclut de partager les détails que j'ai sur ton passé.

Pour une raison que j'ignorais, je m'étais imaginée devoir me battre contre lui à ce sujet.

— Oh. Euh… merci.

J'ouvris mon carnet puis le refermai.

— Alors, qu'est-ce qu'on fait maintenant ?

Parce que l'interviewer me semblait frivole à ce stade. Mais il me faudrait quand même quelques détails pour le devoir.

— Est-ce que tu as un dossier pour ta couverture au royaume des humains ?

— J'ai quelques documents juridiques, si tu veux les voir. Mais pour autant que tout le monde le sache, j'ai déménagé ici pour vivre avec mon oncle reclus pendant que mes parents partent à l'aventure pendant un an autour du monde. Ils ne pouvaient pas attendre que j'aie passé mon diplôme.

Il releva une épaule.

— Vraiment, c'est assez simple. Mon père est un investisseur dans une société financière de Londres, et ma mère est une débutante de Chicago. Ils possèdent FAE Entreprises. Qui est une véritable entreprise, si tu tapes le nom dans Google. Et oui, mes parents en sont les propriétaires. Mais ils ont des humains qui supervisent le conseil.

— Attends, pourquoi ?

— Parce que nous sommes des Faë de Minuit, chérie. Nous interagissons couramment avec les mortels.

— Pour vous nourrir, traduisis-je.

Il inclina le menton en guise d'acquiescement.

— Oui. Beaucoup de mes semblables ont des couvertures dans le royaume des humains. Elles nous aident à justifier nos apparitions constantes. Mais nous varions nos intérêts à travers le monde, de sorte que notre alimentation est également répartie. Mon père domine le Royaume-Uni et la côte Est des États-Unis. Toute personne issue d'une lignée royale, que nous appelons magie Élite, peut se nourrir dans ces zones. Aswad, un monarque dirigeant du côté de la nécromancie, possède le sud des États-Unis. Ainsi, toute personne possédant la magie Mortelle peut jouer là-bas, et ainsi de suite.

Il y avait beaucoup d'informations dans cette déclaration.

À tel point que je ne savais pas par où commencer.

— Euh, d'accord, bafouillai-je avant de m'éclaircir la gorge. Il y a différents types de magie chez les Faë de Minuit ?

Cela me paraissait être un point de départ raisonnable.

Il acquiesça.

— Il y en a plusieurs. La magie Élite, la Mortelle, celle du Sang, la magie Guerrière et la Maléfique, pour les cercles primaires. L'Académie est en fait divisée en fonction de ces sections. À l'automne, je vivrai dans le quartier Élite avec Kols. C'est aussi là que tu vivras, si tu nous rejoins.

— À l'Académie, tu veux dire.

Nouveau signe de tête.

— Parce que ma mère était une royale ? m'enquis-je pour clarifier.

— Elle utilisait la magie Élite, oui.

Il appuya les coudes sur le bureau. Il était assis juste en face de moi.

— Notre lignée de Faë de Minuit est la plus proche du cœur de notre élément le plus sombre. C'est pourquoi nous sommes considérés comme l'Élite : nous abritons la plus grande concentration de pouvoir de notre espèce. Mais les autres cercles ont leurs propres pouvoirs et capacités. La magie Mortelle, par exemple, est ce que les humains appellent la nécromancie.

— Ils invoquent les morts, murmurai-je avec un frisson.

— Entre autres choses, oui.

Il se passa une main dans les cheveux en soupirant.

— J'ai beaucoup de choses à t'expliquer, mais le plus important, c'est que nous puissions exploiter tes dons.

— En supposant que j'en aie.

— C'est le cas, répondit Tray d'un ton plein d'assurance, comme s'il n'y avait aucune alternative. Donne-moi ta main. Je veux te montrer quelque chose.

— Euh, d'accord.

J'acceptai par curiosité.

Il saisit mon poignet d'une main tout en utilisant le doigt de l'autre pour dessiner une ligne d'énergie fourmillante sur la surface charnue de ma paume. Je frémis au contact des braises chauffées qui parcouraient ma peau et des étincelles bleues qui dansaient selon un schéma hypnotique.

— C'est comme ça que je le sais, murmura-t-il, retroussant légèrement les lèvres. Ma magie te reconnaît comme un conduit, ce qui te marque comme une faë.

— Qu'est-ce que ça ferait sur un humain ?

Tray haussa une épaule.

— Ça le brûlerait.

Je retirai ma main.

— Tu as fait ça en sachant que ça pourrait me blesser ?

Il gloussa.

— J'ai fait ça en sachant que ça ne te ferait *pas* de mal, El. Tu es une Halfeline. Je l'ai senti en toi la nuit de notre rencontre, et c'est toujours là. Nous devons juste comprendre pour quelle raison ton talent se cache, et le libérer.

— Bon, d'abord, toi et tes surnoms, c'est juste…

Je ne terminai pas ma phrase, et secouai la tête. *Isabella. Ella. El. Colombe. Chérie. Mon cœur. Beurk.*

— Et ensuite, comment proposes-tu de procéder, cher gardien des fées ?

— Gardien des fées ? répéta-t-il.

— Tu préfères que je t'appelle Monsieur Surnom ? lui proposai-je. Parce que ça ne me dérange pas plus.

Il ricana.

— Tray, c'est bien.

— Tout comme Ella.

Il se gratta la mâchoire, songeur.

— Et Ella Bella ?

— Et si je te disais non ? répliquai-je.

Il retroussa les lèvres.

— Tu me donnes envie de t'embrasser à nouveau, *Ella*.

— Nous sommes censés apprendre en ce moment, *Tray*.

— Oh, je n'ai aucun doute sur le fait qu'on apprendrait quelque chose de cette expérience. Fais-moi confiance.

Je levai les yeux au ciel.

— Nous n'arriverons jamais à trouver mes talents cachés de faë si tout ce que tu veux c'est sortir avec moi.

— Au contraire, je pourrais être capable de les enflammer avec quelques orgasmes approfondis. Est-ce qu'on pourrait tester cette théorie pour le découvrir ?

Je lui jetai un regard noir.

— Sérieusement, faë ou humains, tous les garçons pensent au sexe.

— Je suis un homme, pas un garçon, précisa-t-il. Et qu'est-ce qu'il y a de mal à ça ? Le sexe, c'est amusant.

Ce qui voulait dire qu'il avait de l'expérience.

Et oui, je l'avais en quelque sorte deviné à sa manière d'embrasser. Mais savoir qu'il avait déjà eu des aventures auparavant me tordit l'estomac, pour tout un tas de raisons.

Non seulement il avait été avec d'autres filles, mais il avait aussi des attentes.

Des attentes auxquelles je ne pourrais peut-être pas répondre en raison de mon manque de savoir-faire en la matière.

Pourquoi est-ce que je pense à ça ?

Nous avions des choses bien plus importantes sur lesquelles nous concentrer. Comme mes pouvoirs. Et la vengeance. Et mon avenir incertain.

— Dis-m'en plus sur l'Académie des Faë de Minuit, lui demandai-je, cherchant un nouveau sujet de conversation.

Heureusement, il me suivit et laissa tomber l'autre.

Trente minutes plus tard, j'avais une connaissance approfondie de l'Académie.

— Alors c'est comme une université pour les faë.

Il m'avait parlé des dortoirs, des examens, des horaires de cours, des professeurs et même des sports intra-muros.

— Sauf qu'il n'y en a en réalité qu'une seule disponible, et non tout un éventail.

— Et que ce n'est pas quelque chose de volontaire, ajouta-t-il. Tous les Faë de Minuit âgés de 20 à 24 ans sont censés y suivre des cours.

— Oh.

Cela me paraissait un peu inquiétant.

— Même les Halfelines ?

— Oui.

— Donc je n'aurai pas le choix ?

— Pas sans l'intervention du Conseil, non, acquiesça-t-il avant de s'éclaircir la voix. Mais c'est là qu'est ta place, Ella. Ton vieillissement commencera à ralentir d'ici un an environ, et quand tes pouvoirs se manifesteront enfin, tu auras envie d'être entourée de tes semblables pour t'entraîner. Il n'y a aucune raison de *ne pas* t'inscrire.

— Sauf si je veux aller dans une université humaine, lui fis-je remarquer en croisant les bras, avant de me caler sur ma chaise.

— Bien sûr, mais pourquoi ferais-tu ça ?

— Peut-être que je veux au moins avoir le choix, rétorquai-je.

Il me jeta un regard qui disait qu'il était conscient que je jouais les difficiles. Le but de ma vie était de m'échapper, et il m'avait offert cette opportunité sur un plateau. Pourquoi refuserais-je ?

— D'accord, admettons que j'y aille, lançai-je en levant la main pour l'empêcher de faire une remarque sur le manque d'enthousiasme de mon accord. Et si je ne parvenais pas à accéder à mes pouvoirs ? Quel impact cela aurait-il sur mon inscription ?

— Cela serait problématique, confirma-t-il. C'est pour cette raison que nous allons nous concentrer sur leur libération.

TRAY

UN MOIS *plus tard*

Je pris place dans mon box préféré, mon frère en face de moi, savourant un seau d'ailes de poulet épicé comme il l'aimait. Mais je n'arrivais pas à avaler le mien.

— J'ai tout essayé, Kols. Rien ne fonctionne.

Nous avions tenté tous les trucs que j'avais appris dans mon enfance, même d'autres que j'avais vus dans tout un tas de livres de magie noire. À chaque tentative, Ella était plus agitée, et elle croyait de plus en plus qu'elle n'avait pas de pouvoirs.

Mais je savais qu'ils étaient en elle quelque part.

Simplement je ne trouvais pas la clé pour les débloquer.

Kols s'essuya les mains avec une serviette, ses manières toujours aussi formelles en dépit du repas peu soigné.

— Je te le dis, T., mords-la.

Des flammes vacillèrent entre mes mains sur la table, ma patience ayant atteint ses limites.

— C'est ta solution à tout, n'est-ce pas ?

— Est-ce que tu as essayé ? répliqua-t-il.

— Bien sûr que non. Ça déclencherait le processus d'accouplement.

Oh, les faë pouvaient mordre les humains aussi souvent qu'ils le désiraient, sans effets secondaires, à supposer qu'ils ne boivent pas trop, bien entendu. Mais mordre une faë avec une lignée désirable ? Cela engendrait une promesse éternelle, à laquelle les femmes de notre espèce étaient liées indépendamment de leur volonté.

Je ne voulais pas faire ça à Ella.

Même si le Conseil l'exigeait.

— Tu vas devoir la mordre un jour ou l'autre, me fit remarquer Kols. Alors pourquoi ne pas commencer maintenant et voir ce qui se passe ?

— Oui. À la seconde où tu mordras Emelyn, je mordrai Ella.

Il se renfrogna.

— Les deux ne s'excluent pas mutuellement.

Je haussai un sourcil.

— Alors tu es en train de me dire que tu n'as pas envie de mordre Emelyn ?

— Va te faire voir. Tu sais bien que non.

Il frémit : mentionner sa *fiancée* était le moyen le plus sûr d'assombrir son humeur.

Cela faisait plus de dix ans que nos parents avaient choisi cette union, obligeant nos familles à se lier au fil du temps.

Emelyn Jyn aurait fait passer Ryan pour une douce princesse.

— C'est différent pour Ella et toi, ajouta Kols. Tu *apprécies* vraiment ta compagne prédestinée.

Je retroussai les lèvres.

— Oh, je fais bien plus que l'apprécier.

Garder mes mains loin d'elle avait représenté un vrai défi ces dernières semaines.

Je voulais lui donner le temps d'apprendre à me faire confiance et de s'adapter à sa nouvelle réalité. Elle m'embrassait de manière de plus en plus enthousiaste, confirmant l'approfondissement mutuel de nos sentiments.

Mais nous n'étions pas encore tout à fait là.

Déverrouiller son pouvoir semblait être la clé.

Kols but une longue gorgée de son eau et la posa sur le côté.

— D'accord, donc tu crois que ses dons sont liés à cette enfance abusive, c'est ça ?

Je hochai la tête.

— Pourquoi ne pas supprimer un ou deux de ces obstacles et voir ce qui se passe, suggéra-t-il. Peut-être que cela pourrait la décoincer un peu.

C'était une chose à envisager. Le souci, c'était que je ne voyais pas comment le faire sans ruiner notre plan à long terme.

Toute l'équipe de Darlington était là où nous voulions puisqu'ils pensaient que j'étais son nouveau tortionnaire et prétendant. Ryan et Carmen étaient aux anges à observer notre jeu de va-et-vient, se demandant comment j'allais réussir à le faire à long terme.

Ce qui signifiait que je devais leur parler fréquemment.

Mais au moins, cela préservait Ella de leurs tourments.

— Je vais envisager cette option, finis-je par répondre, et je le pensais. On peut toujours éliminer Dash ou Charlie en premier, mais il faudrait le faire de manière subtile.

— Je maintiens l'option numéro un, T. Mords-la.

Avec un soupir théâtral, je sortis mon portefeuille pour jeter quelques billets sur la table.

— Bon, eh bien, tu m'as été très utile, lui dis-je en me levant.

Il remua les sourcils.

— Tu as soif ?

Oui. Je n'avais pas nourri mes pulsions les plus sombres depuis un mois, et il fallait que cela change ce soir.

— Qu'est-ce qui m'a trahi ? m'enquis-je. Mes yeux ?

— Et ton humeur, dit-il en ajoutant de l'argent sur la table avant de se lever. En fait, moi aussi je mordrais bien. Alors je vais me joindre à toi.

— Comme tu veux. Je pensais me rendre dans un bar du coin.

— J'ai un bien meilleur endroit en tête, me répondit-il. Viens avec moi, petit frère. Je sais exactement ce dont tu as besoin.

— Je suis plus grand que toi, lui fis-je remarquer en saluant Belinda derrière le bar, avant de suivre Kols à l'extérieur.

— Et je ne veux pas m'envoyer en l'air.

En fait, si, mais pas avec une fille au hasard. Je ne voulais qu'Ella, et rien qu'elle.

— Eh bien, tu n'en as peut-être pas envie, mais moi si.

Il me conduisit vers une voiture de sport luxueuse qu'il avait empruntée dans le garage de notre résidence de Darlington. Nous la gardions comme base pour la famille, et c'était pour cette raison que je m'y étais installé à la suite de mon inscription à l'école.

— Tu peux te nourrir sans t'envoyer en l'air, et moi je ferais de la manière que je préfère.

Je secouai la tête et me glissai sur le siège passager à côté de lui. Refuser serait inutile. Il venait juste de me convaincre d'aller avec lui.

— Tu pourrais inviter ton Ella à se joindre à nous, suggéra-t-il, et mon sang se réchauffa.

Et la laisser me regarder me nourrir d'une autre femme ? Je préférerais sauter une gargouille.

Il fit une grimace.

— Aïe, mec.

— C'est la vérité, *mec*, répliquai-je.

Kols démarra la voiture, puis fit une pause, l'air sombre.

— En fait, on devrait l'emmener.

— Je viens de dire…

— Oui, je t'ai entendu, mais réfléchis-y une seconde. Elle ne peut pas accéder à ses pouvoirs, c'est ça ? Pour quelle raison buvons-nous du sang humain ?

Putain de merde, songeai-je, haussant les sourcils.

— Pourquoi n'ai-je pas pensé à ça ?

— Parce que tu es trop occupé à l'embrasser pour penser correctement. Non pas que je te blâme. Elle est magnifique.

— Oui, elle est aussi à moi, lui rappelai-je. Alors ne va pas te faire d'idées.

— Pas tout à fait, T. Tu ne l'as pas encore mordue, me taquina-t-il en se tapotant la mâchoire.

— Fais gaffe, K., l'avertis-je. Je n'aimerais pas avoir à dire à notre père comment son héritier préféré est mort dans le royaume des humains.

Il gloussa, totalement indifférent à ma menace pourtant bien réelle.

— Appelle ta promise. Invite-la à venir jouer, de sorte qu'on puisse tester notre théorie.

Oui, la conversation promettait d'être amusante.

Buvons du sang ensemble, bébé.

Oui, s'il te plaît !

Comme si ça allait arriver.

Dans un soupir à peine réprimé, je composai son numéro (je lui avais offert un téléphone peu après notre voyage au royaume des Faë de Minuit) et me préparai au pire.

⁎⁎

Ella accepta le plan. Et pas après plusieurs rounds de chamailleries sur le sujet. Non, elle avait accepté l'idée immédiatement.

Apparemment, elle aspirait tout autant que moi à retrouver son chaînon manquant.

Je la regardai, admirant la coupe ajustée de sa robe noire qui descendait à mi-cuisse. Comme pour le bal de rentrée, elle n'avait pas de vêtements adaptés à un club. Nous nous étions donc arrêtés sur le chemin du portail et elle avait choisi ce petit modèle sexy. Ses cheveux blonds étaient remontés en un chignon désordonné, son visage dépourvu de maquillage, et elle portait une paire de talons noirs sur ses pieds minces.

Elle était parfaite.

Magnifique.

À moi.

Je lui serrai la main et portai son poignet à mes lèvres.

Je me penchai pour lui demander :

— Tu vas bien, El ?

El était devenu mon surnom préféré pour elle. Elle avait pourtant protesté au début, mais ses joues semblaient rougir chaque fois que je le disais maintenant. Comme si elle appréciait que j'aie un nom spécial rien que pour elle.

— Je suis encore sous le choc de l'expérience du portail, avoua-t-elle contre mon oreille, car la musique faisant vibrer le club autour de nous. Je n'arrive pas à croire qu'il y en ait un à la bibliothèque de Darlington.

— Nous en avons partout, l'informai-je. Tous les Faë les utilisent, pas seulement les Faë de Minuit.

C'était comme un réseau de téléporteurs, mais il fallait un code particulier pour atteindre les différents royaumes et endroits. Si un humain tombait dessus, il penserait que c'était un ascenseur normal dans le bâtiment. Mais il suffisait de taper un code spécial sur le clavier pour que le passager accède à un tout nouveau monde de plaisir.

Dans le cas présent, nous nous étions aventurés à Londres car il y avait un décalage de plusieurs heures et que c'était l'heure de pointe des boîtes de nuit pour un vendredi soir.

Elle jeta un coup d'œil autour d'elle, son cocktail oublié sur la grande table devant nous. Son regard se posa sur mon frère qui dansait près du bord de la piste avec une jolie petite brune. Les bras drapés autour de son cou, elle appuyait ses seins sur son torse dans le but évident de lui faire une proposition. Alors qu'il lui faisait un sourire, je vis sa mâchoire se contracter.

Il voulait un défi, pas une proie facile.

Finalement, il était possible qu'il ne fasse que se nourrir ce soir.

— Tray ? demanda Ella en posant la main sur ma poitrine, collant ses lèvres contre mon oreille une fois encore. Tu vas devoir m'apprendre à… faire ça.

Je lâchai sa main pour enrouler mon bras autour de son dos et l'attirer contre moi.

— Observons Kols, lui dis-je à l'oreille.

Elle se blottit contre moi et agrippa le revers de ma veste.

— Non. Je veux que *tu* me montres.

Je la regardai, bouche bée.

— Tu veux me regarder avec une autre femme ?

Elle se renfrogna.

— Quoi ? *Non !*

Sa réaction péremptoire me fit froncer les sourcils.

— Alors quoi, Ella ?

— Mords-moi, me répondit-elle. Je veux savoir ce que

ça fait et tout ça. Et aussi, pour, euh… voir comment tu fais. Pour comprendre. Genre, est-ce que les dents s'aiguisent ? demanda-t-elle, les yeux légèrement écarquillés. Tu as des crocs ?

Je gloussai en dépit de la pression sur ma poitrine.

— Non, El. Pas de crocs.

Son air soulagé ne fit qu'accroître mon amusement.

— Donc c'est bon alors. Tu vas me montrer ?

Elle cambra le cou pour me montrer ce qu'elle voulait dire. Elle plissa le nez.

— N'en prends pas trop, c'est tout.

— Oui, ça n'arrivera pas.

Elle fronça les sourcils.

— Pourquoi pas ?

— Parce que ça n'arrivera pas.

Et je n'avais pas non plus l'intention de me nourrir de quelqu'un d'autre devant elle.

— Contentons-nous de regarder Kols.

Il paraissait sur le point de séduire sa petite brune dans une alcôve, où il l'embrasserait profondément, passerait à son cou et la mordillerait. Elle comparerait cette expérience à un suçon, qui pourrait ou non lui procurer un orgasme. Tout dépendait de son niveau d'intensité avant la morsure.

— Je ne veux pas regarder Kols, me dit Ella. Je veux que tu me mordes.

— Non.

Et je refuse d'en discuter davantage.

— Concentre-toi sur…

Je l'attrapai par le poignet alors qu'elle commençait à s'éloigner.

— Mais où vas-tu, bon sang ?

Elle se libéra de mon emprise et continua d'avancer sans un mot.

Je levai les yeux au ciel et priai pour rester patient avant de la poursuivre. Je la retrouvai à l'extérieur du club sur le trottoir, marchant dans la direction du portail par lequel nous étions arrivés.

— Isabella, lançai-je en essayant à nouveau de l'attraper.

Mais elle s'écarta hors de ma portée et se retourna pour planter son doigt sur ma poitrine.

— Oh, ne me donne pas du « Isabella », Trayton Nacht. Si tu refuses de me montrer ce qu'il faut faire, je vais rentrer chez moi.

Je croisai les bras.

— Ah oui ? Comment ? Tu ne connais même pas le code ni la manière d'activer l'ascenseur.

Elle plissa les yeux.

— Tu n'es qu'un enfoiré, tu sais ça ?

— *Waouh*, on est déjà de retour à la case départ ? lui demandai-je, feignant d'être choqué. Je croyais qu'il faudrait encore une heure avant que tu ne déclenches une dispute inutile.

Elle leva la main, mais j'attrapai son poignet avant que sa paume ne me frappe le visage. Je la fis reculer dans la ruelle, la plaquant contre le mur. Mes pouvoirs se déclenchèrent, formant une sorte de cape pour cacher notre querelle à tous les passants. Une réponse naturelle dont je m'étais servi d'innombrables fois pour masquer mes nourrissages, mais je n'avais aucune intention de mordre Ella à cet instant.

Non, j'avais envie de l'étrangler.

— Tu étais sur le point de me *frapper* ? lui demandai-je.

— Tu te comportes comme un con.

Elle tenta de se dégager.

Je coinçai ses cuisses entre les miennes et enfermai son petit corps entre mes bras.

— Arrête, Isabella.

— Toi, tu arrêtes, Trayton, répliqua-t-elle, ses yeux bleus luisant de fureur et d'une puissance contenue alors qu'elle me jetait un regard noir. Si tu veux à ce point que ce soit Kols qui m'apprenne comment mordre, alors je vais aller lui demander de me montrer. Mais je veux une *vraie* démonstration, pas seulement regarder depuis le coin des enfants.

— Est-ce que tu viens d'insinuer que tu veux que mon frère te morde ?

À ces mots, des flammes jaillirent au bout de mes doigts.

— Tu as perdu la tête ?

— Non, mais apparemment, toi, oui ! Quel était l'intérêt de m'amener ici si tu n'avais pas l'intention de m'apprendre quelque chose ?

— J'étais en train de le faire jusqu'à ce que tu t'en ailles comme une petite princesse capricieuse.

Elle hoqueta.

— Va te faire voir, Tray !

Et merde !

— C'est quoi, ton problème ? Je n'ai rien fait de mal.

— Tu joues aux imbéciles obstinés, et tu ne m'expliques rien.

— Est-ce que tu t'entends, au moins ? lui demandai-je, sidéré. J'ai passé tout le mois dernier à faire exactement le contraire !

— Alors pourquoi tu ne veux pas me mordre ? m'interrogea-t-elle en plissant le regard.

— Merde ! soupirai-je en rejetant la tête en arrière. C'est de ça qu'il s'agit ? Le fait que je ne te morde pas ?

— Non, répondit-elle bien trop rapidement pour être crédible. C'est parce que tu ne veux pas me dire pourquoi. Tu te comportes comme si tu étais le grand patron, tu dis que ça n'arrivera pas, que je devrais regarder Kols, et tu refuses d'en dire plus.

Je me radoucis un peu devant son explication, car j'entendais les mots qu'elle refusait de prononcer et qui étaient soigneusement glissés entre ses aveux.

Elle voulait savoir pourquoi je ne voulais pas la mordre.

Parce qu'elle avait envie que je le fasse.

Je touchai sa joue et posai mon front contre le sien.

— Ella, lorsqu'un faë mâle mord une faë femelle de lignée compatible, il met en route un processus d'accouplement. Si je te mords, tu deviendras mienne. De manière permanente. Parce qu'il n'y a pas de retour en arrière possible une fois qu'un faë a initialement revendiqué une femme.

Pour toute réponse, elle soupira.

— Techniquement, cela nécessite trois morsures, continuai-je d'un ton doux. La première est plutôt la phase de séduction, la deuxième est une période de fiançailles, et la troisième est un accouplement pour la vie. Et il ne peut être initié que par un faë homme. Ce qui était une source de discorde parmi les Faë de Minuit.

Nos femmes avaient rarement eu le choix dans les cercles supérieurs. Même la mère d'Ella, qui avait choisi un humain, aurait finalement été rappelée pour remplir ses obligations familiales.

Tout comme Ella serait un jour obligée de m'accepter.

Le fait que je *veuille qu'*elle fasse le choix elle-même n'était qu'une préférence personnelle de ma part. Tous les hommes faë ne l'entendaient pas de cette manière.

Mais Kols et moi avions été élevés un peu différemment. Notre mère était plutôt enthousiaste à l'égard des *mouvements modernistes humains*, comme elle les appelait.

— Mais… mais comme je suis une Halfeline ?

Elle parla tout doucement, les yeux écarquillés et rivés sur les miens.

— Je suis toujours en partie humaine.

— Ta lignée faë prévaut sur l'autre.

Je descendis ma main de sa joue jusqu'à sa hanche que je saisis doucement tandis que je plaçais mon autre bras contre le mur au-dessus de sa tête.

— Tu es sûr ?

Je hochai la tête.

— Je l'ai senti au moment où nous nous sommes rencontrés dans cette ruelle il y a des années. Ta lignée royale était comme une énergie bourdonnante qui réchauffait ma peau et t'a marquée comme une compagne potentielle. C'est pour ça qu'on a tendance à se laisser emporter quand on s'embrasse.

Ses pupilles se dilatèrent.

— Parce que notre sang nous fait vouloir plus... commença-t-elle alors que ses joues prenaient une jolie teinte rosée. De choses.

Je gloussai.

— Des choses ?

— Tu sais ce que je veux dire.

— Du sexe ? suggérai-je. De l'intimité ?

Ses joues foncèrent davantage, se colorant d'un magnifique rouge profond, alors qu'elle hochait la tête en signe d'affirmation.

— Oh, Ella, ce n'est pas seulement notre compatibilité magique.

Je glissai ma cuisse entre les siennes et resserrai ma prise sur sa hanche.

— *Nous* voulons plus parce que nous sommes attirés l'un par l'autre. Nos lignées Élite ne sont qu'une petite pièce du puzzle. J'ai connu beaucoup de couples où l'une des parties, surtout la femme, méprisait l'autre.

— Mais notre connexion ajoute à la… la chaleur, n'est-ce pas ? s'enquit-elle avant de se racler la gorge. Du genre… c'est pour ça que je veux que tu me mordes ?

Sa question réchauffa mon sang.

— Tu veux que je te morde ?

Elle hocha la tête en tremblant, les yeux rivés sur les miens.

—Je… Je… oui. Je crois que oui.

— Tu crois, ou tu es sûre ? l'interrogeai-je en fronçant les sourcils. Sachant que ça te lierait à moi, je suppose que tu n'en as pas vraiment envie.

Ella sortit sa langue pour humidifier ses lèvres, et sa gorge se contracta alors qu'elle luttait pour déglutir.

—J'en suis sûre, murmura-t-elle.

Mon cœur cessa de battre.

— Je ne pense pas que tu comprennes, Ella. Quand je te mordrai, il n'y aura pas de retour en arrière possible.

— Mais tu m'appartiendras aussi, n'est-ce pas ? me demanda-t-elle.

Je suis déjà à toi, me dis-je. À voix haute, je me contentai de lui confirmer d'un « Oui ».

— Il s'agit donc d'un engagement à double sens. C'est pour ça que tu ne veux pas me mordre ? Parce que tu ne veux pas d'une compagne ? Je veux dire, tu ne veux pas de moi pour compagne ?

Waouh ! Comment elle était parvenue à retourner cette conversation !

J'en restai bouche bée. Parce que je ne savais pas comment répondre. Jamais, dans mes rêves les plus fous, je n'aurais imaginé avoir cette conversation maintenant, ici, à Londres, à la sortie d'un club. Elle devait être gelée, elle aussi, avec les températures hivernales qui s'installaient autour de nous. Pourtant, ses joues restaient d'un rouge profond.

Parce que c'est une faë.

Je me demandai si elle se rendait compte de son immunité au froid qui nous entourait.

Non, elle était trop absorbée par sa demande de morsure.

Elle croyait que je ne voulais pas la revendiquer. Cela se lisait dans son expression incertaine, sa lèvre inférieure qui tremblait légèrement comme si elle s'attendait à mon rejet.

Que de chemin parcouru en un mois !

Eh bien, que de chemin parcouru en une heure, même !

Il y a dix minutes, elle avait cherché à me frapper. Maintenant, elle voulait que je la marque.

— Je veux une compagne, lui répondis-je d'un ton doux. Tous les hommes faë ont envie de ce lien, mais c'est souvent unilatéral. Notre société, le Conseil, décide des couples royaux. Kols, par exemple, est fiancé à Emelyn Jyn. Mais ils se détestent.

Bon, ce n'était pas tout à fait exact. Emelyn voulait absolument s'envoyer en l'air avec Kols. Cependant, sa lignée familiale était réputée pour se servir de la persuasion physique comme d'un moyen de manipuler leurs compagnons.

Heureusement, mon frère pensait plus avec son cerveau qu'avec sa queue.

— Oh ! s'exclama Ella en fronçant le nez, le corps raide. Attends. Ça veut dire que tu es déjà promis à quelqu'un ?

— Exactement.

Mon bras quitta le mur pour que ma paume s'enroule autour de sa nuque. Je voyais déjà la colère couver dans son regard, les suppositions qu'elle faisait. Je les balayai d'une seule déclaration qui allait soit détruire soit renforcer notre connexion fragile.

J'espérais vraiment que notre lien en sortirait plus fort.

— C'est toi que le Conseil a choisi pour moi, Ella. *Tu es ma fiancée.*

ELLA

TU ES MA FIANCÉE.

Ces quatre mots tournaient en boucle dans ma tête, et ma bouche s'ouvrait et se refermait sans un bruit.

Un frisson me parcourut la colonne, chassé par une secousse de réalité.

— C'est pour ça que tu es là, parvins-je à dire dans un souffle. Pour ça que tu veux m'aider. C'est le Conseil qui t'y a poussé.

Il ricana.

— Je suis ici parce que je le veux. Contrairement à mon frère, on m'a offert des options pour mon couple. Je t'ai choisie.

Je cillai.

Quoi ?

— Quand ?

— Il y a six mois.

D'accord… Eh bien, c'était… inattendu.

— Pourquoi ? croassai-je.

À cette époque, je ne le connaissais même pas. Bon, en dehors du fait qu'il m'était rentré dedans au détour d'une ruelle. Ce qui ne comptait même pas comme des présentations.

— Pourquoi je t'ai choisie ? me demanda-t-il en me regardant droit dans les yeux.

D'accord, on peut aller sur ce terrain. Je hochai la tête, car, pour parler, il aurait fallu de l'air, et apparemment, j'avais oublié comment respirer.

Il relâcha ma nuque pour palper la sienne, et laissa l'autre main sur ma hanche.

— C'est compliqué.

Je m'attendais à ce qu'il en reste là, mais il me surprit en continuant :

— La nuit où nous nous sommes rencontrés, tu étais tellement brisée… Jamais je n'avais vu quelqu'un d'aussi dévasté de toute ma vie, et honnêtement, ça m'a coupé le souffle. J'ai ressenti la pire rage de toute ma vie, elle m'a submergé. J'ai eu envie de tuer l'humain qui t'avait plongée dans un tel état d'impuissance. Mais je ne pouvais pas. Alors je t'ai suivie jusque chez toi pour m'assurer que tu étais en sécurité. Puis j'ai transmis l'information au Conseil. Ton identité ne faisait aucun doute à mes yeux grâce à notre lien de sang instantané. Ta lignée royale est célèbre. Mon père a examiné personnellement ta situation : tu as vu ses notes dans le dossier.

Je me souvins des documents qu'il m'avait donnés le mois dernier, et acquiesçai. Il contenait des rapports détaillés sur la mort de mes parents et mon éducation par Clarissa. Les premières annotations ne mentionnaient pas de quelle manière j'étais traitée, indiquant simplement que j'étais dans un foyer avec des moyens et que je recevrais une éducation humaine correcte.

C'était les deux dernières années de documentation qui

contenaient des informations sur Ryan, Carmen, Dash et Charlie.

— Eh bien, ton dossier m'a été remis il y a environ six mois en tant que candidate potentielle. Et quand j'ai vu tout ce que tu avais enduré, mon cœur s'est brisé pour toi une seconde fois. Mais ensuite, j'ai vu la combattante entre les lignes. Ta manière de gérer chaque situation avec grâce et détermination. Et alors j'ai su que tu étais celle qu'il me fallait.

Il relâcha sa nuque.

— Putain, je crois même que je l'ai su dès la nuit de notre rencontre. Te toucher, c'était magique. Je n'avais jamais rien ressenti de tel en dix-sept ans. Et je ne l'ai jamais oublié.

Dix-sept ans ?

— Attends… Quel âge as-tu ?

Il fronça les sourcils.

— Vingt ans, pourquoi ?

— Je n'avais pas réalisé que tu étais plus âgé que moi.

Cet aveu me fit réfléchir.

— Attends, qu'est-ce que je sais vraiment de toi ?

Il me jeta un regard.

— Nous avons passé le dernier mois ensemble, je t'ai exposé tous les détails de la vie des faë, y compris ceux de mon histoire. Je dirais que tu en connais pas mal.

— Mais je ne connaissais pas ton âge ni le fait que nous sommes apparemment *fiancés* par le fait d'un conseil de faë.

Je fronçai les sourcils.

— Ça paraît complètement insensé quand on le dit à voix haute.

— Parce que tu as grandi dans le monde humain, où les mortels sortent ensemble pendant d'interminables mois, voire des années, se marient, divorcent et recommencent.

— Tu généralises un peu. Tout le monde ne divorce pas, lui fis-je remarquer.

— Mais ils passent un temps infini (étant donné leur courte espérance de vie) à sortir ensemble avant de se marier.

Certes, il n'avait pas tort, mais…

— Encore une fois, pas tous.

— Peu importe, ce que j'essaie de te dire, c'est que vos normes sont dictées par votre expérience humaine. Les faë sont très différents.

Je tordis mes lèvres sur le côté, car le souvenir de quelque chose qu'il avait dit sur le mariage de ma mère avec mon père me taraudait.

— Tu as dit que mon père n'aurait pas été capable de passer à autre chose s'il avait été un faë.

— C'est vrai. Parce que les faë s'accouplent pour la vie.

— Ce qui veut dire que si tu me mords, nous serons ensemble pour toujours.

— Oui, c'est ce que j'ai essayé de t'expliquer.

— Et tu n'as pas voulu me mordre, en dépit du fait que nous soyons fiancés selon le Conseil, ajoutai-je en fronçant les sourcils. Parce que tu n'es pas prêt ?

— Non, parce que je voulais que tu comprennes les implications de ma morsure. À la différence de beaucoup de mes semblables, je ne crois pas à la nécessité d'imposer un lien d'accouplement à ma promise.

Je haussai les sourcils.

— Les hommes faë font ça ?

— Tout le temps, dit-il en jetant un coup d'œil par-dessus son épaule à un groupe d'hommes qui se dirigeait vers le club.

J'avais presque oublié notre environnement.

— Ils nous ont entendus ? me demandai-je à haute

voix. Sauf qu'ils se seraient arrêtés, non ? Ce n'était pas tous les jours que deux personnes parlaient de faë.

— Non, je nous occulte, me répondit-il d'un ton distrait. Mais nous devrions probablement rentrer, soit à Darlington, soit dans l'appartement de ma famille ici en ville. Il se fait tard.

— Et Kols ?

Tray sourit.

— Oh, il ira bien. Soit il est passé à une autre conquête, soit il a décidé que cette petite brunette lui suffisait pour la soirée. Quoi qu'il en soit, il peut se débrouiller seul.

— Je croyais que tu avais dit qu'il était fiancé à Emma ? lui demandai-je, le laissant m'éloigner du mur et m'entraîner dans la rue.

— Emelyn, corrigea-t-il. Et oui, il l'est. Et il la déteste cordialement aussi, alors il s'envoie en l'air autant qu'il peut.

— Attends, s'il la déteste, pourquoi se mettre en couple avec elle ?

— Les lignées royales, me répondit-il. Kols est le futur roi des Faë de Minuit. Il a pour devoir de procréer le prochain héritier, ce qui ne peut être fait avec n'importe qui.

— Donc il doit s'accoupler avec une fille qu'il déteste ?

Ça semblait ridicule.

— Vos règles sont totalement archaïques.

— Si on compare à la société humaine ? Très.

Il me regarda, et je vis passer quelque chose dans son expression.

— Ma mère est très avant-gardiste et essaie de faire changer d'avis mon père au nom de Kols, mais pour l'instant, sans succès.

Il héla un taxi, puis lança une sorte de sort de sourdine

pour que nous puissions continuer à parler librement, et se lança dans une discussion sur la structure politique des Faë de Minuit.

Ma principale conclusion ? Les hommes étaient au pouvoir et les femmes n'étaient absolument pas impliquées dans les affaires politiques. Et le Conseil, apparemment, dictait tout, en particulier aux lignées les plus puissantes. Ce qui me paraissait être une méthode de contrôle, un moyen de garder ceux qui avaient des dons importants dans leur giron.

— Je suis surprise qu'il n'y ait pas de contestations, dis-je en sortant du taxi.

La conversation avec Tray m'avait tellement absorbée que je n'étais même pas certaine de la durée du trajet et que je ne reconnus pas le bâtiment dans lequel il nous conduisit.

Il s'arrêta au bureau de la sécurité pour signer quelque chose, puis m'escorta vers un ascenseur dont je supposais que c'était un autre portail.

Sauf qu'il sortit une carte clé de sa poche qu'il inséra dans le panneau de l'ascenseur, et qu'il appuya sur le bouton du dernier étage.

— C'est un système qui est en place depuis des centaines d'années, répondit-il enfin, faisant référence à mon commentaire sur les protestations. Seule la lignée d'Aswad a osé le remettre en question.

— Aswad ?

— Le roi de la magie Mortelle, murmura-t-il. Il est ce qu'on pourrait qualifier d'adversaire direct de mon père.

— Oh.

Je me massai les tempes, comme souvent quand Tray abordait le sujet du monde des faë et ses étranges nuances.

C'était mieux que le lycée. Ça, c'était sûr.

L'ascenseur s'ouvrit sur un vestibule en marbre poli qui

menait à un espace ouvert avec des fenêtres qui couraient du sol au plafond et donnaient sur ce qui semblait être une sorte de patio.

Je cillai.

— Attends. On est toujours à Londres ?

Parce que cet endroit était *gigantesque.*

Il gloussa.

— Oui, colombe. C'est l'un des endroits favoris de ma famille. Je pense qu'on peut rester ici ce soir et retourner à Darlington demain. À moins que tu ne penses que Clarissa s'en rendra compte ?

— Si c'est le cas, elle s'en fichera.

Tant que les corvées étaient faites, elle ne se souciait pas de mes activités.

Je descendis les escaliers de marbre sur un tapis blanc moelleux et me dirigeai vers la fenêtre en retirant mes chaussures en cours de route.

— *Waouh !* m'exclamai-je en regardant le patio derrière.

Je n'avais pas fait vraiment attention à notre trajet.

— Où sommes-nous exactement ?

— Près de Hyde Park.

Ce qui expliquait les arbres au loin. Les lumières de la ville illuminaient une partie de la verdure, offrant une vue apaisante.

— C'est magnifique.

— C'est vrai, approuva-t-il. Ma mère vient souvent ici.

— Seule ?

— Mon père est souvent retenu par les affaires du Conseil, murmura-t-il en s'approchant derrière moi et en me tendant un verre d'eau.

Un coup d'œil dans le coin révéla une sorte de bar, et je supposai que c'était de là qu'il avait obtenu la boisson par magie.

— Merci.

Il embrassa mon épaule exposée.

— Merci d'être là.

— Où pourrais-je être autrement ? lui demandai-je, avant de boire une gorgée de ce liquide frais.

— Darlington ? suggéra-t-il en levant un sourcil.

Je ricanai.

— Oui, je préfère quand même ici.

— Même avec tout ce que tu sais maintenant sur mon monde ? Que tu n'as pas d'autre choix que d'être ma compagne à cause des exigences d'un conseil de faë ?

— Ou plutôt qu'apparemment c'est toi qui m'as choisie, m'empêchant par là même d'avoir le choix sur ce sujet, complétai-je. C'est d'ailleurs un fait que tu m'as caché durant tout ce mois.

Il eut la bonne grâce de faire la grimace.

— Oui, ça aussi.

Je fredonnai, avalant encore un peu d'eau avant de la reposer sur une table en verre près du coin salon.

— Il y a des choses pires dans la vie, murmurai-je en faisant courir mes doigts le long du dossier du canapé en cuir. Perdre mes parents. Supporter Clarissa, Ryan et Carmen pendant cinq ans. Les petits jeux de Dash et Charlie.

Tout cela devait paraître trivial à présent, en comparaison des détails fournis par Tray. Pourtant, d'une certaine manière, toutes ces expériences avaient engourdi mes réactions face à ses révélations sur le monde des faë.

J'aurais dû m'enfuir de là en courant.

Au lieu de ça, je me surpris à me tourner vers le type qui m'était destiné.

Et ce que je vis ne me déplut pas forcément.

Il ne m'avait pas mordue ce soir parce qu'il se souciait

de mon choix. Même si techniquement je n'en avais pas, il voulait malgré tout que je sois volontaire.

— Que ferais-tu si je refusais notre accouplement ? me demandai-je à voix haute.

Un tourbillon de braises s'enflamma dans ses iris sombres.

— Je travaillerais encore plus dur pour te faire changer d'avis.

— Et si ça ne marchait pas ?

Il me scruta durant un long moment avant de sourire.

— Ça marcherait. Un jour ou l'autre.

— Comment peux-tu en être aussi sûr ? insistai-je. Peut-être que je choisirai de rester dans mon monde, d'aller à la fac, de trouver un chic type avec qui me marier et faire des bébés humains.

Son expression me montrait qu'il n'aimait pas cette perspective, mais il garda un ton calme en disant :

— Alors j'attendrai que ton temps avec lui soit achevé et je réessayerai plus tard dans nos vies.

— Et tu ferais quoi en attendant ?

Il fit un pas en avant.

— Pourquoi as-tu vraiment envie d'avoir cette conversation sur une situation hypothétique, Ella ? Juste pour me tester ? Pour te montrer cruelle ?

Je tressaillis devant son accusation pas même voilée. Je n'avais pas du tout voulu faire ça, seulement…

Il pinça ma mâchoire entre son pouce et son doigt, sans que ce soit douloureux, mais ce n'était pas doux non plus.

— Que veux-tu que je te dise ? poursuivit-il. Quelle promesse as-tu besoin d'entendre ? Que je ne m'imposerai jamais à toi ? Parce qu'il me semble que tous mes actes te l'ont prouvé. Que je ferai tout ce que je peux pour t'aider ? Pour te former ? Pour te protéger ? Qu'est-ce qu'il te faut de plus pour me *connaître* ? Du temps ? Plus de baisers ?

Quoi que ce soit, je te le donnerai. Mais j'ai besoin que tu me le dises, Ella. Même si cela signifie te voir épouser un mortel, comme tu l'as si impitoyablement suggéré.

Bon, d'accord, apparemment, j'avais touché un point sensible.

Et oui. C'était une chose très méchante à dire.

En vérité, je n'étais même pas tellement bouleversée. Il y avait pire destin que de découvrir que j'étais fiancée à Trayton Nacht.

Il avait raison, en fait. En dépit de nos débuts difficiles, il m'avait prouvé qu'il avait mes intérêts à cœur. Il s'était inscrit à l'Académie Darlington, l'enfer sur terre, juste pour apprendre à me connaître.

Non, ce n'était même pas ça.

C'était pour m'aider.

Me protéger.

M'enseigner.

Je ne pouvais pas nier l'attirance que je ressentais pour lui, ni la manière dont mon corps semblait céder au moindre contact. Il y avait *effectivement* une connexion entre nous. Comme un fil magique d'électricité qui bourdonnait au fond de moi chaque fois que nos regards se croisaient, comme à cet instant.

Une intensité qui me réchauffait les entrailles, provoquant une envolée de papillons dans mon bas-ventre.

Je me sentais à la fois étourdie et enivrée : mon âme était soûle de Trayton. Je reprochais à cette sensation mes pulsions irrationnelles et les mots qui montaient dans ma gorge.

Qu'est-ce que ça pouvait faire ? Nous étions déjà destinés à être ensemble. Pourquoi ne pas voir ce que cela signifiait vraiment ?

Je n'avais rien à perdre.

Il n'y avait nulle part ailleurs où j'avais envie d'être.

Il n'y avait pas d'autre avenir pour moi.

Juste le monde des Faë de Minuit. Et cet homme qui prétendait m'appartenir.

— Je sais ce que je veux de toi, Tray, lui dis-je d'une voix douce.

— Dis-le.

Sa manière de répondre, si rapide et si confiante, renforça ma détermination. Parce que je savais qu'il le pensait. Il ferait tout ce que je voudrais. Pour moi. En dépit des tendances archaïques de son espèce, il y avait un aspect que je commençais à comprendre.

Pour les Faë de Minuit, les compagnons, qu'ils soient prédestinés ou non, étaient un sujet très sérieux.

C'était un lien qui durait toute la vie.

Un partenariat gravé dans le sang.

Une promesse pour l'éternité.

C'était si différent de ce qu'une relation humaine pouvait espérer atteindre. Et pourquoi en voudrais-je une alors que je pouvais avoir un faë qui m'enflammait les sangs ? Quand je pouvais *choisir* Tray ?

— Mords-moi, soufflai-je en enroulant ma main autour de son cou. Je veux que tu me mordes, Trayton Nacht.

TRAY

MON SANG S'ÉCHAUFFA, et la promesse dans ses mots s'enroula autour de mon cœur qui battait à tout rompre.

— Tu es sûre ? lui demandai-je d'une voix rauque.

— Oui.

Pas le moindre tremblement ni la moindre incertitude. Rien qu'une pure confiance.

— Je veux que tu me mordes. Maintenant, s'il te plaît.

Je souris, amusé.

— Tu es une petite créature si exigeante.

Non pas que je me plaignais. J'entourai ses hanches de mes mains et la plaquai contre moi.

— Tu as dit que tu étais à moi, me répondit-elle en enfonçant ses ongles dans ma nuque. À présent, fais-moi tienne.

— Ton courage m'épate, avouai-je en frottant mon nez contre sa pommette. À ta place, tant de gens prendraient la fuite.

— Je n'ai jamais été normale.

Elle tendit le cou, exposant sa gorge.

— Et je préfère que ce soit ainsi.

— Moi aussi, approuvai-je, mes lèvres effleurant son pouls.

Son rythme cardiaque resta miraculeusement stable, sa respiration douce et calme, son corps se fondant contre le mien.

C'était tous les signes d'une partenaire consentante.

Tout ce que j'aurais pu désirer.

Je frissonnai contre elle, incrédule face à mon destin pendant un bref instant, me demandant si j'allais me réveiller et découvrir que tout ceci n'était qu'un rêve. Mais son parfum m'ancrait fermement dans la réalité, affirmant la réalité de ses sentiments.

Elle *m'appartient*, songeai-je en parcourant la chair tendre de sa gorge du bout de la langue.

Je posai une main dans le bas de son dos, tandis que l'autre glissait vers le haut dans les mèches ébouriffées de ses cheveux blonds. Sa respiration se bloqua enfin, non pas par peur mais d'excitation, et cela me poussa à continuer, m'encourageant à attaquer.

J'avais mordu d'innombrables humains.

Jamais une faë.

Prolonger le moment me semblait une seconde nature, une manière de toujours me souvenir de ma première… mon *unique*. Parce que ce serait la fin pour nous deux. Une marque la rendrait mienne, et c'était un lien que tous les autres faë sentiraient.

Elle deviendrait inaccessible.

Tout comme moi.

Le fait qu'elle ait accepté à un si jeune âge prouvait sa nature faë. Elle acceptait facilement notre destin, comme la plupart des Faë de Minuit dans notre position. L'attirance entre nous ne faisait qu'accroître la compatibilité de nos sangs, ce qui était précisément la raison pour laquelle je l'avais choisie à l'origine. Dès notre première rencontre, j'avais senti les prémices de notre relation, et je compris pourquoi en lisant son dossier.

Cette femme était ma compagne parfaite.

Et je passerais le reste de ma vie à m'assurer qu'elle ne regrette pas cette décision.

Je l'embrassai dans le cou. J'étais ravi qu'elle me laisse la revendiquer.

— Merci, chuchotai-je. Merci de me faire confiance.

Mes incisives percèrent sa peau, s'enfonçant dans son point de pulsation avant qu'elle ne puisse répondre.

Elle gémit mon nom, son bras entourant le bas de mon dos tandis que son autre main se refermait autour de mon cou, me retenant contre elle. Certes, je n'avais pas besoin de cette motivation. La première goutte de son essence délectable me captiva, ma bouche était incapable de s'en éloigner. Ma gorge s'efforçait déjà de l'absorber autant que possible.

Le pouvoir nous entourait.

L'électricité courait le long de nos membres.

Le lien fut immédiat, sa psyché et son âme rejoignant les miennes dans une promesse de sang. Un sentiment de possessivité m'envahit, le besoin de m'approprier chaque centimètre de son corps consuma mon esprit.

Ma main passa du bas de son dos à ses fesses que je serrai.

Je grognai contre son cou quand elle gémit en réponse :

— Encore, haleta-t-elle, sa main comme un étau autour de ma nuque. J'en veux plus, Tray.

D'une seule main, je la soulevai du sol et la fis reculer contre le mur. Elle enroula ses jambes autour de ma taille, plaçant son intimité brûlante là où je la voulais.

Sa petite robe lui remonta sur les hanches, dénudant ses cuisses.

Et un claquement de sa culotte me permit de sentir l'humidité qui s'accumulait dans ce point sensible que je désirais tant goûter.

Elle ne se retenait pas, ses gémissements accompagnaient le mouvement de ses hanches qui se pressaient contre moi.

La morsure d'un Faë de Minuit intensifiait toujours les relations sexuelles, mais c'était plus que notre accouplement initial. C'était la faë sous sa peau qui sortait pour revendiquer son homme, tout comme mon faë intérieur exigeait que je prenne ma femme.

Je relâchai son cou, refermant la plaie d'un coup de langue accompagné de magie, et posai ma bouche sur la sienne.

Elle m'embrassa comme si elle avait besoin de moi pour respirer.

Et je lui insufflai toute la vie qu'elle voulait avec ma langue.

Ma veste tomba sur le sol, ses mains couraient partout sur mon dos et mes bras. Je pris son visage entre mes mains, dirigeant notre baiser tout en lui permettant d'établir le terrain de jeu pour ce qui allait suivre.

Chaque frottement contre mon sexe douloureux faisait jaillir des étincelles. Littéralement. Parce que ma magie était hors de contrôle avec cette fille. Je n'avais qu'une envie, me plonger dans sa chaleur humide, baigner mon excitation dans la sienne et lui offrir chaque parcelle de mon âme à cette occasion.

Cette femme me possédait.

Chaque coup de langue, mordillement et chaque baiser scellait la promesse entre nos âmes.

— Emmène-moi au lit, chuchota-t-elle.

Un frisson me parcourut l'échine, et mes pieds avancèrent avant même que mes mains se posent sur ses hanches pour les agripper. Elle s'accrocha à moi avec ses cuisses. Son désir ardent créait une présence humide dans laquelle il me tardait de plonger.

Son dos heurta le matelas de mon lit, que j'utilisais rarement mais qui était sur le point d'être mis à l'épreuve. Je grimpai sur elle, m'appuyant sur mes mains alors que ses doigts se dirigeaient vers les boutons de ma chemise. Ils sautèrent quasiment tout seuls dans sa hâte d'arriver à ma peau, son regard appréciateur caressant mon torse et augmentant mon désir chaque seconde qui passait.

Je l'aidai à retirer le tissu lorsqu'il atteignit mes épaules, le retirant en souriant lorsqu'elle me poussa sur le dos, sa paume sur ma poitrine. Ses lèvres goûtèrent ma mâchoire, mon cou, mes pectoraux et mes abdos. Chaque baiser était une caresse alléchante qui me réchauffait davantage les sangs.

J'empoignai ses cheveux quand elle arriva à ma ceinture. Je vis des questions au fond de ses yeux bleus.

— C'est toi qui fixes le rythme, lui dis-je, refusant de lui prendre quoi que ce soit qu'elle n'ait pas décidé de me donner.

Elle fit sauter la boucle de ma ceinture.

Puis mon bouton.

Et descendit la fermeture éclair.

— Putain, lâchai-je dans un souffle, alors que tout mon corps se consumait pour elle.

Cela aurait été si facile de la retourner, de prendre le contrôle, de quitter mon caleçon pour me glisser dans la chaleur nue qui m'attendait entre ses cuisses.

Elle lécha la peau sensible juste au-dessus de mon pantalon et entreprit de tirer sur le tissu. Elle dut se déplacer temporairement sur le côté, me permettant ainsi de voir sa robe relevée et la douceur en dessous.

Mes membres se contractèrent, mon désir se heurtant à mon besoin de lui accorder ces précieux moments de contrôle.

Mais ces succulentes boucles blondes étaient un appel à ma langue.

Mes mains.

Mes doigts.

Ma *queue*.

Je retins un gémissement, et je serrai les poings sur les côtés. *Elle finira par me tuer*, décidai-je. *Et j'allais littéralement mourir parce que je ne pouvais pas...*

— *Ella.*

Je me cambrai sur le lit, car son contact inattendu me fit presque chavirer.

Elle n'avait pas perdu de temps, sa main se posa sur ma queue et me caressa à travers le coton fin.

— Il va falloir que tu m'apprennes.

— Tu te débrouilles très bien sans instruction, lui assurai-je, ma peau se contractant sur mon abdomen.

Elle poursuivit sa torture sensuelle, qu'elle considérait sans doute comme une exploration, et fit glisser ses ongles vers le bas et le haut, mémorisant ma longueur.

Je sifflai quand elle s'arrêta, presque dépassé par mon envie de l'attraper.

Jusqu'à ce qu'un souffle d'air frappe mon aine.

Mes lèvres tressaillirent en entendant son halètement. C'était un si beau son pour mon ego.

Ego vite oublié quand mon caleçon disparut sur la pile des vêtements déjà au sol. J'avais retiré mes chaussures plus tôt, je ne portais plus que mes chaussettes que j'ôtai prestement.

En général, je préférais que la femme se déshabille en premier.

Mais il y avait quelque chose dans l'admiration d'Ella à mon égard qui rendait son approche bien meilleure.

Elle se pencha pour lécher le bout de mon membre, et son ronronnement d'approbation me *tua*.

— Ella, dis-je, la voix tendue. Bébé. Si tu fais ça…

Je lâchai un juron quand elle me prit profondément dans sa bouche.

J'agrippai la literie, exigeant que mon sexe se comporte bien et la laisse jouer. Mais *putain*, c'était un défi de maîtrise de soi.

Un mois de pelotage intensif avait préparé mon corps de telle manière qu'aucune séance de masturbation n'avait pu y remédier. Et oui, j'en avais eu. Beaucoup, même. Y compris ce matin. Chaque fois, j'avais des fantasmes qui impliquaient cette sensation exacte.

D'instinct, mes doigts se glissèrent dans ses cheveux. Mes muscles réagissaient en dépit de ma volonté de la laisser diriger. Ça allait à l'encontre de tous mes instincts.

Je ne vais pas tenir plus longtemps.

Mon orgasme atteignit son apogée bien trop tôt, ce qui m'obligea à l'écarter de moi avant de faire quelque chose d'embarrassant. Sa protestation s'évanouit dans un soupir tandis que je l'allongeais sur le lit, ma cuisse entre les siennes.

— J'ai besoin de te goûter, Ella, dis-je tout contre ses lèvres. De te goûter *vraiment*.

Je déposai un chemin de baisers le long de sa gorge jusqu'à son décolleté et ma main trouva la fermeture éclair sur le côté pour retirer ce tissu qui gênait mon exploration.

Elle ne protesta pas, et à peine avais-je dévoilé ses seins

que ses mamelons s'érigeaient d'impatience. J'en capturai un entre mes dents, le mordillai, le suçai ; j'adorai la voir se cambrer sur le matelas. Mon nom tomba de ses lèvres avec un son dur qui me fit sourire contre son pic sensible.

Je me concentrai sur son autre sein, lui accordant ce qu'elle désirait avec ma langue pendant que je repoussais sa robe desserrée sur ses hanches.

— J'aime quand tu ne portes pas de soutien-gorge, avouai-je à voix basse.

— Seulement avec des robes.

Elle glissa les doigts dans mes cheveux, s'y agrippa fermement.

— Les bretelles peuvent… poser problème.

— *Mmmh*, murmurai-je. C'est un bon problème.

Je continuai mon cheminement vers le bas, mes mains guidant le tissu le long de ses jambes jusqu'à ce qu'elle soit nue devant moi.

— Écarte les cuisses pour moi, Ella. Invite-moi à te dévorer.

Ses yeux bleus brillèrent d'une lueur de défi alors qu'elle obéissait lentement.

Apparemment, le seul endroit où elle ne se disputait pas, c'était la chambre.

C'était bon à savoir.

Je ne perdis pas de temps pour l'initier convenablement à ma langue. Sa chaleur onctueuse était une saveur dont j'avais l'intention de profiter pour l'éternité. Et je le lui démontrai à chaque caresse de ma langue, lente et tendre, de haut en bas, d'intérieur en extérieur, encore et encore.

Elle vibrait pratiquement sous ma bouche, son plaisir augmentant et se déployant à un degré que je savais qu'elle n'avait encore jamais expérimenté.

Au cours de toutes nos sessions précédentes, elle s'était

pressée contre ma cuisse, et à quelques reprises contre ma paume… par-dessus les vêtements.

C'était quelque chose de nouveau.

Ses cris d'approbation me dirent que cela deviendrait très bientôt une activité fréquente.

— Tu vas jouir pour moi, Ella ? lui demandai-je tout contre son renflement sensible, mes doigts glissant dans son fourreau étroit pour la préparer à ma pénétration beaucoup plus imposante.

— Tray…

Elle déglutit, la tête rejetée en arrière d'une manière sexy qui m'invitait à la mordre encore une fois.

— Je t'en prie, Tray.

— Oh, j'aime t'entendre supplier, lui dis-je en la léchant à nouveau. Je crois qu'on pourra jouer encore avec ça plus tard.

Mais pour le moment, je lui donnai ce dont elle avait besoin, entourant de ma bouche ce point sensuel dont je savais qu'il la ferait basculer.

Elle jouit avec un cri qui mit à mal tous mes fantasmes.

Parce qu'Ella perdue dans les affres de la passion était le plus beau spectacle que j'avais jamais vu.

Elle ne se retenait pas.

Elle ne se cachait pas de son plaisir.

Non, elle profitait de chaque foutue seconde.

— *Waouh*, souffla-t-elle en retombant, ses cheveux en éventail autour d'elle en une onde sublime qui invitait mes doigts.

Je me glissai sur elle, l'embrassant intensément, la laissant percevoir son propre goût sur ma langue.

Elle gémit en réponse, un petit cri de détresse qui fit palpiter ma verge contre son intimité mouillée.

— Tu es d'accord avec ça ? lui demandai-je doucement, mes paumes entourant son visage pendant que je la regardais droit dans les yeux. Nous pouvons arrêter maintenant, Ella. C'est ta décision.

Elle frissonna et ses pupilles se dilatèrent.

Ensuite, elle enroula ses jambes autour de ma taille, me plaçant directement devant l'entrée de son intimité.

— Sois doux avec moi, murmura-t-elle.

— Je serai comme tu as besoin que je sois, lui jurai-je, m'emparant de sa bouche pour sceller mon engagement envers elle.

Elle gémit lorsque je glissai en elle, la dilatant lentement centimètre par centimètre, et tressaillit lorsque je touchai cette barrière qui marquait son innocence. Je la traversai, sachant que cela lui ferait mal, lui promettant en silence de me rattraper dès qu'elle se serait ajustée.

Ses ongles me transpercèrent le dos.

Elle eut le souffle coupé.

Son corps se referma autour de moi.

Je marquai une pause, relevai la tête pour observer son expression, remarquant la magnifique douleur mêlée de plaisir sur ses traits.

Quand elle déglutit et hocha la tête, je continuai, prêtant une attention particulière à ses émotions changeantes.

L'inquiétude.

L'acceptation.

La confusion.

Le plaisir.

Ses lèvres s'entrouvrirent et un léger halètement s'en échappa tandis que je me glissai hors d'elle avant de revenir, pour qu'elle sente la plénitude de ma pénétration. Je l'initiai avec un rythme doux. Je lui faisais l'amour. Je la vénérais. La revendiquais. Et je la laissai me posséder en retour.

Cela dura plusieurs minutes, voire des heures.

Jusqu'à ce qu'elle m'incite à bouger *vraiment*, son excitation augmentant entre nous à chaque coup de reins. Je le sentis à la manière dont elle se cramponna à moi, ses envies s'exprimant à travers ses doigts qui me griffaient.

Je lui présentai notre lien.

Notre accouplement.

Notre avenir.

Je la menai au bord du précipice du plaisir et plantai mes dents dans sa chair pour l'y maintenir pendant que je basculais avec elle.

Et je tombai dans un monde de sombre extase avec elle : notre lien s'éleva à un autre niveau grâce à ma seconde morsure.

La source de notre pouvoir répercuta son approbation en nous enveloppant dans une vague de vitalité et de force. Elle joignit nos esprits, nos futurs et nos cœurs dans un lien d'éternité qu'aucun de nous ne pourrait jamais briser.

Cimentés ensemble.

Deux cœurs battant à l'unisson.

Des compagnons.

ELLA

MON CORPS PICOTAIT de partout à cause des attentions de Tray.

Il m'avait fait l'amour plusieurs fois pendant la nuit, et encore ce matin sous la douche avant de me renvoyer à contrecœur à Darlington.

Je ne pouvais pas m'empêcher de sourire, même pendant mes corvées. Qui étaient conséquentes aujourd'hui, grâce à la neige tombée pendant la nuit.

Déblaie ci, Ella.

Déblaie ça, Ella.

Je scandais les mots dans ma tête en souriant tout du long. Parce que je me sentais enfin vivante. Comme si, pour la première fois de ma vie, j'avais ma place quelque part.

Aux côtés de Tray.

Ç'avait été compliqué de nous séparer ce matin, mais nous avions encore un plan à mettre en œuvre. Mais j'avais envie d'accélérer notre planning. Quel était l'intérêt de passer le bac si je devais aller à l'Académie des Faë de Minuit l'année prochaine ?

Un diplôme humain ne vaudrait pas grand-chose dans le monde de Tray. Les individus de son espèce étaient principalement scolarisés à domicile jusqu'à un certain âge, les parents ou les tuteurs de leur communauté assurant leur éducation générale et leur enseignement magique. Ensuite, ils fréquentaient l'Académie, où ils apprenaient tous à maîtriser leurs pouvoirs et décidaient de leur place au sein de leur cercle respectif.

Je rejoindrais la communauté royale, pas seulement en raison de mon accouplement avec Tray, mais aussi à cause de ma lignée. C'était là que les Élites…

Quelque chose me frappa dans le dos, me poussant en avant. Mes genoux frappèrent le trottoir, le fin tissu de mon jean se déchirant sous l'impact. Je sauvai de justesse mon visage en me rattrapant sur mes paumes.

— *Merde*, sifflai-je quand un rire éclata au-dessus de moi.

Ryan.

— Attention, la Cendrée, dit-elle. Rêvasser peut être dangereux.

Le pied botté de Carmen apparut près de ma tête.

— Je parie qu'elle pense à l'endroit où elle a disparu hier soir.

— Oui, où étais-tu toute la nuit, Ella ? m'interrogea Ryan en se plaçant à côté de sa jumelle.

Le regard mauvais, je me relevai, mais je reçus un violent coup de pied dans l'abdomen. Je me mis en boule sur le côté, protégeant mon buste désormais sensible.

— Désolée, j'ai glissé, dit Ryan.

Je ricanai.

— C'est ça.

Maintenant mon corps picotait pour une toute nouvelle raison : la colère.

— Alors, où étais-tu ? demanda Carmen.

— Ce ne sont pas tes affaires, rétorquai-je en la regardant d'un air renfrogné.

Elle haussa ses sourcils parfaitement épilés.

— *Excuse-moi ?*

— Désolée, pour les durs d'oreille, ça veut dire *va te faire voir*.

Je roulai avant que le pied de Ryan ne puisse « glisser » à nouveau, et reculai dans la cour enneigée.

— Est-ce qu'elle vient vraiment de me dire ça ? demanda Carmen.

J'aurais ri de la voir si choquée si Ryan n'était pas déjà en train de s'avancer vers moi.

Je n'étais pas du tout d'humeur à jouer à ça aujourd'hui.

Avec une force alimentée par l'adrénaline, je me redressai et levai les mains devant moi.

— Essaie donc, la défiai-je.

Ryan rejeta la tête en arrière et éclata d'un rire d'une cruauté folle.

— *Waouh.* Maintenant, je veux vraiment savoir où tu étais la nuit dernière. Quelque chose, ou peut-être *quelqu'un*, t'a vraiment mis le feu au cul.

Carmen entra dans la cour et grimaça lorsque le cocktail hivernal toucha son jean.

Elle le jetterait sûrement ce soir, prétextant qu'il était trop sale pour être de nouveau porté.

Sale garce pourrie gâtée.

— Où étais-tu ? répéta-t-elle, car visiblement elle n'avait pas compris le message la première fois.

Alors je tentai une approche différente.

— En Angleterre.

Et ce n'était que la pure vérité. Sauf qu'elle ne voudrait pas me croire.

— C'est mignon, dit-elle d'un ton cassant. Dis-nous où tu étais, ou on dira à maman que tu as fait le mur pour la nuit.

Je haussai les épaules.

— Vas-y.

Qu'est-ce que Clarissa pourrait bien me faire ? J'avais 18 ans et je n'avais plus besoin de son éducation coûteuse.

Ryan s'approcha de moi et je saisis son poignet.

Une onde de choc passa entre nous, l'envoyant à plusieurs mètres en arrière. Elle poussa un juron en s'effondrant dans la neige.

Oh, merde…

— Qu'est-ce que c'était que ça ? s'écria Carmen, dont le regard passait de Ryan à moi.

— Cette garce vient de m'électrocuter ! cria sa sœur en berçant son poignet.

Je levai les yeux au ciel et sortis la première chose qui me vint à l'esprit :

— Désolée. J'ai glissé.

Carmen se retourna, me jetant un regard noir, et commit l'erreur de vouloir me frapper à la poitrine.

Ce simple contact la mit sur les fesses, l'énergie vrombissant de manière protectrice autour de moi.

Est-ce que Tray fait ça d'une manière ou d'une autre ? me demandai-je.

— Mère ! cria Ryan, attirant mon attention sur les méchantes demi-sœurs au sol.

Carmen était inconsciente.

Euh. C'est nouveau.

Je levai mes mains pour les examiner, pendant que Ryan continuait d'appeler Clarissa. Je l'ignorai, trop occupée à contempler bouche bée les braises bleues qui dansaient entre mes doigts.

Putain de merde…

J'enregistrai à peine la voix furieuse de Clarissa dans mon dos alors que je commençais à m'éloigner de la maison. Elles n'auraient qu'à terminer de pelleter, pour ce que j'en avais à faire. Ça, c'était bien plus important.

Parce que soit mes pouvoirs venaient de se réveiller, soit Tray avait jeté un sort de protection autour de moi.

Dans tous les cas, j'avais des questions auxquelles seul mon compagnon pouvait répondre.

Heureusement, je savais où le trouver.

Malheureusement, c'était une marche de plusieurs kilomètres.

Avec un gémissement, je fis demi-tour pour aller chercher mon vélo, mais une belle-mère très en colère m'arrêta dans l'allée.

— Où crois-tu aller, jeune fille ?

— Dehors, répondis-je en la dépassant, souriant en entendant son halètement choqué dans mon dos.

Une autre idée me vint à l'esprit, qui me fit sourire en entrant dans le garage.

Pourquoi s'embêter avec le vélo ?

J'allais prendre une voiture à la place.

Je trouvai les clés de Ryan sur le mur, les fis tourner autour de mon doigt et m'approchai de son bien le plus précieux. Elle beugla en se relevant dans la cour. Mais j'avais déjà fermé et verrouillé la portière avant qu'elle ne touche le trottoir à moitié dégagé.

Ce serait une expérience amusante.

Je savais conduire parce que Clarissa me l'avait appris. Sinon, comment aurais-je pu faire les courses pour la famille le dimanche ?

Mais jamais je n'avais fait de tour dans le joli bébé de Ryan.

Sa petite voiture sportive à deux places ronronna, étouffant les cris de ma monstrueuse belle-famille.

Ryan eut la brillante idée de sauter au milieu de l'allée quand j'enclenchai la marche arrière.

Je me concentrai sur elle dans le rétroviseur et sortis du garage en marche arrière, me disant qu'un jeu de réflexe pourrait être amusant. J'espérais presque qu'elle croirait que je bluffais.

Mais comme prévu, elle s'écarta du chemin au dernier moment, et le bruit du moteur engloutit ses injures.

Je leur adressai un petit signe de la main, souriant devant leur air ahuri, et quittai le quartier en trombe.

Oh, j'allais le payer cher plus tard.

Cela en valait la peine, me dis-je, me dirigeant avec aisance sur les routes fraîchement déneigées.

Tray m'attendait sous son porche, un large sourire aux lèvres, quand je garai la voiture de Ryan un peu maladroitement dans la rue. Avec un peu de chance, quelqu'un la frotterait sur le côté.

— J'ai senti ta magie, me dit-il en s'avançant vers moi. Qu'est-ce que tu as fait ? En dehors de voler la voiture de la reine des garces ?

— Je l'ai électrocutée ! lui dis-je en levant les mains pour lui montrer les braises encore vacillantes. Est-ce que c'est un sort de protection, ou quelque chose comme ça ?

Il saisit mon poignet pour examiner les étincelles bleues.

— Un sort de protection ?

— Un truc que tu aurais fait ?

Il leva vers moi des yeux amusés.

— Non, El. C'est tout toi, bébé.

Il entrelaça nos doigts, et le bourdonnement électrique entre nous grésilla et s'intensifia.

— Ton pouvoir augmente chaque seconde.

Il semblait excité, me fit franchir le seuil de sa maison et referma la porte d'un coup de pied.

— Ça ne faisait pas ça jusqu'à ce que tu me touches, chuchotai-je, m'émerveillant du courant qui s'intensifiait entre nous. Tout ce que j'ai fait c'est attraper le poignet de Ryan, et ça l'a choquée. Ensuite Carmen a essayé de me frapper, et la même chose s'est produite, mais elle a été assommée.

— La faë qui est en toi prend vie, m'annonça-t-il en me conduisant dans la cuisine. Qu'est-ce qu'elles ont fait ?

— Elles m'ont poussée, marmonnai-je. Et donné un coup de pied, aussi.

Ses narines frémirent et sa prise se resserra.

— Ça explique le sort que tu as invoqué. C'est une barrière magique instinctive. Ou une protection, comme tu le supposais.

— Mais ce n'est pas toi qui l'as lancée ?

Il secoua la tête.

— Non, c'est *toi*.

— Comment ?

— Défense naturelle. C'est similaire à une réaction de combat ou de fuite. Ta faë a choisi de se battre.

Il se fendit d'un autre sourire.

— Ryan et Carmen ont de la chance d'être en vie.

Je lui racontai comment j'avais failli renverser Ryan avec sa propre voiture.

Ce qui me valut un rire cruel en réponse.

— Dommage, lança-t-il. Je ne l'aurais pas tuée, mais j'aurais aimé voir cette garce dans un fauteuil roulant.

Aussi cruel que cela pouvait paraître, je ne désapprouvais pas vraiment.

— Il faut qu'on les fasse tomber, Tray. Parce qu'une fois que je serai partie, elles trouveront une autre cible pour me remplacer. Je ne peux pas les laisser faire ce genre de merdes à quelqu'un d'autre. Et c'est pareil pour Dash et Charlie.

Il me toucha la joue, sa peau grésillant contre la mienne.

— Nous les détruirons, me jura-t-il, effleurant ma bouche de ses lèvres. Mais d'abord, il faut qu'on dompte ton pouvoir avant que tu ne réduises ma maison en cendres.

Je fronçai les sourcils. Certes, j'avais chaud, mais pas *tant que ça.*

— Je ne suis pas sur le point d'exploser.

— Ah non ?

Il fronça les sourcils et jeta un œil par-dessus mon épaule.

— Alors pourquoi ma salle à manger est en feu ?

Je me retournai et fus surprise de voir des flammes couleur saphir danser sur la table en bois.

Et ramper le long du mur.

— Oh… ! m'exclamai-je en me couvrant la bouche.

Il entoura ma taille de ses bras, posant sa tête contre la mienne pendant que le feu mourait lentement, laissant des marques de brûlure dans son sillage.

— Il faut que tu fermes les yeux, Isabella.

— Parce que ça va aider ? ricanai-je avant de grimacer quand un autre brasier s'enflamma à quelques mètres de là.

— *Chut*, fais-moi confiance, chuchota-t-il. Ferme les yeux, et imagine-toi dans l'eau, à écouter les vagues qui se précipitent sur le rivage. Chaque goutte fraîche et cristalline touche le sable et se retire, pour repartir de plus belle. En rythme. Apaisante. Sereine.

J'en eus le souffle coupé, ses mots semblant apaiser un nerf instable en moi. Je m'agrippai à lui et laissai la vision envahir mon esprit.

— Elle coule autour de toi, poursuivit-il doucement. Toute l'eau du monde qui ondule sous le bout de tes doigts, caresse ta peau, bénit ton esprit. Laisse-la t'embrasser, Ella. Laisse-la te consumer.

Je frissonnai, ma vue se déformant en un tourbillon qui me faisait tournoyer dans un cercle violent et m'entraînait plus loin dans un trou noir de folie, loin de la lumière du soleil.

— Ne lutte pas contre elle, dit Tray tout contre mon oreille. Ce n'est pas aussi sombre que ça en a l'air. Je t'attends là-bas. Cherche notre connexion. Trouve-moi.

Des cordes noires m'enserrèrent la taille, me tirant plus profondément. Je gémis et mon cœur fit un bond dans ma poitrine.

C'était impossible.

Mais je ne pouvais pas ouvrir la bouche pour parler, car les bandes très réelles en forme de serpent entouraient ma tête et couvraient mes lèvres.

Me tiraient sous l'eau.

Dans une mer de *magie* perpétuelle.

Je clignai des yeux dans ce nouvel univers, des brins étincelants dansant sous la surface et s'enroulant en bandes scintillantes.

L'un d'entre eux scintillait plus fort que les autres, une sorte d'appel, ondulant dans les eaux épaisses et sombres.

Je nageai vers lui, mon corps soudain libéré de ses entraves.

Chaque mouvement faisait naître un sentiment de justesse au creux de mes tripes.

Chaque coup de pied me donnait un nouveau but.

Jusqu'à ce que j'atteigne la lumière et que je réalise que ce n'en était pas une, mais Tray.

Il m'accueillit à bras ouverts, la chaleur familière de son corps contre le mien, et il me fit tournoyer. Sa fierté était comme un baiser contre mon esprit.

J'ouvris les yeux sur lui qui me fixait, le regard brouillé de larmes non versées.

— Tu es magnifique, Ella, s'émerveilla-t-il, son expression dégageant une émotion qui me réchauffa le cœur. La plus belle Faë de Minuit que j'aie jamais vue.

Sa bouche captura la mienne, et son baiser déclencha une tornade de sensations en moi.

La chaleur m'envahit de la tête aux pieds.

J'enroulai les bras autour de son cou, je me fichais de respirer. Il me souleva sur le comptoir, s'installa entre mes cuisses et me domina avec sa langue.

Sans que je sache comment, nos vêtements disparurent.

Peut-être les avais-je brûlés.

Peut-être s'était-il servi de magie.

Tout ce qui m'importait, c'était de nous rejoindre en bas, ce qui se passa très soudainement, et pourtant pas assez vite. Tray me pénétra, ses lèvres capturant mon cri de surprise, ses mains marquant mes flancs.

C'était si irréel, comme si nous faisions l'amour dans un rêve et pas dans sa cuisine.

Mon corps vibrait de *désir*.

Des mots m'échappèrent comme une litanie.

Il murmura mon nom contre mon oreille, une véritable adoration contre mon cou, mes seins.

Chaque caresse ressemblait à une revendication, chaque baiser à une promesse, chaque coup de reins à une préparation à l'avenir.

Trayton Nacht me possédait totalement.

Ma tête retomba en arrière dans un cri, et ses dents s'enfoncèrent dans mon cou.

Des rubans de fumée nous entourèrent, et cette énergie éthérée fut comme un sceau que je sentis jusqu'à mon âme. Mon cœur accepta l'intrusion, autorisant une ancre à s'installer contre ma poitrine, que je sentais liée à Tray.

Mienne, chuchota Tray dans mes pensées, déclenchant un frisson le long de ma colonne. *Tu es à moi, Ella. Tout comme je t'appartiens.*

Ce qu'il me prouva en m'ouvrant son esprit.

Toutes ses émotions. Tous ses sentiments. Toutes ses pensées. Se mêlèrent soudain aux miens.

Mon extase atteignit un tout autre niveau quand il augmenta son rythme, ses coups se faisant plus vifs et plus durs chaque seconde. J'avais déjà atteint l'extase une fois, et il voulait m'y emmener à nouveau, mais cette fois avec lui.

Son désir grandissant stimulait le mien, me poussant vers de nouveaux sommets quand il nous fit basculer tous les deux avec un gémissement que je ressentis jusqu'aux orteils.

C'était *ainsi* que les faë s'accouplaient.

Entourés de courants magiques.

En attisant le feu dans l'air.

Et laissant les deux participants rassasiés de la meilleure façon qui soit.

Je posai le front sur son épaule, mon esprit complètement bouleversé.

Je dois vraiment aller à l'école demain ? me demandai-je, car je préférais vraiment ça à aller en cours.

Tray gloussa, et ses lèvres étaient comme une caresse sur mes cheveux. *Mmmh, je crois qu'on peut trouver des moyens de rendre ça intéressant.*

Je sursautai, car sa voix était chaude et *réelle* dans mon esprit.

Je n'avais pas encore pris conscience de notre nouvelle connexion auparavant, mais je la comprenais désormais. *Tu es dans ma tête.*

Comme tu es dans la mienne, me répondit-il, s'écartant pour poser la main sur ma joue.

— Je t'ai mordue trois fois au cours des dernières vingt-quatre heures.

— Alors notre accouplement est… achevé ?

Il hocha la tête, ses yeux scrutant attentivement les miens.

Je le regardai fixement.

Et il sourit.

— Tu ne le regrettes pas.

— Pourquoi le ferais-je ?

Je lui avais demandé hier soir de me mordre. Je savais ce que ça voulait dire. Je l'avais accepté à ce moment-là, tout comme je le faisais maintenant.

— Parce que nous nous appartenons l'un à l'autre pour l'éternité, Ella.

— Oui, eh bien, c'est toi qui devrais avoir la trouille de ça, Nacht, l'informai-je. Pas moi.

— Comment tu le sais ?

— Parce que maintenant tu es coincé avec moi, répliquai-je avec un sourire malicieux. Et qu'apparemment, j'aime mettre le feu aux choses.

Comme à l'îlot de cuisine derrière lui.

Il étouffa le feu sans même le regarder ; son pouvoir était comme une vague d'énergie que je *sentis* caresser la mienne. *Comme c'est intéressant*, songeai-je en savourant cette sensation qui s'éveillait.

— Heureusement que j'aime quand c'est chaud, murmura Tray contre mes lèvres en souriant. Et il n'y a personne d'autre au monde avec qui je voudrais être collé, Ella.

Soudain, ma bouche fut bien trop occupée pour pouvoir répondre.

Ce qui me convenait parfaitement.

Je laissai mon cœur et mon esprit parler pour moi.

Et le laissai m'emmener vers de nouveaux sommets, encore et encore.

TRAY

JE VERSAI une poche d'O négatif dans le mixeur, ce qui me valut une grimace de la part d'Ella. Elle s'assit sur le comptoir de la cuisine vêtue de mon T-shirt, ses jambes exposées me rappelant de la manière la plus sexy qui soit qu'elle ne portait rien en dessous.

— Tu es vraiment en train de préparer un milk-shake avec du sang dedans ? me demanda-t-elle en fronçant le nez alors que j'ajoutais une boule de glace vanille au mélange.

— Oui. J'avais l'intention de me nourrir hier soir, mais à la place, j'ai mordu ma compagne.

Même si je ne le regrettais absolument pas, je subissais les répercussions du fait de puiser dans la source de notre magie sans avoir le carburant idoine.

— C'est dégoûtant, dit-elle.

Je souris.

— Nous verrons bien ce que tu en dis une fois que tu l'auras goûté.

—Je ne boirai pas ça.

— Tu vas essayer, rétorquai-je, appuyant sur le bouton avant qu'elle puisse rétorquer.

Dès que j'eus terminé, je me remis à parler pour contrer toute tentative d'argumentation.

— Les jeunes Faë de Minuit ne peuvent pas vraiment s'aventurer dans le royaume des humains pour se nourrir. La plupart ne commencent pas avant l'âge de 13 ou 14 ans. Alors nous avons développé des manières créatives de nous imbiber de l'essence sans avoir à mordre.

Vu son expression, je ne l'avais pas fait changer d'avis.

— Tu n'as qu'à considérer ça comme une boisson énergétique, ajoutai-je. Nous venons de dépenser un paquet d'énergie, Ella. Tu ne le ressens peut-être pas encore, mais ça viendra. À moins que tu n'acceptes mon offre.

—Je n'ai jamais eu à boire de sang avant.

— Tu n'avais jamais non plus joué avec tes pouvoirs de faë.

Je versai le contenu du mixeur dans deux verres et y plantai deux pailles que je pris dans le tiroir.

— Fais-moi confiance, colombe. Tu as besoin de ça. Tout comme moi.

Mes membres commençaient à trembler, c'était le premier signe de l'épuisement qui se faisait ressentir. Demain, j'aurais mal. L'unique raison pour laquelle je m'en étais sorti sans me nourrir depuis mon arrivée était que je ne m'étais pas servi de mes capacités aussi souvent que d'habitude.

Et, euh… oui, j'avais plus que compensé cette faible utilisation au cours des dernières heures passées avec Ella.

Je bus une gorgée du liquide, le goûtant avant de faire glisser l'autre verre sur l'îlot en direction d'Ella.

— Quel goût ça a ? me demanda-t-elle, plissant toujours le nez à son adorable manière.

— Essaie et tu verras, la défiai-je.

Ça n'aurait pas du tout le goût auquel elle s'attendait. Les humains décrivaient souvent le sang comme salé ou cuivré. Ce n'était pas le ressenti des Faë de Minuit. Par exemple, sur ma langue, son sang avait le goût d'ambroisie, c'était sucré et addictif. En comparaison, ma boisson était bien fade, mais elle me rassasiait. J'en bus plusieurs autres gorgées, les yeux rivés sur les siens, la défiant du regard.

À moins que tu n'aies peur, dis-je dans sa tête.

Cette moquerie eut l'effet escompté et elle s'empara de son verre.

— Quand je vomirai, je prendrai soin de viser dans ta direction.

Je fis la moue.

— D'accord, chérie.

J'en avalai une bonne gorgée alors qu'elle plaçait la paille entre ses lèvres.

Elle ferma les yeux et grimaça en creusant les joues.

Puis elle plissa le front.

Elle inspira à nouveau un grand coup et ouvrit les yeux d'un air surpris.

— Pourquoi c'est si bon ?

— Parce que tu es une Faë de Minuit, lui expliquai-je avec un clin d'œil.

Un silence confortable s'installa entre nous pendant que nous terminions notre collation énergisante. Elle lécha le bord une fois qu'elle eut tout bu. Je fis semblant de ne rien remarquer, parce que je ne voulais pas la taquiner et gâcher ce moment.

Je nettoyai la cuisine puis m'adossai à l'évier en croisant les bras. Son regard se posa sur mon caleçon, puis sur mes cuisses exposées avant de remonter lentement le long de mon torse nu jusqu'à mon visage.

L'amusement me réchauffa la poitrine.

— *Mmmh*, j'adore cette invitation dans ton regard, Ella.

— Alors pourquoi tu restes là-bas ? me demanda-t-elle en haussant un sourcil. Pour m'allumer ?

— Non, pour ne pas te toucher.

Nous devions laisser le sang faire son œuvre dans notre organisme avant de jouer à nouveau. À cet instant précis, un autre voyage vers la source noire me mettrait à terre, et je voulais m'éviter cet embarras.

— Nous devrions parler de nos prochaines étapes.

Elle fronça les sourcils.

— Qu'est-ce que tu veux dire ? Je croyais que nous étions déjà accouplés ?

— Oh, oui, c'est le cas, la rassurai-je, souriant de la voir soulagée. Nous nous appartenons mutuellement, c'est définitif. Je faisais allusion aux deux méchantes garces et à leur joyeuse bande de crétins.

Ella éclata de rire.

— Joyeuse bande de crétins.

— Qui se ressemble… lançai-je, étendant les mains devant moi dans un geste innocent.

— Oh, ça, c'est sûr ! approuva-t-elle. Quant aux prochaines étapes, je crois bien que j'ai enclenché la phase une aujourd'hui.

— C'est ce que je pense aussi. C'est pour cette raison que je voulais discuter de notre plan d'action.

— Je ne veux pas retourner là-bas, Tray.

— Alors ne le fais pas.

Je fis un geste vers le couloir qui menait à deux salons et un grand escalier. J'ai beaucoup d'espace ici. Et tu es la bienvenue dans mon lit quand tu veux.

Elle fit la moue et soupira.

— Alors Clarissa cessera de payer mes frais de scolarité.

— Ce n'est pas un problème non plus. Je m'occuperai des paiements, dis-je en haussant les épaules. Ce qui est à moi est à toi maintenant de toute façon. N'est-ce pas ce qu'on dit chez les humains ?

Elle ne paraissait pas emballée par l'idée.

— Tu ne vas pas payer mes frais de scolarité à l'Académie Darlington.

— Je préfère ça plutôt que de te voir encore souffrir dans cette maison. D'ailleurs, nous pourrions nous en servir à notre avantage. Si Ryan pose la question, je lui dirai que j'ai promis de payer tes frais de scolarité du semestre d'hiver. Je dirai que cela fait partie de mon grand plan : jouer le rôle du sauveur dans ta vie pour te conquérir. Cela s'ajoutera à la bombe que je suis censé lâcher sur toi quand je te dirais que tout ceci n'était qu'un jeu. Je dirai simplement que je prévois de cesser les paiements aussi, te laissant sans-abri et sans école où aller. Elle va adorer.

J'avais mal au cœur rien que d'y penser, mais je me consolai en me rappelant que ça n'arriverait jamais.

Ella était à moi.

Je la protégerais jusqu'à mon dernier souffle.

— Tu as raison. Elle va adorer ça.

Cette perspective semblait plutôt irriter Ella, et je vis une lueur noire passer dans son regard.

— Ça ne suffira pas de lui donner une leçon, n'est-ce pas ?

— Vu son inclinaison à te tourmenter, non, je ne crois pas.

— Nous devons tous les faire tomber d'abord, sauf elle. Cela l'isolera, et quand nous jouerons le bouquet final, elle n'aura nulle part où aller, ni personne sur qui se reposer pour avoir de l'aide. Elle se sentira aussi seule et impuissante que moi à cause d'elle durant toutes ces années.

Je hochai la tête ; j'aimais la direction que prenaient les choses.

— Continue.

— Ajoutons Clarissa à la liste. Putain, nous pourrions ajouter toute cette foutue académie ! Ils sont tous restés là à me regarder souffrir sans bouger le petit doigt pour m'aider. Clarissa est même allée jusqu'à applaudir et encourager ce comportement.

Ella sauta du comptoir pour commencer à faire les cent pas, avec des idées qui bouillonnaient dans son esprit et sortaient de sa bouche en même temps. Je l'observai travailler, ne donnant mon avis que si elle me le demandait, et à la fin, nous avions un plan d'action solide.

— Demain, nous commencerons par prendre l'école, dit-elle en mettant fin à notre discussion, débordant littéralement d'excitation. Et je sais exactement comment nous allons donner le coup d'envoi de l'opération.

TRAY

LE PLAN d'Ella de débarquer à l'Académie le lendemain matin dans la voiture de Ryan était brillant.

Tout le monde resta bouche bée.

Et pas uniquement à cause du tout nouvel uniforme ajusté d'Ella ni du fait que nous marchions main dans la main vers l'entrée.

C'est toute son attitude qui retint leur attention. Et évidemment, la petite voiture de sport de Ryan, avec la vilaine rayure sur l'aile.

Le bracelet d'Ella effleura mon poignet, m'envoyant une décharge dans le bras. Je lui avais offert la manchette en argent ce matin : le métal enchanté allait l'aider à tempérer ses pouvoirs. Simplement pour qu'elle ne mette pas accidentellement le feu à l'école.

Non pas que je lui en aurais voulu.

Cet endroit méritait d'être réduit à un tas de cendres, ainsi que la majorité des humains qui la fréquentaient.

Mais je voulais laisser à Ella le temps de cultiver ses

talents et d'apprendre à les contrôler, et le bel objet à son poignet y contribuerait.

Les deux garces attendaient à l'entrée, arborant des expressions furieuses très amusantes.

Amusement qu'Ella ne fit que renforcer quand elle jeta les clés de la voiture à Ryan avec désinvolture.

— Merci pour la balade, sœurette.

Je passai le bras autour de ses épaules et l'embrassai sur la joue.

— Merci à *toi* pour la balade, murmurai-je dans son oreille, ce qui fit rire ma compagne.

Elle savait exactement ce que je voulais dire.

— Tu es morte ! la prévint Ryan, dont les oreilles étaient presque en train de fumer.

Ella et moi l'ignorâmes, et je donnai un coup d'épaule à Carmen en franchissant la porte de l'école.

Plusieurs élèves restèrent bouche bée devant ce rapport de force ; leur choc était palpable.

De vrais moutons, songea Ella en les regardant, l'air agacée.

Ils ont juste besoin d'un nouveau leader, lui dis-je.

Ce ne sera pas moi.

Non, j'imagine bien que tu n'as aucune envie de gérer ces imbéciles. Ils étaient tous restés là pendant des années à la regarder se faire humilier. Elle ne leur devait rien.

Nous nous arrêtâmes à nos casiers pour récupérer nos livres et nous rendîmes au cours d'anglais sous les regards de tout le monde.

C'était vraiment de pathétiques êtres humains. Même les soi-disant adultes de l'Académie étaient pitoyables. Pas de cran, tous motivés par la richesse et la cupidité.

Je pris place à côté d'Ella plutôt que devant elle et posai le bras sur le dossier de sa chaise. Après une longue conversation hier soir, nous avions décidé d'avancer notre calendrier. Il y avait une sorte de poésie amère dans ce nouveau plan amélioré. Il me faudrait dire des choses que je détesterais, mais notre lien naissant nous aiderait à garder l'esprit ouvert et honnête.

Tu pourrais proclamer ton amour éternel pour Ryan que je saurais que tu racontes n'importe quoi, murmura Ella, qui avait entendu mes pensées.

Je ricanai. *Tu n'as pas besoin de lire dans mes pensées pour le savoir.*

Elle retroussa les lèvres. *C'est vrai.*

Charlie entra dans la pièce et se figea en me voyant à côté d'Ella. Je souris. *Oh, regarde, Ella chérie. La phase deux est sur le point de démarrer.*

Non. Ça a déjà commencé. Son regard scintilla. *Tu es prêt à t'amuser ?*

Je croyais que tu n'allais jamais le demander. Et comme c'était moi qui avais suggéré cette partie de notre plan, j'avais hâte de voir le feu d'artifice.

Cela prendrait quelques semaines, mais j'avais déjà mis en mouvement quelques pièces ce matin.

Il ne nous restait plus qu'à patienter.

Et dans l'intervalle, commencer notre mission de reprendre l'école.

Nous allions leur donner un roi et une reine à adorer, puis leur briser le cœur à tous d'un seul coup.

**

Ella était assise au milieu de la cafétéria, elle ressemblait à une reine. Je souris à cette vue, mes veines palpitant sous le coup de l'adrénaline.

Deux semaines s'étaient écoulées depuis notre arrivée remarquée sur le campus dans la voiture de Ryan, et tout avait changé depuis.

Elle vivait à présent avec moi, et passait toutes les nuits dans *notre* lit.

Plusieurs étudiants se rapprochèrent d'elle, cherchant la protection de ses ailes grandissantes. C'était une chose qu'Ella n'autorisait que parce que la plupart d'entre eux avaient subi des brimades, même si ça n'avait jamais atteint le niveau de ce qu'elle avait enduré.

Le fait que Ryan et Carmen l'autorisent aidait, surtout parce qu'elles étaient convaincues que cela ne ferait que favoriser la chute finale de leur demi-sœur. Ce qu'elles ne réalisaient pas, c'était que nous faisions lentement basculer le royaume du côté d'Ella.

Dash semblait être le seul à ne pas apprécier ce plan.

Charlie, ce perpétuel imbécile, pensait qu'il était grandiose. Je soupçonnais qu'il espérait être celui qui panserait les plaies d'Ella, avec ou sans sa coopération.

Voilà pourquoi il me tardait que les événements d'aujourd'hui se produisent.

Nous avions décidé de le descendre en premier.

En démolissant son statut.

Je m'appuyai contre le mur et consultai ma montre. Il allait recevoir un appel téléphonique d'un instant à l'autre. Qui détruirait son monde.

Où est mon baiser ? me demanda une Ella aux yeux brillants depuis l'autre côté de la pièce.

Je lui adressai un sourire en coin. *Tu es une petite compagne si exigeante.*

Absolument !

Je commençais à m'approcher d'elle, prêt à lui rendre service, quand Ryan m'agrippa le bras et me tira en arrière. Je posai les yeux sur elle, arquant un sourcil.

— Oui ?

— Retrouve-moi dans le couloir dans cinq minutes.

— Pourquoi ?

Elle me jeta un regard séducteur qui me donna la nausée.

— J'ai envie de te récompenser pour tout ton dur labeur.

Je m'obligeai à sourire, luttant contre l'envie de vomir.

En aucun cas je ne voulais de *récompense* de la part de cette horrible créature.

— Aussi tentant que cela puisse être, ce plan dépend de ma capacité à conquérir ma victime. Ce qui n'arrivera pas si elle se rend compte que je joue un double rôle.

Je retirai ostensiblement sa main de mon biceps, pour bien montrer mon rejet à ceux qui observaient.

Nous parlions trop bas pour que qui que ce soit puisse nous entendre, mais le langage corporel était un indicateur révélateur d'une conversation.

Ce dont je jouai en croisant les bras et en adoptant une attitude réprobatrice.

— Je suis tout proche, Ryan, dis-je doucement. À moins que tu n'aies décidé de laisser tomber les feux d'artifice et d'aller directement à ma récompense ?

Elle jeta un coup d'œil à Ella, et son expression se fit plus amère.

— Oh que non. Je veux voir son visage s'effondrer quand tu lui diras que tout ça n'était qu'une ruse.

— Tu la détestes vraiment, lui dis-je en inclinant la tête. Mais je n'ai toujours pas compris pourquoi.

Ce qui n'était pas tout à fait vrai. Je soupçonnais que la jalousie jouait un grand rôle dans sa manière de traiter sa demi-sœur. Ella incarnait la beauté d'une manière inaccessible pour Ryan. Et pas uniquement parce que cette garce avait un cœur noir.

Elle fit passer ses cheveux bruns dans son dos et haussa les épaules.

— C'est une cible facile.

— Ah oui ? demandai-je à voix haute, reportant mon

attention sur la femme en question. Elle a été l'un de mes plus grands défis à ce jour.

Et je le pensais.

J'ai aussi entendu ça, répondit Ella dans ma tête.

Je dissimulai mon sourire derrière ma main, et haussai un sourcil en regardant Ryan.

— Est-ce qu'on…

— Oh, la vache !

Carmen s'interposa entre nous, dos à moi.

— Il faut que tu voies ça !

— Je suis au milieu d'une conversation, lui répondit Ryan en me montrant par-dessus l'épaule de sa jumelle.

Carmen attrapa la main de sa sœur et l'entraîna plus loin en disant :

— Il peut attendre.

— Je n'attendrai pas ! lançai-je dans leur dos, décidant qu'il nous fallait trouver un destin plus cruel pour Carmen.

Ella et moi avions discuté de quelque chose de légèrement plus temporaire pour elle, surtout parce que Ryan était la plus coupable des deux. Ella pensait que Carmen pourrait être quelqu'un de différent sans l'influence de sa jumelle, mais je n'étais pas d'accord.

Ces deux femmes méritaient une vie de purgatoire pour la manière dont elles traitaient les autres.

Je fis deux pas de plus quand un chœur de halètements s'éleva autour de moi.

Ah… C'est l'heure ! songeai-je. C'était ce qui avait attisé la curiosité de Carmen. Évidemment.

Ella se leva pour me saluer alors que j'avançais vers elle. Nous ignorâmes tous les deux les bavardages qui s'élevaient dans toute la salle. Parce que nous étions déjà au courant.

Son regard scintillait d'excitation. *Je crois que la phase deux va être un succès retentissant.*

Je frôlai sa bouche de la mienne en souriant. *Moi aussi.*

Le nom de Charlie résonna dans toute la salle, et le type en question restait figé près d'un Dash bouche bée.

Quelque part, le téléphone de quelqu'un diffusait les informations sur haut-parleur, annonçant les récents ennuis judiciaires d'Anderson Motors et son effondrement financier imminent.

— Ces entreprises automobiles devraient vraiment se concentrer sur la sécurité, lançai-je sur le ton de la conversation.

Ella se mordit la lèvre pour ne pas ricaner, et son sentiment d'approbation réchauffa notre lien.

Ce n'était pas comme si j'avais délibérément saboté Anderson Motors. Ils avaient déjà des ennuis. Je les avais simplement rendus plus faciles à trouver pour les autorités compétentes.

Qui avaient agi avec rapidité et efficacité.

Des murmures envahirent la salle alors que Charlie se frayait un chemin pour en sortir, seul. Dash l'observait, son expression reflétant son hésitation entre sa loyauté envers son ami, et sa loyauté envers lui-même.

Au final, il fit un choix égoïste.

Comme je l'avais soupçonné.

Anderson Motors ne s'en remettrait pas de sitôt, si tant était que cela puisse arriver. Ce qui signifiait que Charlie était sur le point de vivre une expérience très humiliante, qui l'obligerait sans doute à quitter l'école ou à déménager dans un endroit plus adapté sur le plan financier.

À moins qu'ils ne lui permettent de rester pour terminer l'année. Je l'espérais vraiment, car sa vie à l'Académie Darlington, un établissement qui se souciait plus du prestige que de ses élèves, était sur le point de changer radicalement.

Comme Dash le démontrait à l'instant en allant se

rasseoir à sa table au lieu de courir après celui qui était censé être son ami.

Un de moins, plus que trois, murmura Ella.

Je l'embrassai sur la tempe et l'entourai de mes bras. *Passons à la phase suivante*, approuvai-je.

ELLA

TROIS SEMAINES PLUS TARD, Charlie était encore au cœur de toutes les conversations. Il avait été transféré de l'Académie Darlington quelques jours après l'annonce, et sa famille avait déménagé quelque part dans le Midwest pendant que l'entreprise de son père se débattait avec une armée d'avocats.

Il était possible que Charlie Anderson n'apprenne rien de cette expérience. J'aurais peut-être dû trouver un moyen plus sévère de le punir, mais il n'avait jamais été ma cible principale.

Non, c'était Dash Charming qui remportait ce titre.

Il se tenait sur le bord de la piscine dans un minuscule slip de bain, en train de flirter avec un trio de filles. Elles se pâmaient devant lui, comme d'habitude après le cours de natation. Il s'était vite remis de la disparition de son pote, reprenant avec plaisir le rôle du roi de l'Académie Darlington.

Sauf qu'il y avait quelque chose de différent chez lui.

Comme son sourire, qui n'arrivait jamais à ses yeux. En outre, il ne semblait plus s'envoyer en l'air à tout-va parmi la population étudiante. Ou alors il se montrait plus discret à ce sujet. Et il ne passait plus autant de temps avec Ryan et Carmen ces derniers jours, du moins d'après ce que j'en voyais.

Quoi qu'il en soit, il n'agissait pas comme le Dash que je connaissais et que je détestais, et cela me laissait un peu perplexe.

Je secouai la tête et me dirigeai vers le vestiaire des filles ; je m'occuperais de lui plus tard.

Il était le prochain sur ma liste, une fois que j'aurais fini de régler son compte à Carmen.

Tray m'avait suggéré de l'utiliser comme cible d'entraînement pour ma magie. J'avais fait d'une pierre deux coups en me familiarisant avec certains écrits et sorts des Faë de Minuit, que j'avais ensuite appliqués à ma méchante demi-sœur.

Comme celui que j'avais invoqué deux jours plus tôt, qui provoquait une chute de cheveux.

Il s'agissait d'un sort délicat qui requérait une mèche de sa tête blond platine, mais je m'en étais procuré une pendant le déjeuner après avoir fait semblant de la heurter par mégarde.

J'avais profité de ce moment pour répandre un peu de poudre sur sa peau.

D'où l'urticaire dont elle avait souffert récemment : une forme intense qui laisserait des cicatrices si elle n'arrêtait pas de se gratter.

Son apparence était le sujet de conversation de toutes les filles dans le vestiaire. Certaines se sentaient mal pour elle. D'autres parlaient de karma. La plupart étaient simplement heureuses de la voir souffrir.

— En plus, elle fait plein de rétention d'eau ! disait l'une d'entre elles.

— C'est le stress.

— Oh, totalement. Je veux dire, si mon visage ressemblait à ça, moi aussi j'aurais des compulsions alimentaires.

— Elle le mérite carrément.

— J'aimerais que ça arrive à sa garce de jumelle.

— Gretchen, la prévint la fille à côté de moi.

— Quoi ? Ryan est une pétasse. J'aimerais la voir souffrir.

Plusieurs voix approuvèrent au sein du vestiaire. Personne n'aurait osé avoir une telle conversation un mois plus tôt. Mais aujourd'hui ? Plusieurs y participaient.

La reine s'effondre, songeai-je en passant mon T-shirt par-dessus ma tête.

La discussion continua pendant que j'enfilais ma jupe, mes chaussettes et mes chaussures. C'est au moment où je m'attachais les cheveux que je réalisai que les conversations s'étaient tues, et que plusieurs regards étaient rivés sur moi.

Je vérifiais mon apparence, mais tout était normal.

— Quoi ? leur demandai-je en les regardant toutes.

— Tu n'as pas, euh… entendu l'annonce ? me répondit une première, une junior.

Son nom commençait par un *T*. Taylor. Tiffany. Tia. Tribeca. Quelque chose.

— Non.

Je n'avais pas écouté leur conversation. Parce que, oui, ça m'amusait, mais j'avais aussi simplement envie de sortir de là.

— Et alors, qu'est-ce qui se passe ?

— Tu as été nominée pour le titre de reine de l'hiver, chuchota Junior avec un *T*, les yeux écarquillés. Contre Carmen et Ryan.

Je déglutis. Eh bien, ça, ça ne faisait pas partie du plan.

— Tray et Dash sont candidats au titre de roi de l'hiver, poursuivit-elle d'une voix un peu plus assurée.

Elle dressa la liste des autres nominations : deux filles de dernière année qui faisaient office de larbins personnels de Ryan, et trois autres types que je connaissais de mes cours.

La cour typique, si l'on exceptait Tray et moi.

C'est toi qui as fait ça ? lui demandai-je, sentant sa présence dans le couloir, qui m'attendait.

Si par là, vous entendez l'affectation à la cour d'hiver, non.

— Euh, dis-je à voix haute. Cool.

Ce n'était pas le mot que je voulais utiliser, mais tout le monde me regardait bouche bée.

Je mis mon sac sur mon dos et me dirigeai vers les portes.

— Merci ? lançai-je par-dessus mon épaule, sans savoir quoi dire d'autre.

L'école avait voté pour les nominations, ce qui signifiait que mes pairs m'avaient mise à cette place. Je ne savais pas vraiment quoi ressentir à ce sujet.

— Tu crois que c'est Ryan qui a fait ça ? demandai-je à Tray dès que je le retrouvai.

Il passa son bras autour de moi pour m'attirer contre lui.

— C'est possible, mais ta popularité est montée en flèche, colombe. Alors ce pourrait être les élèves. Nous le saurons en voyant sa réaction.

Nous étions libérés plus tôt aujourd'hui, ce qui faisait de la natation notre dernier cours de la journée. Ce qui expliquait pourquoi ils avaient fait les annonces de l'école le matin. Comme je les ignorais toujours, je n'avais pas fait attention.

Tray me guida dans le couloir en direction de la sortie. Plusieurs moutons nous observaient en chemin, leur curiosité palpable. *Ryan doit attendre près des portes.*

Il semblerait, murmura-t-il en resserrant son emprise sur moi alors que nous nous approchions d'elle.

Un regard au visage de ma demi-sœur confirma qu'elle n'avait rien à voir avec la nomination. Car elle n'était pas si bonne actrice.

— Un mot, s'il te plaît ?

Ce n'était pas à moi qu'elle s'adressait, mais à Tray.

— Je ne vois pas de quoi nous pourrions discuter, répondit-il froidement. Je t'ai déjà dit non plusieurs fois, et je n'ai pas changé d'avis.

De la vapeur s'échappait de ses oreilles alors qu'elle nous suivait dehors.

— *Maintenant,* Trayton.

— Est-ce que ça marche vraiment sur d'autres personnes ?

Il me jeta un regard en fronçant les sourcils.

— Tu trouves ça aussi agaçant que moi ? Que les gens marchent dans ce genre de conneries ?

— Qu'est-ce que je peux dire ? lançai-je en haussant une épaule. Je veux dire, c'est une véritable garce.

Ryan bafouilla ; mes mots faisaient mouche et la blessaient.

Pendant ce temps, Tray hochait la tête.

— C'est vrai.

— On pourrait simplement l'ignorer, proposai-je.

Il m'adressa un sourire éblouissant.

— Je savais que je t'adorais, El.

Nous avançâmes de deux pas avant qu'elle ne crie,

perdant officiellement les pédales. Elle attrapa Trayton par son blazer et le tira en arrière.

Mon pouvoir s'éveilla, et je la choquai par instinct.

J'avais laissé mon bracelet de réduction d'énergie dans mon sac.

Oups.

Elle le relâcha avec un cri, le visage déformé par une rage telle que je ne lui avais jamais vue.

— *Toi !* cria-t-elle en me montrant du doigt. Comment fais-tu ça ?

Je levai les sourcils d'un air innocent.

— Faire quoi ?

— Tu sais très bien, grogna-t-elle en avançant vers moi.

Mais Tray s'interposa entre nous.

— Je crois que tu devrais te calmer, Ryan.

— Cette pétasse m'a électrocutée !

Plusieurs halètements émanèrent du public autour de nous, puis les murmures devinrent un bruit de fond.

— Je ne t'ai même pas touchée, lui fis-je remarquer en appuyant ma paume sur le dos de Tray. Allez, bébé. Nous devrions y aller.

— Alors ça, c'est gonflé ! gronda Ryan. Il n'a même pas…

Un mugissement venant du seuil de la porte la coupa alors que Carmen surgissait avec une énorme mèche de ses cheveux dans la main.

Ce qui suscita de nouvelles réactions choquées de la part de la foule.

Parce qu'effectivement, elle semblait… *mal en point.* Et les mots qui sortaient de sa bouche étaient inintelligibles.

Je sentis l'amusement de Tray à travers notre lien d'accouplement. *Joli.*

J'essaie, répondis-je.

Carmen s'effondra contre Ryan qui la repoussa avec un grognement de dégoût.

— C'est dégueu ! Et si tu étais contagieuse ?

Oh, j'aime cette idée, me dit Tray. *On peut la rendre contagieuse, colombe ?*

Non, je veux que Ryan souffre d'une autre manière.

Je suis déçu. Mais je peux attendre le bouquet final, répondit-il en m'entourant à nouveau de son bras et en m'écartant de la scène des escaliers. Tout le monde s'écarta de notre chemin, leur attention oscillant entre nous et mes demi-sœurs diaboliques.

Est-ce que tu as un peu plus réfléchi au sujet de Dash ? me demanda Tray en allant à sa voiture.

Oui. Je pense que nous devons le faire tomber avec Ryan. C'était ce que Tray avait suggéré. Il était logique qu'ils assistent au bal de l'hiver ensemble.

Une partie de moi souhaitait détruire son statut social comme nous l'avions fait pour Charlie, mais cela aurait été trop flagrant.

Et lui faire subir le même relooking que Carmen ne fonctionnerait pas non plus.

Alors je décidai qu'une humiliation publique pour Dash et Ryan était de rigueur.

— Tu as commandé les caméras ? demandai-je à Tray après m'être glissée dans la voiture.

Il boucla sa ceinture de sécurité et me sourit.

— Bien sûr que oui.

— Parce que tu savais que je céderais.

— J'espérais que ce serait le cas, avoua-t-il en mettant la voiture en marche. C'est aussi un moyen efficace de le détruire.

— En supposant que tes soupçons soient fondés, lui rappelai-je.

— Ils le sont.

— Tu es tellement sûr de toi.

— Toujours avec toi.

Il m'adressa un clin d'œil avant de sortir du parking de l'école.

— Mais ça signifie que tu dois mettre en route la phase finale. Tu peux le faire ?

Je soupirai, laissant retomber ma tête sur le siège.

— Oui. Je peux. Mais je n'y prendrai aucun plaisir.

Il ricana.

— J'espère bien que non.

— Oooh, tu vas être jaloux, Trayton Nacht ?

Il posa la main sur ma cuisse et la serra.

— Tu es à moi, Ella. Et je suis un Faë de Minuit. Notre possessivité est de notoriété publique.

— Vraiment ? Parce que ce n'est pas du tout ce que je ressens, mentis-je, souriant devant son air renfrogné.

— Je ne sais pas pourquoi j'ai électrocuté Ryan. Ce n'est pas comme si elle t'avait touché ou quoi.

Sa mine renfrognée laissa place à un rire.

— Tu es une méchante fille, Isabella Cinder.

— Est-ce que tu vas me pun…

Je ne terminai pas ma phrase, et grimaçai.

Non. Je n'arrivais même pas à le dire tant c'était ringard. Et ces mots avaient un goût horrible dans ma bouche.

Il éclata d'un rire franc et secoua la tête.

— Ne t'inquiète pas, ma colombe. Je ne suis pas du genre à aimer les punitions.

— Je veux dire, ne te méprends pas, je serais sûrement partante pour ça. Mais le dire ? À voix haute ? Ça ressemble à un film d'amour ringard.

— Je suis sûr que tu veux dire porno, chérie.

J'écarquillai les yeux.

— Les faë regardent du porno ?

Il me gratifia d'un autre de ces bruits amusés, le genre qui faisait faire un bond à mon cœur.

— Oh, Ella. Nous sommes des êtres surnaturels qui se repaissent de sang et de sexe. Qu'est-ce que tu en penses ?

— J'en pense que je voudrais que tu partages ton stock.

Il me jeta un regard de biais, puis se recentra sur la route. Son quartier se trouvait à quelques rues de là.

— Je préfère te montrer ce que j'ai appris. Personnellement.

— D'accord.

Je n'allais pas refuser cette offre.

— Mais seulement après un autre milk-shake.

J'en avais eu envie toute la journée, ce que je n'aurais jamais cru après l'avoir vu faire le premier. Cependant, ils faisaient désormais partie de mon alimentation quotidienne. Tray supposait que cela était dû au fait que mon côté faë rattrapait le temps perdu.

Mes pouvoirs augmentaient aussi. Je les sentais mijoter sous la surface, et je devais continuellement apprendre à les contrôler.

— Marché conclu, accepta Tray en relâchant ma jambe. Mais j'exige que tu le boives nue. Considère que c'est ta *punition*.

Je ricanai.

— Ça ressemble plus à une punition pour toi que pour moi, alors oui.

Il retroussa les lèvres.

— Nous verrons bien.

— C'est ce que nous verrons, effectivement.

Il s'avéra que c'était une punition pour nous deux.

Mais nous l'avions beaucoup appréciée.

ELLA

UN MOIS PLUS TARD

LES PREMIÈRES ANNÉES assistaient au bal de fin d'année en décembre.

Les terminales avaient le bal d'hiver au début du mois de février.

Les similitudes entre les deux rendaient cette soirée parfaite pour ce que nous avions prévu.

— *Waouh*, souffla Tray depuis le seuil de la porte, ses yeux parcourant ma robe noire et la fente qui remontait le long de ma jambe gauche jusqu'au milieu de ma cuisse. C'était l'une des tenues les plus osées que j'aie jamais portées, qui épousait ma silhouette aux bons endroits et avec un décolleté plongeant.

C'était le genre de robe que portent les top models lors d'un gala chic ou d'un événement de célébrités.

Et c'était parfait pour ce soir.

— Tu es vraiment mon « gardien des faë », Tray, le

taquinai-je en songeant à la conversation que nous avons eue après le bal de rentrée.

Parce qu'une fois encore, il avait choisi la robe, et c'était ma préférée à ce jour.

— J'emmerde les fées, se moqua-t-il en entrant dans la pièce dans un costume noir qui appelait au péché. Je suis entièrement faë, bébé.

Il enroula sa paume autour de ma nuque, me tirant vers lui pour un long baiser sensuel.

— Mon faë, murmurai-je dans un sourire.

— Ton faë, acquiesça-t-il en approchant sa bouche de la mienne.

Il avait le goût de la menthe fraîche. Je plongeai ma langue en lui, me laissant davantage aller en m'accrochant à ses épaules. *Mmmh, je pourrais faire ça toute la nuit.*

Moi aussi. Mais nous manquerions le bal.

Et ce serait vraiment dommage, songeai-je, incapable de retenir mon sarcasme.

— *Mmmh*, nous avons bien trop investi dans cette soirée pour la rater maintenant, me dit-il en mordillant ma lèvre inférieure. Ryan croit toujours que j'ai l'intention de te réduire en miettes.

— Je ne sais vraiment pas comment tu as réussi à la convaincre que c'était toujours ton intention, avec tout ce qui s'est passé.

Sa réputation à l'Académie était entachée après son comportement instable des derniers temps grâce à mes chocs provocateurs occasionnels.

Chaque fois que je me sentais mal de l'avoir fait, je me rappelais toutes les choses horribles qu'elle m'avait infligées au fil des ans. Le fait qu'elle veuille désespérément me fracasser ce soir ne faisait que m'encourager à continuer. Elle avait besoin qu'on lui donne une bonne leçon, et en appliquant ses propres méthodes. Peut-être qu'alors elle arrêterait de tourmenter les gens.

Et Carmen.

Oh, Carmen.

Elle portait désormais une perruque tous les jours et avait déjà commencé à consulter pour de la chirurgie plastique afin de réparer certaines des cicatrices, qui n'étaient même pas si graves. Malheureusement, sa personnalité n'avait pas beaucoup évolué, si ce n'était qu'elle chouinait plus qu'avant.

Donc elle n'avait pas encore vraiment appris sa leçon.

Je comptais y revenir après notre final de ce soir.

— Ces dernières semaines, la contrainte m'a aidé, admit Tray en posant son front contre le mien.

— Oui.

Je savais qu'il avait glissé de la contrainte dans ses déclarations. Après que les rumeurs eurent commencé à courir sur la perte de son titre de reine, Tray avait dû limiter les dégâts.

— J'ai hâte que tout ça soit terminé.

— Moi aussi, murmura-t-il contre ma bouche.

Nous étions tous les deux d'accord pour dire que l'obtention d'un diplôme d'études secondaires n'était pas vraiment nécessaire. Surtout après ce que nous avions découvert la semaine précédente concernant le testament de mon père. Et en plus de cela, ce diplôme n'aurait pas grande valeur à l'Académie des Faë de Minuit. Mais j'avais quand même l'intention de me présenter à l'examen. Mes programmes et mes notes avancés me permettraient d'obtenir un diplôme anticipé. Sans compter que le conseil d'administration n'aurait pas le choix si le plan de Tray se concrétisait la semaine prochaine.

Cela signifierait que je serais libre d'aller au royaume

des Faë de Minuit avec Tray, où je pourrais pratiquer ma magie librement.

Enfin.

— Emmène-moi au bal, Tray. Avant que je décide que ça ne vaut pas le coup de perdre notre temps et que je te demande de m'emmener au lit à la place.

Il sourit.

— *Mmmh*, si tu m'autorisais à tous les tuer, ça irait beaucoup plus vite.

Il le dit sur le ton de la blague, mais je savais qu'il le pensait.

— Ce sera mieux.

— Ça, c'est toi qui le dis ! lança-t-il en croisant ses doigts avec les miens avant de m'entraîner vers la porte. Je persiste à dire qu'une fin sanglante serait plus divertissante.

— Voilà le genre de réplique digne d'un vampire.

— Faë de Minuit, chérie. Pas vampire. Faë de Minuit, répéta-t-il en me regardant. Tu n'as pas lu le texte d'histoire que je t'ai donné ? Il expliquait clairement ce que nous sommes.

Je levai les yeux au ciel.

— Oui, Professeur Nacht. Je me souviens.

— Directeur Nacht, corrigea-t-il depuis le haut de l'escalier. Ou prince Trayton. Venant de toi, l'un des deux titres fera l'affaire au lit, ma chérie.

— Nacht le Mort sonne beaucoup mieux, lançai-je tout en le suivant vers le hall. Surtout si tu veux que je t'appelle par l'un de ces noms *dans la chambre*.

Il gloussa et m'attira contre lui pour m'embrasser près de la porte d'entrée, ses lèvres dominant légèrement les miennes.

— Je parie que je pourrais te convaincre du contraire.

— Peut-être, répondis-je dans un souffle en enroulant ma paume autour de sa nuque.

Je glissai ma langue dans sa bouche, me délectant de son goût une fois encore, et pressai mon corps contre le sien.

Son grognement d'approbation trempa la soie entre mes cuisses. Cet homme me faisait des choses vraiment diaboliques, et je l'adorais encore plus pour ça. Il passa un bras autour de ma taille et serra ma mâchoire avec l'autre main.

— Continue comme ça et nous n'arriverons jamais au bal.

— Tu n'as pas loué une autre limousine ? demandai-je en lui mordillant la mâchoire. On pourrait se réchauffer sur la banquette arrière.

Il gémit et m'entraîna dehors. La fraîcheur de l'air n'aida pas à dissiper la chaleur entre nous. Tray me porta presque jusqu'à la limousine garée dans la rue, en descendant l'allée récemment déneigée. La neige scintillait tout autour de nous sous la lune, créant le décor d'une nuit romantique dont j'aspirais à profiter au moins pour un petit moment.

Et Tray accepta volontiers.

Il me plaça sur ses genoux sur la banquette arrière et retrouva rapidement ma bouche. Ses mains remontèrent le long de mes flancs jusqu'aux bretelles de ma robe, les faisant descendre le long de mes bras pour dévoiler mes seins.

— Putain, j'adore cette robe sur toi, chuchota-t-il alors que ses lèvres descendaient jusqu'à mes pics qui durcissaient.

Il en saisit un dans sa bouche, ce qui me fit crier et me cambrer contre lui.

Je remarquai à peine le grondement de la limousine.

Je ne me posai même pas la question de savoir si le conducteur m'entendait ou s'il savait ce que nous faisions.

Tray séduisait mon corps de telle sorte qu'il réponde à tous ses désirs, ce qui me laissait à bout de souffle à me trémousser sur lui. Le fait d'avoir accès à son esprit ne faisait qu'intensifier l'expérience, entendre ses désirs et ses attentes me servant de carte intime pour naviguer. J'excellais à la suivre, mon sens de l'orientation était un talent que j'avais perfectionné sans relâche au fil des ans.

Il déboutonna son pantalon de costume. Fit glisser sa fermeture éclair. Et repoussa ma culotte sur le côté pour plonger en moi d'un seul coup de reins.

Oh, cette fente sur ma robe était bien pratique, car elle lui permettait de me prendre bien trop facilement avec tous nos vêtements encore intacts. Ce qui semblait seulement accroître ma passion pour lui.

La manchette en argent qu'il m'avait offerte était restée à la maison, me laissant libre de jouer avec mes nouveaux talents. Et je m'en servis pour le caresser, les ténèbres se déversant de moi en un nuage qui nous engloutit tous les deux.

Ce qui le poussa à aller plus vite.

Plus fort.

Pour m'emmener vers de nouveaux sommets et au-delà.

— Tu me tues, Ella, souffla-t-il, pantelant, son rythme s'accélérant alors qu'il s'emparait de ma bouche une fois encore.

Puis il n'y eut plus que nos halètements et nos gémissements, nos esprits et nos corps en totale harmonie.

C'était toujours comme ça entre nous : passionné, dévorant, et d'un autre monde. La plupart du temps, je n'arrivais pas à croire que c'était devenu ma vie.

À d'autres moments, je ne l'imaginais plus autrement.

Je jouis avec un gémissement, mon âme et mon cœur se réjouissant qu'il me suive rapidement dans l'oubli.

Jamais nous ne cessions de nous embrasser. Ni de nous toucher. Ni d'*exister*.

Même en redescendant de mon extase, j'en voulais davantage.

Malheureusement, ce ne serait pas possible avant la fin du bal.

Jusqu'à ce qu'on en ait fini une fois pour toutes.

Je l'embrassai profondément, libérant toutes mes émotions dans sa bouche avec ma langue, et il me rendit la pareille avant de m'aider à réajuster ma robe. Son utilisation ingénieuse du mouchoir de sa poche de poitrine me fit rire.

— Alors c'est à ça que cela sert… à nettoyer.

Il sourit.

— Eh bien, c'est l'un des usages.

Nous ne mettions jamais de préservatif car les maladies n'étaient pas un problème pour les faë, et les grossesses étaient apparemment contrôlées par l'homme.

J'avais des opinions bien arrêtées sur le sujet, mais Tray m'avait assuré qu'il ne déclencherait jamais rien sans m'en parler avant. Comme je pouvais lire dans ses pensées, je savais qu'il était sincère.

Il déposa un baiser sur ma tempe.

— Prête, Ella ?

Je hochai la tête et me relaxai à ses côtés.

— Oui.

Ce soir marquait la fin d'une époque.

Et le début d'une nouvelle.

ELLA

LE BAL d'hiver se tenait au même endroit que le bal de fin d'année, ce qui rendait le lieu sinistrement familier. Seulement, les décorations étaient bleues et argentées, pas rouges et vertes. Mais tout le reste me rappelait cette nuit fatale datant de plusieurs années auparavant.

Y compris le *prince* qui se tenait près de l'escalier. À contrecœur, je devais admettre que Dash avait bien vieilli, son beau visage étant légèrement plus marqué qu'en première année. Il était aussi plus grand d'environ quinze centimètres et avait les épaules plus larges. Mais je reconnaissais le salaud sous son apparence, cette même arrogance qui émanait de ses yeux trop bleus alors qu'il souriait à tous ceux qui l'approchaient.

Mon estomac se contracta quand il croisa mon regard.

Ma mission de ce soir l'incluait, et c'était précisément ce dont j'avais besoin, mais, *pouah*, je n'en avais vraiment pas envie. Néanmoins je me forçai à esquisser un sourire timide, comme je l'avais fait ces dernières semaines en faisant semblant de tolérer sa présence.

Il inclina la tête sur le côté en guise d'invitation tacite, et je hochai la tête.

Cela signifiait qu'il voulait me parler, ce qu'il avait fait deux fois au cours du dernier mois. Cependant, c'était toujours pour des sujets merdiques. Comme la météo ou les devoirs de classe. C'était tellement bizarre de discuter après des années de chamailleries sans fin.

Même si, en réalité, la plupart de ces disputes avaient été du fait de Charlie. Ce qui nous avait laissé Dash et moi sans moyens de communication. Comme si nous ne savions pas comment converser maintenant que nous ne nous battions plus.

Ce qui avait un impact à la fois positif et négatif sur mon plan d'attaque.

Il veut parler, annonçai-je à Tray en faisant un pas en avant. Tray m'avait volontairement laissée seule de ce côté de la salle, sachant que Dash en profiterait pour attirer mon attention. Tout notre plan reposait sur l'hypothèse que Dash était attiré par moi, ce que je ne croyais toujours pas. Mais j'allais jouer le jeu pour le moment, et voir si je ne pouvais pas trouver un moyen de le piéger.

Je vois ça, répondit doucement Tray. *S'il te touche, je ne pourrai pas m'empêcher d'intervenir.*

Il me fallut fournir un effort pour ne pas lever les yeux au ciel. *Je peux me débrouiller.* Dash ne me faisait pas tant peur qu'il me dégoûtait.

Oui, je suis au courant, mon amour. C'est moi qui vais avoir du mal à me contrôler dans ce scénario.

Pourtant, c'était ton idée, lui rappelai-je d'une voix chantante.

Non, je voulais le tuer. Tu m'as dit de penser à des alternatives, et c'était une suggestion que je regrette maintenant.

Ça va aller, lui promis-je en m'arrêtant devant Dash.

— Salut.

— Salut, répondit-il, mais son allure arrogante typique était absente. Est-ce qu'on pourrait… parler quelque part ?

Son ton et son attitude contrastaient fortement avec son approche lors du bal de rentrée, où il avait exigé que je lui accorde une danse.

Je faillis froncer les sourcils. Cela ne pouvait pas être si facile, n'est-ce pas ? *Je crois qu'il prépare quelque chose.*

Idem, approuva Tray. *Sois prudente.*

J'ai laissé ma manchette à la maison, lui répondis-je en souriant intérieurement. S'il tentait quoi que ce soit, Dash le regretterait amèrement.

— Bien sûr, dis-je en lui adressant un sourire crispé. Je te suis.

Il hocha la tête ; il avait une posture étrangement gênée.

Oui, il prépare vraiment quelque chose, en conclus-je.

Tray garda le silence, mais je sentis son énergie protectrice qui m'entourait d'une caresse réconfortante.

Aucun de nous n'avait encore vu Ryan, ce qui était étrange puisque Dash était son cavalier pour le bal. C'était peut-être là qu'il m'emmenait, dans une embuscade orchestrée par la garce. Cela ne m'aurait pas surprise.

Mais lorsque nous nous arrêtâmes dans un couloir bien éclairé sans le moindre assaillant en attende, je me renfrognai.

— Qu'est-ce qu'on fait, Dash ? lui demandai-je finalement, décidant qu'il n'y avait pas lieu de s'attarder.

— On parle, me répondit-il en se tournant vers moi.

Il arborait une expression différente de tout ce que j'avais jamais vu chez lui. Il avait presque l'air… triste. Contrit, même. Il se palpa la nuque et souffla un peu.

— Écoute. Je te dois des excuses, commença-t-il avant de grimacer en secouant la tête. Des tas, en fait.

— D'accord…

Je crois qu'il est sur le point de m'avouer quelque chose.

Bien. La caméra tourne déjà, me rappela Tray.

Parfait.

Celle dans le diadème que je portais sur la tête. Tray l'avait fixée à mes cheveux avant que nous ne sortions de la limousine. Une caméra était intégrée à l'une des boucles. Où il l'avait trouvée, ou comment elle avait été fabriquée, je n'en avais aucune idée. Cet homme possédait de nombreuses compétences qui m'impressionnaient, dont celle-ci.

Dash se racla la gorge et leva les yeux au plafond.

— Bon sang, je ne sais même pas par où commencer. Je ne suis pas passé prendre Ryan ce soir, malgré ses ordres contraires. Elle va être furieuse quand elle arrivera, et je suis sûr que je subirai le gros de sa colère. J'ai failli rester chez moi, mais je ne pouvais pas rester assis en sachant ce qui allait se passer ce soir. Il fallait que je te le dise. Que je te prévienne.

Oh, je ne m'attendais pas du tout à ce que cette conversation prenne un tour pareil.

— Me prévenir de quoi, Dash ?

Et il avait planté Ryan chez elle ? *Waouh.* J'aurais aimé être là pour voir son visage quand elle avait compris qu'il ne viendrait pas.

— Je suis désolé, Ella. Tu n'as pas idée du nombre de fois où j'ai voulu te le dire au fil des ans. Je me suis comporté comme une ordure avec toi au bal de fin d'année. Aucune excuse au monde ne peut justifier mon comportement, alors je ne vais même pas essayer. Mais pas un jour ne passe sans que je regrette mes actes.

Je fronçai les sourcils.

— Alors pourquoi l'as-tu fait ?

C'était la partie que je voulais qu'il avoue, le bout d'information que je destinais à l'école.

— Est-ce que ça a de l'importance ? me demanda-t-il d'un ton empreint de dérision. Nous savons tous les deux que Ryan et Carmen m'ont poussé à le faire, mais ce n'est qu'une excuse. Tout comme reconnaître que j'étais un gamin stupide tombé sous la coupe de deux garces de classe mondiale.

Voilà, me dis-je, triomphante. *Il l'a admis.*

Mais il n'avait pas terminé.

— Je les déteste, Ella. Et je déteste encore plus la personne que je suis quand je suis auprès d'elles.

Il lâcha sa nuque pour enfoncer ses mains dans ses poches. Il se tenait comme un garçon effrayé plutôt que comme le type intimidant qu'il avait l'habitude de montrer à l'école.

— Ces derniers mois m'ont… éclairé, dit-il en s'éclaircissant la voix. Tu leur as tenu tête, tu *nous* as tenu tête à tous pendant des années. Mais tu es passée à un tout autre niveau, ta confiance a grimpé en flèche.

Je ne savais pas comment répondre à ça. Alors je lui dis :

— Euh… d'accord. Merci ?

Il eut un rire nerveux et secoua la tête.

— Je suis en train de tout foutre en l'air. Ce que j'essaie de te dire, c'est que je suis un idiot. Le bal de rentrée a été un tournant majeur pour moi, à cause de ce que j'ai ressenti quand tu t'es enfuie… *encore une fois*. La première fois, j'étais un gamin idiot. Mais cette fois… je n'arrivais pas à croire les choses qui m'étaient sorties de la bouche ni la manière dont je t'avais touchée. J'ai réalisé à ce moment-là que je n'étais pas du tout l'homme que je veux être. Mais un bon gros con.

Bon d'accord, je ne m'attendais *vraiment pas* à ce que la conversation tourne comme ça.

Je ressentis la surprise de Tray à travers notre lien d'accouplement. Il s'attendait à ce que Dash fasse un geste, qu'il s'excuse pour son comportement pour s'attirer mes faveurs, de préférence sexuelles. Mais cela ne semblait pas être son but. En fait, j'avais surtout l'impression d'être un prêtre dans un confessionnal, en train d'écouter ce garçon expier tous ses péchés.

— Quoi qu'il en soit, je sais que c'est en partie grâce à Tray que tu as changé ces derniers temps, et c'est la raison de ma venue ce soir, continua Dash. Ça aurait été tellement plus facile de rester à la maison, de laisser Ryan mijoter, et de l'envoyer promener lundi. Mais après tout ce que je t'ai fait subir, je ne pouvais pas rester les bras croisés et la laisser te faire du mal encore une fois. Parce que ce truc qu'elle prévoit, ça peut détruire une personne. Et tu ne mérites pas ça, Ella. Putain, tu ne mérites *absolument pas* toutes ces merdes.

— Qu'est-ce que tu essaies de me dire, Dash ? voulus-je savoir, alors que mon estomac se contractait douloureusement. Qu'est-ce qu'elle prépare ?

— Ça fait des mois qu'elle ne parle que de ça.

Son regard partait vers le haut, sur les côtés, mais il ne me regardait jamais.

— C'est comme si elle *vivait* pour te faire du mal.

— Tu ne me dis toujours pas ce que je veux savoir, intervins-je, ma patience diminuant chaque seconde.

Parce que oui, j'étais parfaitement consciente de la haine de ma demi-sœur à mon égard, et sa tendance à me faire du tort.

— Crache le morceau, Dash.

Il tressaillit et planta ses yeux perçants dans les miens.

— Elle s'est débrouillée pour que tu sois couronnée

reine de l'hiver ce soir, et que Tray soit le roi. Ensuite, il annoncera à tout le monde que tout ceci n'était qu'un jeu pour gagner ta virginité. Que rien de tout cela n'était réel. Il se joue de toi depuis le début, Ella.

Mes épaules s'affaissèrent en signe de soulagement.

— Oh, ça.

Bon sang, pendant un instant j'avais cru qu'elle avait un autre tour dans sa manche, que je n'aurais pas anticipé. Celui-ci, je pouvais le gérer.

Dash sourit, les yeux écarquillés.

— Tu le savais déjà !

— Évidemment qu'elle le savait, annonça Tray qui nous rejoignit dans le couloir.

Mon malaise l'avait amené à se rapprocher de moi, je l'avais senti, prêt à botter le cul de Dash à la moindre occasion. Alors quand il me prit dans ses bras, je me fondis en lui avec un soupir de contentement.

— Oui, je savais. Il me l'a dit après le bal de rentrée.

Tray m'embrassa sur la tempe et me serra plus fort.

— Je n'ai pas l'intention de suivre les ordres de Ryan ce soir. Parce que, contrairement à toi, je n'ai pas peur de cette garce ni de ses pauvres menaces. Elle peut aller se faire voir.

Dash passa ses doigts dans ses cheveux, dans une posture toujours aussi abattue et très différente du Dash Charming que je connaissais depuis des années.

— Je suis content que tu sois là, dit-il au bout d'un moment. Et que tu aies rencontré Ella. Elle mérite quelqu'un comme toi.

— Faux, elle mérite quelqu'un de mieux que moi. Mais j'ai de la chance qu'elle me supporte quand même.

Je levai les yeux au ciel et le poussai du coude.

— Peu importe, Nacht. Je te tolère à peine.

Il rit et son amusement réchauffa notre lien.

—Juste à peine.

— C'est vrai, affirmai-je avec un haussement d'épaules.

Dash nous regardait en souriant.

— J'aurais dû comprendre que tu n'entrais pas dans le jeu de Ryan, mais tu m'as convaincu du contraire. Elle va être folle de rage quand elle réalisera que tu t'es foutu d'elle.

— Comme si ça m'intéressait, dit Tray. Comme je te l'ai dit, elle ne me fait pas peur.

— C'est ce que je vois, répondit Dash en s'éclaircissant la voix et en se redressant. Eh bien, en tout cas, je suis content que tu sois là. Et, Ella, je suis désolé. Je sais que ça ne représente rien dans le grand ordre des choses, que je te dois bien plus que de simples excuses, mais tout ce que je peux faire, c'est essayer.

— C'est pour cela que tu lui as parlé des plans de Ryan ce soir, ajouta Tray.

Dash hocha la tête.

— Je ne voulais… commença-t-il avant de déglutir avec une grimace. Je ne voulais pas que cette soirée-là se répète. Et je savais que ce serait bien pire, parce que jamais elle ne m'a regardé comme elle te regarde toi. Le genre de destruction que prévoit Ryan, ou du moins qu'elle prévoyait… ça peut vraiment foutre quelqu'un en l'air.

Il laissa ses paroles flotter entre nous trois.

Sous mes talons, les battements légers de la salle de bal vibraient, au rythme de mon pouls.

— Le départ de Charlie t'a adouci, lui dit finalement Tray.

Dash haussa une épaule.

— Je ne sais pas si je me suis adouci, mais cela m'a obligé à relativiser certaines choses. Ce type était un véritable enfoiré.

— Toi aussi, lui fit remarquer Tray.

— Effectivement, acquiesça-t-il. Mais je travaille à réparer ça.

Il y a trois mois encore, j'aurais dit que c'était des conneries. Mais je ne pouvais pas nier que son comportement avait changé depuis le départ de Charlie. Et sa manière de venir me voir ce soir indiquait qu'il était sincère.

Je ne crois pas qu'on puisse montrer ça à l'école, dis-je à Tray en déglutissant.

Notre plan initial était de lui faire avouer que Ryan l'avait encouragé à me tourmenter, puis de le mettre sur le gril avec elle. Même si techniquement il le méritait, je ne voyais pas l'intérêt de châtier un type qui manifestement se punissait déjà et tentait de changer en même temps.

Je sais, murmura-t-il en retour. *J'ai éteint le flux avant de vous rejoindre dans le couloir.*

— Eh bien… dit Dash avant de se racler une nouvelle fois la gorge. Je vais, euh, vous laisser profiter du reste de votre soirée.

Il fit un pas, mais Tray se plaça en travers de son chemin.

— Juste pour être clair, la seule raison pour laquelle je ne t'ai pas botté le cul pour avoir blessé Ella, c'est que je sais qu'elle n'approuverait pas. Et je ne voulais pas non plus lui en retirer l'opportunité au cas où elle voudrait te tabasser comme tu le mérites. Mais si tu souffles un mot de tout ça à Ryan avant qu'on ait une chance de finir ce jeu, je te détruirai d'une manière que tu ne peux même pas imaginer.

Mon compagnon irradiait de pouvoir. Dash ne le voyait pas, mais il le *ressentait* sans la moindre équivoque. Et ses yeux écarquillés confirmèrent mes soupçons.

— Je ne sais pas ce que vous avez prévu pour Ryan,

mais je ne me mettrai pas en travers de votre chemin. Et je ne lui soufflerai pas un mot de tout ça.

— Tu as plutôt intérêt, murmura Tray d'une voix grave et mortelle. Parce que je le saurai. Et que tu le regretteras.

Il laissa planer cette menace entre eux avant de revenir vers moi.

— Continue sur cette voie, Charming. C'est la bonne.

Cela ressemblait presque à une prophétie, mais je savais, pour en avoir discuté avec Tray, que les Faë de Minuit n'étaient pas des voyants. Mais il semblait que ce genre de faë existaient, les Faë du Destin.

Je frissonnai quand Tray passa le bras autour de ma taille.

Nous observâmes le départ de Dash, dont les épaules s'affaissèrent encore une fois. C'était si étrange de le voir apparaître faible après avoir dirigé l'académie pendant si longtemps.

— Tu crois qu'il va vraiment changer ? me demandai-je à haute voix.

— Je pense qu'il est déjà en train de changer, me répondit Tray qui me serra contre lui. Je ne m'attendais pas à ce que les choses se déroulent ainsi après avoir supprimé Charlie de l'équation, mais je ne peux pas dire que je suis déçu.

— Moi non plus, admis-je. Mais je ne crois pas que ce sera aussi facile avec les autres.

Il ricana.

— Non, ta méchante sorcière de demi-sœur n'a pas de cœur. C'est pourquoi je vote encore pour la brûler vive.

Je secouai la tête en souriant.

— Tu veux vraiment la tuer.

— C'est un fantasme que j'aimerais voir se réaliser.

— Que dirais-tu de la mettre sur le gril en public à la place ? lui suggérai-je.

Il baissa les yeux vers moi.

— Il me semblait que tu venais de dire que je ne pouvais pas la tuer ? Mais oui, ça me plairait de la voir sur le gril !

— Je te parlais de la ridiculiser, pas d'un vrai feu, Nacht.

Parfois, nos origines s'entrechoquaient et je devais jouer les interprètes faë pour la langue humaine.

Je lus la déception sur ses traits.

— Et moi qui pensais qu'il y aurait un bain de sang ce soir.

— Eh bien, cela reste à voir.

Tout dépendait de la manière dont cela se déroulerait.

Juste à cet instant, une annonce retentit depuis la salle de bal, avertissant la cour royale que les festivités commençaient dans trente minutes.

Ryan était peut-être énervée que Dash lui pose un lapin, mais elle ne manquerait ça pour rien au monde.

Ce qui signifiait qu'elle serait bientôt là.

— Que la fête commence, dis-je en prenant la main de Tray.

— Non, bébé, répondit-il en glissant ses doigts dans les miens. Nous ne commençons rien. Nous y mettons un point final.

TRAY

OH, Ryan était furieuse.

Tout le monde s'écarta d'elle alors qu'elle fonçait vers Dash, de la vapeur lui sortant presque littéralement de ses oreilles. Elle l'attrapa par le bras et l'entraîna à l'écart du groupe de filles avec lesquelles il discutait, sa rage atteignant son point culminant.

— C'est quoi ce bordel ?

Il se dégagea de son emprise et recula d'un pas.

— Je crois que c'est ma réplique, Ryan. Qu'est-ce qui te fait croire que tu peux me toucher comme ça ?

— Oh, je ne sais pas. Peut-être le fait que tu es *mon rendez-vous* et que tu n'es pas venu me chercher pour m'emmener dîner, que tu m'as fait attendre plusieurs heures et que je te retrouve ici avec ces pétasses ?

— Je n'ai jamais accepté d'être ton rendez-vous, répondit-il d'un ton froid. Tu t'es fait des idées, et ce n'est pas mon problème.

Il voulut se détourner d'elle, mais elle poussa un hurlement qui lui fit hausser un sourcil.

— Qu'est-ce qu'il y a encore, Ryan ?

— Comment *oses-tu* me poser un lapin ?

— Te poser un lapin ? ricana-t-il. On ne s'appartient pas l'un à l'autre, tu te souviens ? Tu t'es montrée limpide à ce sujet il y a trois ans, ajouta-t-il avec un sourire condescendant. Si tu as changé d'avis, j'en suis navré, mais il est trop tard. Ça fait un certain temps que tu ne m'intéresses plus.

Elle resta bouche bée, ses habituelles réparties incendiaires se perdant dans le brouhaha qui les entourait.

Eh bien, que voilà un rebondissement amusant dans nos plans pour la soirée, songea Ella à côté de moi, qui souriait. *Il vient de l'humilier publiquement à notre place.*

Oh, et ce n'est qu'une mise en bouche, ma chérie. J'avais prévu un discours qui démolirait la réputation de Ryan.

Ella appréciait le symbolisme du fait que ce soit moi qui prenne la parole ce soir, puisque c'était Dash, toutes ces années auparavant, qui avait annoncé ses véritables intentions à l'école. Il m'avait paru approprié de faire de même ce soir, d'une manière similaire, mais avec des mots très différents.

La musique fut réduite à un fond sonore en sourdine alors que deux des administrateurs de l'Académie Darlington montaient sur scène. *Étaient-ils présents au bal de fin d'année ?* demandai-je alors qu'une idée germait dans ma tête.

Oui. Ella plissa les yeux en les regardant. *Ils feignent toujours de ne pas voir ce qui se passe. Cette soirée-là n'a pas fait exception.*

Oh, ce soir, ils vont voir, lui promis-je.

Ella savait ce que j'avais fait, même si je ne l'avais jamais admis à voix haute. Le fait qu'elle ait accès à mon esprit m'empêchait de lui cacher quoi que ce soit. J'avais ressenti son adhésion dès qu'elle avait découvert mes intentions, car ses pensées étaient presque toujours en phase avec les miennes.

C'était pour cela que nous formions une bonne équipe.

J'ai hâte d'entendre ton discours de remerciement, ronronna-t-elle à mon attention en me conduisant vers la scène, sa main dans la mienne.

Quand nous atteignîmes la plate-forme, je l'attrapai et l'embrassai passionnément sur la bouche. Quand je me retirai, Ryan m'adressa un regard entendu. Car elle pensait que je l'avais fait uniquement en guise d'adieu.

Je lui adressai un clin d'œil pour la laisser croire ce qu'elle voulait, et passai un bras autour des épaules d'Ella. Pendant ce temps, Dash se postait loin de Ryan, de l'autre côté de la scène. Il me jeta un regard d'avertissement, me mettant au défi de faire le moindre faux pas.

Ce qui confirmait une fois encore les sentiments qu'il avait pour Ella. Je l'avais cru simplement attiré par elle, mais après la scène dans le hall, sa manière d'essayer de la protéger, je soupçonnais que ce soit plus profond. Et le défi dans son regard à cet instant me le fit bien comprendre.

Tu as eu ta chance avec elle, lui affirmai-je avec les yeux. *Elle est à moi maintenant.*

Non pas que je l'aie jamais vraiment considéré comme un adversaire.

Depuis sa naissance, Ella m'était destinée. Nos âmes l'avaient confirmé quand nous nous étions accouplés, et ce lien entre nous était incassable.

Elle se pencha sur moi, le regard pétillant. *Même si tu as raison à propos de ses sentiments, ils ne seront jamais réciproques.*

Je sais.

Alors cesse d'essayer de le tuer avec ton regard. Elle se hissa sur la pointe des pieds pour déposer un baiser sur ma bouche.

Je te fais confiance, Trayton Nacht. Maintenant, détruis ma demi-sœur, s'il te plaît. Je veux rentrer à la maison.

Je fis la moue. Je faillis demander si cela impliquait que je pouvais faire brûler cette garce, mais la cérémonie débutait par le couronnement du roi et de la reine d'hiver.

Je ne comprenais vraiment pas l'obsession humaine pour ce genre de titres, mais je supposai que le fait de vivre dans une vraie famille royale avait un peu biaisé mon point de vue.

Ella fut la première à recevoir sa couronne et joua à merveille le rôle d'une personne choquée et stupéfaite, alors que dans son esprit elle se fichait de cette tradition stupide.

— Comme j'ai déjà un diadème, dit-elle en me jetant un regard, je vais juste la tenir pour le moment jusqu'à ce que Tray puisse m'aider à arranger mes cheveux

— Tu étais déjà une princesse pour moi, chérie, lui répondis-je assez fort pour que tout le monde entende.

Ryan ricana.

D'autres soupirèrent.

Les administrateurs sourirent.

Ella revint à mes côtés, son excitation était contagieuse. Il y avait dans ses pensées un soupçon de nervosité, rappelant les blessures passées, mais chaque inquiétude était suivie d'une explication.

Tray ne me fera pas de mal. C'est mon compagnon. Tout va bien se passer. Ryan va tomber.

Je ne répondis pas, me préparant pour le discours que j'étais sur le point de prononcer.

Lorsque les administrateurs appelèrent mon nom, m'annonçant comme roi de l'hiver, je leur jetai un regard et ignorai leur foutue couronne. C'était une copie en plastique bon marché très différente du diadème que j'avais posé sur la tête d'Ella plus tôt dans la soirée. Elle ne le savait pas, parce que je le lui avais caché, mais c'était en réalité un héritage familial imprégné de magie faë.

Elle écarquilla les yeux quand je le lui révélai en pensées.

Tu es une princesse maintenant, lui rappelai-je. *Ne l'oublie jamais.*

Mon gardien des fées, répliqua-t-elle, me faisant sourire alors que je prenais le micro.

— *Waouh.* Le roi de l'hiver.

Je fis semblant d'y réfléchir pendant un moment.

— Pour être honnête, je ne pourrais pas imaginer de titre plus ridicule. Pourquoi voudrais-je être le roi d'hiver de cet endroit épouvantable ?

Je reportai mon attention sur les administrateurs choqués.

— Je veux dire, la quantité de choses que vous laissez se produire ici est tout simplement ahurissante. Permettez-moi de vous faire une démonstration.

Je décrochai le micro de son support avant qu'ils ne puissent me le prendre et me mis sur le côté pour voir Ella et Ryan en même temps.

Cette dernière affichait un sourire triomphant.

Ella, en revanche, avait une posture royale qui aurait rendu ma mère fière, et probablement la sienne aussi.

— Tu sais, mon chou (je choisis délibérément un surnom que je n'avais jamais utilisé pour Ella), ces derniers mois ont été intéressants. Tous ces jeux.

Je secouai la tête.

— Je veux dire, honnêtement, je suis choqué que tu sois tombée dans le panneau. Tu penses vraiment que je voudrais de toi ? Alors que je pourrais l'avoir, elle ?

Ella tressaillit, même si je ne m'adressais pas à elle mais à Ryan. Ces paroles évoquaient trop bien le discours de

Dash il y a des années, et les halètements de la foule qui en résultaient aussi.

— Pendant que tu te prenais au piège dans ma toile, j'ai soigneusement démantelé la moindre facette de ta vie. Tout cela contre la promesse de te mettre dans un lit, ce que je n'ai jamais eu envie de faire.

— Monsieur Nacht, intervint une voix féminine, celle de la professeure Montgomery qui se tenait sur le côté de la scène, blême. Donnez-moi ce micro tout de suite.

— Non, je n'ai pas fini.

Et il était hors de question qu'elle me le prenne maintenant.

— Et même si j'apprécie que vous ayez enfin une conscience et que vous défendiez vraiment votre élève, vous avez trois ans de retard. Parce que soyons honnêtes, toutes vos tentatives précédentes n'ont pas été couronnées de succès.

Elle protégeait aussi la mauvaise fille.

Ryan poussa un gloussement ignoble et cruel.

— Continue, m'encouragea-t-elle.

— Oh, j'en ai bien l'intention, lui dis-je avec un sourire rayonnant. Quand tu m'as proposé de séduire ta demi-sœur et de lui briser le cœur en public, je n'aurais pas pu être plus heureux. Parce que tu m'as donné le pouvoir de te détruire à sa place.

Un silence de mort suivit cette déclaration.

Et Ryan en resta bouche bée.

Belle manière de plonger dans le vif du sujet, remarqua Ella dans ma tête.

Rien de tel que le présent, répliquai-je.

— Tu sais, je me demandais comment quelqu'un pouvait être assez vicieux pour s'offrir… Oh, attends, non ! C'est un plan à trois entre Carmen et toi que tu m'as promis, non ? Oui, mais je passe mon tour, chérie. Ella me comble d'une manière telle qu'aucun d'entre vous ne pourra jamais intégrer. Mais revenons à ce que je disais. J'ai voulu comprendre comment quelqu'un pouvait faire preuve d'une telle cruauté envers une autre personne, *a fortiori* un membre de sa famille.

Je plongeai la main dans ma poche pour en ressortir mon téléphone.

— Cependant, après avoir creusé un peu avec Ella, nous en avons découvert la raison.

Mon regard se tourna vers ma compagne, scrutant ses traits et son esprit à la recherche d'une quelconque détresse ; elle semblait parfaitement à l'aise.

Alors je continuai :

— Au cas où ce ne serait pas encore assez explicite – je sais que certains d'entre vous ont besoin que ces choses leur soient expliquées –, Ryan m'a engagé pour coucher avec Ella et la larguer devant l'école. Un peu comme ce qui s'est passé il y a quelques années au bal de fin d'année, mais en pire, puisque j'étais censé ravir son cœur. Ce que je crois avoir fait.

Je haussai un sourcil en regardant ma compagne.

Elle me sourit simplement, d'un air discret, secret.

Petite sournoise, l'accusai-je d'un ton taquin.

Délectable fée, répondit-elle.

Je faillis soupirer à voix haute. *Tu te rapproches de plus en plus de ta punition, El.*

N'hésite pas, Nacht.

Je souris.

— Oui, pour ceux qui se poseraient la question, Ella est au courant des intentions de sa demi-sœur depuis un moment maintenant, dis-je en soutenant son regard.

J'ignorai tous les chuchotements qui fusaient dans la pièce, ainsi que le grognement de Ryan qui en découla.

Mais un mouvement de l'autre côté de la scène me fit

envoyer un éclat de magie pour retenir les administrateurs, qui avaient commencé à se diriger vers moi. Ils attribueraient cette impression au fait que leurs membres étaient bloqués par le choc.

En réalité, je les avais figés.

Parce que je n'avais pas fini.

— Ah, le voilà.

Je consultai ostensiblement mon téléphone, et affichai le testament qu'Ella et moi avions découvert récemment. Puis je me raclai la gorge pour commencer à lire. Une fois que ce que j'avais entre les mains fut devenu évident aux yeux de tous, je marquai un temps d'arrêt pour regarder Ryan.

— En fait, il y a tout un tas de conneries juridiques avec lesquelles je ne veux pas ennuyer le public. Venons-en à la partie importante, celle où Tremaine Cinder, le père d'Ella, pour ceux qui ne seraient pas attentifs, a déclaré Isabella Cinder seule héritière de sa fortune. Clarissa Cinder est désignée comme tutrice légale de la succession, mais uniquement jusqu'au dix-huitième anniversaire d'Isabella. Lequel a eu lieu quand, chérie ?

— Il y a environ cinq mois, confirma-t-elle.

— Oui, ce qui signifie que tout t'appartient.

Je feignis d'être choqué en me concentrant à nouveau sur une Ryan fulminante.

— Tu ne le savais sûrement pas ? demandai-je en souriant, abandonnant ma comédie. Sauf que nous savons tous que tu étais au courant. Et toutes ces années, depuis que tu as appris la vérité, à savoir que tu ne serais *rien* sans ta magnifique, intelligente et rusée demi-sœur, tu as essayé de soumettre Ella.

Je fis face aux administrateurs, ajoutant :

— Ce qui signifie aussi que Clarissa Cinder n'avait absolument aucun droit de signer tous ces chèques que vous avez encaissés ces derniers mois et qui permettent à ses enfants de semer la terreur dans les couloirs.

Ella sourit. *Lâcher de micro.*

Je souris à mon tour. *En effet.* C'était une phrase humaine que j'appréciais. Même si j'étais tenté de littéralement lâcher le micro. Cela produirait un joli son capable de sortir la salle de sa stupeur.

— Donc, Ryan, tu vis dans une maison sur laquelle tu n'as aucun droit, tu conduis une voiture qui n'est pas la tienne, et tu fréquentes une académie que tu ne pourrais jamais te payer sans la permission d'Ella. C'est fascinant que tu aies décidé de m'impliquer dans votre petit drame familial. Tout ça pour quoi ? La promesse d'une nuit avec toi. Ce qui me ramène à la question : comment as-tu pu imaginer que je te choisirais plutôt qu'Isabella ?

Je la regardai avec un dégoût évident.

— Pas même si tu me payais, mon chou.

— Je pense que ça suffit, Monsieur Nacht, tenta de nouveau la professeure Montgomery.

— Je ne suis pas d'accord, Peggy, répondis-je. Parce que, voyez-vous, l'Académie est sur le point de passer sous une nouvelle direction. Quand j'ai fait part à Père de la mauvaise gestion de cet établissement et des manigances autorisées au sein de ces locaux, il a mis en place certaines mesures… et par là, je veux dire un nouveau propriétaire.

C'était la partie dont je n'avais pas discuté ouvertement avec Ella, mais elle était au courant grâce à notre lien. Et même si elle pensait que c'était un gaspillage de ressources, elle était d'accord avec ma façon de penser.

Parce que posséder l'Académie garantissait que rien de tel ne pourrait se reproduire.

Cela nous permettait également d'assurer qu'elle obtienne son diplôme en avance, critère exigé pour l'héritage de sa mère. Non pas qu'Ella avait vraiment besoin de cet argent après la somme faramineuse que son père lui avait léguée, mais à ce stade, c'était une question de principe. De plus, elle méritait son diplôme après toute la merde qu'elle avait supportée pendant les trois dernières années et demie. Et je ferais en sorte qu'elle puisse le recevoir sans avoir besoin de remettre un pied dans cet endroit horrible.

Évidemment, les choses étaient sur le point de changer de manière radicale.

— Je crois que la majorité d'entre vous sera renvoyée lundi, ajoutai-je avec un sourire. Je vous suggère de travailler sur vos CV demain.

Avec un soupir de satisfaction, je souris à ma compagne.

— Est-ce que j'ai oublié quelque chose, ma chérie ?

— Non, je pense que c'est tout ce qu'il y a à dire. On peut aller…

La paume de Ryan manqua de peu de toucher le visage d'Ella, mais ma compagne attrapa le poignet de sa demi-sœur avant qu'elle n'achève son geste.

Et elle fit reculer la garce de plusieurs mètres avec un choc que je ressentis à travers le lien.

Le hurlement que Ryan poussa me fit grimacer.

Ella l'avait bien choquée.

Mais aux yeux de la salle, elle avait poussé Ryan. Du moins, c'était l'interprétation de leur cerveau. Toute autre explication aurait été trop dure à encaisser pour un esprit mortel.

— Ne me touche pas, cingla Ella, sa voix portant à travers la pièce silencieuse. Ton règne sur ma vie a pris fin il y a des mois, Ryan. Mais mon emprise sur la tienne ne fait que commencer. Parce que je vais reprendre la maison et tous les biens que ta mère m'a volés.

Elle fit un pas en avant pour toiser la femme qui se recroquevillait sur le sol.

— Mais ne t'inquiète pas, *sœurette*, poursuivit Ella. Je vous donnerai à toutes une pension pour vivre. Vous aurez juste assez pour ne pas vivre dans la rue jusqu'à ce que vous ayez votre diplôme dans un lycée public. Ensuite, vous pourrez travailler et gagner votre argent.

Elle me tendit la main.

—Je suis prête à partir maintenant.

Je lus entre les lignes.

Elle ne parlait pas de rentrer chez moi, ici à Darlington, mais dans le royaume des Faë de Minuit.

Là où était notre place à tous les deux.

Je croisai les doigts avec les siens et me servis de l'autre pour rendre le micro.

— Oh, j'ai fini, dis-je à l'assemblée avec un sourire. Profitez de votre bal de l'hiver.

La stupeur de la salle nous suivit jusqu'à la porte.

Nous sortîmes sans un regard en arrière.

Nous en avions fini avec le présent et nous nous dirigions résolument vers l'avenir pour créer notre propre fin de conte de faë.

Ensemble.

ÉPILOGUE

ELLA

— *PFF,* ta mère me tue avec ces robes.

Chaque fois que nous passions l'été chez ses parents, elle insistait pour m'habiller comme une petite poupée. Cette femme me considérait comme la fille qu'elle n'avait jamais eue, et comme Kols avait refusé d'accepter sa compagne, j'étais seule dans ma misère.

Certes, la compagne de Kols, Emelyn, n'aurait rien arrangé à l'affaire.

Merde, ç'aurait même été pire avec cette garce !

Alors oui, je préférais mon destin plutôt que de l'avoir comme belle-sœur. Elle aurait fait honte à Ryan.

— Oh, je ne sais pas, dit Tray qui avait entendu mes pensées. Je crois qu'elles feraient bien la paire enfermées dans un placard. On pourrait ajouter Carmen pour s'amuser, leur donner des couteaux, et regarder le carnage.

— Pour une fois, je pourrais approuver avec ton idée mortelle.

Alors que j'avais quasiment tout pris à Ryan et Carmen, elles n'avaient toujours pas acquis la moindre once d'humanité.

Le seul point positif de tout cela était qu'elles avaient

peu d'influence sur les autres. Elles n'avaient plus qu'à se rendre mutuellement folles, et Clarissa aussi. Apparemment, le grand public était à l'abri d'elles. Pour l'instant. Mais je continuerais de veiller, et à présent que je maîtrisais la plupart de mes talents, je les utiliserais si nécessaire pour garder ces garces dans le droit chemin.

Heureusement, Dash était devenu un type plutôt agréable, ses études à Harvard se passaient bien et il avait une petite amie régulière depuis plus d'un an maintenant. Nous n'avions pas gardé contact, mais Tray l'avait gardé à l'œil, prêt à intervenir si nécessaire. Mais à l'évidence, il était sérieux quand il avait prétendu vouloir changer.

Quant à Charlie, il était dépassé depuis la faillite d'Anderson Motors.

Personne n'avait eu de nouvelles de lui depuis plus d'un an.

Et je ne me souciais pas assez de lui pour en chercher.

Tray saisit la fermeture éclair dans mon dos pour m'aider à sortir de ma robe et m'embrassa sur la nuque.

— Nous allons bientôt retourner à l'Académie, ma colombe, chuchota-t-il, répondant à ma plainte concernant toutes les robes.

— Où je serai coincée dans des uniformes, complétai-je en le regardant par-dessus mon épaule.

Il avait omis de mentionner cette petite exigence quand il m'avait parlé de l'Académie. Apparemment, mon existence se résumait à porter les mêmes vêtements que tout le monde.

Il sourit.

— Encore une année. Ensuite, nous aurons terminé.

L'idée d'en avoir fini avec nos études améliora grandement mon humeur. Même si je ne savais toujours pas quelle était ma place dans ce monde, j'étais impatiente d'apprendre avec Tray à mes côtés. Il rejoindrait le Conseil en raison de son droit de naissance, assurant le poste de second auprès de son frère, le futur roi.

Ce qui me fit songer…

— Comment s'est passée la réunion ?

Il venait de rentrer d'une convocation urgente. Je sentis son agacement à travers notre lien, et haussai les sourcils en réponse.

— C'est mauvais à ce point ?

Tray m'aida à retirer ma robe et me tendit un de ses T-shirts, la tenue que j'avais choisie pour dormir.

— Oui. C'est mauvais.

Il retira sa cravate et entreprit de déboutonner sa chemise avant de passer à ses boutons de manchette. Je me glissai sous les draps pendant qu'il retirait sa veste, et attendis qu'il ôte le reste de ses vêtements.

Il me rejoignit en boxer, les épaules voûtées, soupirant.

— Shade a mordu une Faë Élémentaire.

J'écarquillai les yeux.

— *Quoi ?*

Je connaissais un peu leur espèce. Elles étaient divisées en cercles en fonction de leur affinité pour la terre, l'air, l'eau, le feu ou l'esprit. Et n'avaient pas besoin de sang humain pour survivre.

— Oui. Et ce n'est pas n'importe quel Faë Élémentaire, mais une Faë royale de la Terre, dit Tray en passant ses doigts dans ses cheveux épais. Mon père est fou de rage.

— Évidemment.

C'était illégal de s'accoupler en dehors de notre race. Le fait que je sois une Halfeline était la seule exception à cette règle.

— Que vont-ils faire ?

— Ils l'envoient à l'Académie.

Il me regarda, et je sus que je n'allais pas aimer ce qu'il dirait ensuite.

— Et ils l'intègrent à notre suite dans le quartier Élite. Plus précisément, ils veulent que tu partages une chambre avec elle.

Je cillai.

— Quoi ? Pourquoi ?

— Pour garder un œil sur elle jusqu'à ce qu'ils trouvent comment gérer la situation, marmonna-t-il. Écoute, ça ne m'emballe pas, mais j'aime mieux ça plutôt que la tuer. Ce qui était l'autre option sur la table.

— Tuer une royale ?

— Ils ont peur de l'influence de la morsure de Shade sur ses pouvoirs, expliqua-t-il en s'effondrant à côté de moi sur le lit, secouant la tête. Quel sale enfoiré ! Et bien évidemment, ils le laissent aussi rester à l'Académie. Il a reçu l'ordre strict de ne plus la mordre, mais nous savons tous deux que ça ne l'arrêtera pas.

— Est-ce qu'ils ont perdu la tête ? Il devrait être enfermé pour lui avoir fait ça.

— Ils lui accordent le bénéfice du doute pour avoir signalé le crime.

L'expression de Tray m'indiqua ce qu'il en pensait.

—Je le soupçonne de l'avoir fait à dessein.

— Pourquoi ? Pourquoi ferait-il une chose pareille ?

—J'en suis au même point que toi, souffla-t-il. Alors je suppose que notre dernière année va s'avérer intéressante. Ils la transfèrent à l'Académie ce soir.

Je fronçai les sourcils.

— Mais les cours ne commencent pas avant une semaine.

— Le directeur Zeph est chargé de lui faire découvrir les lieux et de l'aider à s'installer.

Ses yeux sombres se rivèrent sur les miens.

— Cela donne six ou sept jours pour nous préparer à notre inévitable présentation.

— Et je suis censée vivre avec elle ?

— Tu es la seule femme dans notre suite, m'expliqua-t-il. Et mon père a été très clair sur le fait qu'elle devait rester auprès de Kols et moi pour sa protection.

Il se releva sur un coude et posa la main sur ma joue.

— On va trouver une solution, El. Le Conseil veut juste qu'on l'aide à s'acclimater. C'est tout.

— Et si elle ne veut pas *s'acclimater* ? m'enquis-je en fronçant les sourcils.

— Alors c'est une bonne chose qu'elle t'ait, répondit-il en remuant les sourcils. Je n'ai jamais rencontré de femme plus forte et plus têtue de toute ma vie. Tu deviendras sa meilleure alliée en quelques jours. J'en suis certain.

Je ricanai.

— Ou alors nous nous entretuerons.

Je ne m'entendais pas avec beaucoup de faë sur le campus, ce qui n'était pas surprenant vu que j'avais grandi sans amis. Quelques personnes étaient plutôt sympas. Mais j'évitais la plupart car les gens étaient soit jaloux de mon accouplement avec Tray, soit ils avaient un souci avec mon statut d'Halfeline.

— Je suppose que nos histoires rares nous feront des points communs.

Entre moi qui suis la seule de mon espèce sur ce campus et elle qui vient d'un tout autre monde.

— C'est bien l'idée, mon amour, murmura-t-il en me poussant sur le dos avant de glisser une cuisse entre mes jambes. À présent, je suggère que nous passions les prochains jours à nous perdre dans les draps, car nous n'aurons peut-être pas autant d'opportunités à notre retour.

Je levai les yeux sur lui.

— *Mmmh-mmh.* Parce qu'avoir d'autres personnes dans notre suite nous a déjà arrêtés auparavant, peut-être ?

— Hé, c'est une toute nouvelle entité. Qui sait quel impact cela aura sur notre vie sexuelle ?

Il frotta son nez dans mon cou.

— Je crois que tu cherches juste des excuses pour faire le fou.

— Je n'ai jamais besoin d'une excuse pour faire le fou avec toi, El, murmura-t-il contre ma gorge. Ou pour te mordre. Ou pour t'aimer. Ou pour t'embrasser.

Il fit glisser ses lèvres jusqu'à mon oreille.

— Ou pour te sauter.

Ses mots me firent me cambrer contre lui, mon corps déjà préparé par son retour.

Je le connaissais depuis presque trois ans et il m'attirait toujours autant, d'un simple regard. En fait, mon attirance pour lui n'avait fait que croître avec le temps.

J'enroulai les bras autour de son cou pour le retenir.

— Fais-moi l'amour, Tray, murmurai-je. Lentement et avec du sens. Au moins la première fois.

La seconde pourrait être aussi brutale et intense qu'il le voudrait. Mais pour l'instant, j'étais d'humeur à ressentir notre connexion, à savoir combien nous nous aimions.

— Avec plaisir, compagne, dit-il avant de capturer ma bouche avec la sienne.

Je t'aime, soufflai-je dans son esprit.

Je t'aime aussi, El.

Et il le fit.

Encore et encore.

Jusqu'à ce que je tombe dans un profond sommeil, enveloppée dans ses bras, avec tout notre avenir devant nous. Et pendant que je rêvais, le nom d'*Aflora* résonnait dans mon esprit.

Quelque chose de sombre se profilait à l'horizon.

Je le sentais dans mes os, dans le frémissement de mon âme.

Le changement arrive.
À bientôt.

C'est la fin de l'histoire de Tray et Ella, mais vous les reverrez dans la série *La Reine des Faë de Minuit*.

Bienvenue à l'Académie des Faë de Minuit
Foyer de la magie noire.
Des vampires
Et de faë d'une beauté cruelle.

La Reine des Faë de Minuit : Tome Un

**C'est une blessure interdite qui a mené à ma
capture et mon enrôlement.**
Les fleurs ne poussent pas par ici.
Pas de vie.
Rien que la mort.

Je suis une faë terrestre, je n'appartiens pas à ce monde. Ils
peuvent toujours jouer avec mon esprit, je trouverai un
moyen de rentrer dans mon monde élémentaire. Quitte à
en mourir.

Sauf que le Directeur Zephyrus anticipe le moindre de mes mouvements.

Le prince Kolstov ne cesse de me coincer.

Et Shadow – celui qui m'a mise dans ce pétrin – hante mes rêves.

Ma connexion avec la terre se meurt, remplacée par une chose bien plus sinistre. Une chose puissante. Mortelle.

Les faë de minuit pensent que c'est mon destin.

Ils prétendent que j'ai été « recrutée » dans un but bien précis.

Pour combattre une présence en pleine ascension.

Même si je meurs en essayant.

Bon sang, je ne leur dois rien ! Mais si je dois surmonter leurs épreuves pour rentrer chez moi, alors soit. J'ai survécu à un fléau, et à bien pire dans le royaume des faë élémentaires. Une énergie menaçante ? Franchement, quelle blague !

Fais de ton mieux.

J'attendrai.

Et ne t'avise pas de me mordre.

Ou je te le ferai regretter.

Note de l'auteure : Il s'agit une série paranormale de type harem inversé, impliquant des éléments de romance forcée (d'ennemis à amants). En dépit de l'opinion d'Aflora sur le sujet, il y aura des morsures. Shadow, alias Shade, s'en porte garant. Ce livre se termine par un suspense.

L'auteure à succès d'*USA Today* Lexi C. Foss est une écrivaine perdue dans le monde de l'informatique. Elle vit à North Carolina, avec son mari et leurs enfants à fourrure. Quand elle n'écrit pas, elle est occupée à cocher des cases sur sa liste de voyages à faire. On peut retrouver beaucoup des endroits qu'elle a visités dans ses écrits, notamment le monde mythique d'Hydria, inspiré d'Hydra, dans les îles grecques. Elle est excentrique, boit beaucoup trop de café et adore nager. Tchao !

https://www.lexicfoss.com/Français

Pour être au courant des dernières nouvelles et connaître les dates de publication, abonnez-vous à ma newsletter:
https://www.lexicfoss.com/la-newsletter-de-lexi

www.ingramcontent.com/pod-product-compliance
Lightning Source LLC
Chambersburg PA
CBHW021951170626
46808CB00001B/113